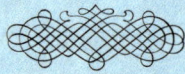

原版插图本

一千零一夜

光明◎译

The Arabian Nights

湖南文艺出版社
HUNAN LITERATURE AND ART PUBLISHING HOUSE

博集天卷
CS-BOOKY

图书在版编目（CIP）数据

一千零一夜 / 光明译. -- 长沙：湖南文艺出版社,2011.8
书名原文: The Arabian Nights
ISBN 978-7-5404-4996-4

Ⅰ.①一… Ⅱ.①光… Ⅲ.①民间故事—作品集—阿拉伯半岛地区 Ⅳ.①I371.73

中国版本图书馆CIP数据核字(2011)第107405号

上架建议：青少年阅读·经典名著

一千零一夜

译　　者：光　明
出 版 人：刘清华
责任编辑：丁丽丹　刘诗哲
监　　制：吴成玮
策划编辑：薛　婷
版式设计：利　锐
封面设计：张丽娜
出版发行：湖南文艺出版社
　　　　　（长沙市雨花区东二环一段508号 邮编：410014）
网　　址：www.hnwy.net
印　　刷：北京京都六环印刷厂
经　　销：新华书店
开　　本：880×1230 1/32
字　　数：130 千字
印　　张：10.5
版　　次：2011 年 8 月第 1 版
印　　次：2016 年 6 月第 8 次印刷
书　　号：ISBN 978-7-5404-4996-4
定　　价：25.00 元

质量监督电话：010-59096394　　团购电话：010-59320018

目 录

一千零一夜

The Arabian Nights

一千零一夜

The Arabian Nights

山鲁佐德
和她的一千零一夜

很久以前，在古印度和中国之间的海岛上，有一个萨桑王国，国王名叫山鲁亚尔。原本心地善良的山鲁亚尔国王，性情大变，仇恨女子，他每天要娶一个女子，但当第二天雄鸡高唱的时候，便残忍地杀掉她。日复一日，年复一年，转眼三个年头过去了，山鲁亚尔国王整整杀掉了一千个女子！

百姓在这种威胁下感到恐慌，纷纷带着女儿远走他乡，但国王仍然每天威逼宰相，替他寻找女子来满足他的虐杀。整个国家的女子，有的死于国王的虐杀，有的逃之夭夭，城里十室九空，以至于宰相找遍整个王城，也找不到一个合适的女子。他怀着忧愁而恐惧的心情回到相府。

宰相有两个女儿，长女叫山鲁佐德，次女叫多亚德。山鲁佐德知书达理，仪容高贵。她收藏有上千册的文学、历史书籍，读过许多历史书籍，有丰富的民族历史知识。山鲁佐德见到宰相郁郁寡欢，便对父亲说：

"父亲！您为了何事愁眉不展，烦恼至此呢？"

宰相深深叹了口气，告诉了女儿一段故事——

从前的萨桑国，老国王仁德义勇，拥有一支威武的军队，宫中奴婢成群，国泰民安。国王有两个儿子，都是骁勇的骑士。大儿子山鲁亚尔比小儿子萨曼更英勇，令敌人闻风丧胆。山鲁亚尔继承王位后秉公执政，深受老百姓拥戴。萨曼则被封为撒买干第国的国王。兄弟二人治国都很贤明，国家日益繁荣富强，人民过着幸福的生活。

一天，国王山鲁亚尔思念弟弟萨曼，派宰相前往撒买干第去接弟弟前来相聚。宰相领命，启程动身，很快来到撒买干第国土。见到萨曼，宰相转述了国王山鲁亚尔的思念之情，希望萨曼去萨桑国看他。

萨曼立即回答："遵命。"

于是，萨曼国王准备好帐篷、骆驼、骡子，分派了仆从，把国政委托给他的宰相，立刻动身出发。走了不远，他想起礼物遗忘在宫中，便掉头回宫去取。不料回到宫中，他看见王后和乐师们举止亲密，在一起弹唱嬉戏。萨曼国王见此情景，顿时气得眼前漆黑一团，差点昏了过去。

他想："我还未走出京城，这些贱人就闹成这样，要是我这一去住久了，他们还不知会做出什么丢脸的事呢！"想到这里，他拔出宝剑杀了王后和乐师，然后怀着悲痛的心情，离开了王宫向萨桑国而去。

快到萨桑王城时，萨曼派人前去向哥哥报信，山鲁亚尔国王迎出城来，兄弟俩见面后都十分高兴。山鲁亚尔在王国里为弟弟专门装饰了城郭，每天和他一起谈心。萨曼却心情忧郁，因为他还是被王后的所作所为困扰着，不能释怀，就这样一天天憔悴、消瘦下去。山鲁亚尔以为弟弟是因离愁才如此，因而暂时没有多问。然而萨曼的心情始终没有好转，终于有一天，山鲁亚尔忍不住了，问道：

"弟弟，你一天天面容憔悴，身体消瘦，到底是为什么呢？"

"哥哥呀！我内心的痛苦是难以言传的。"萨曼对自己的遭遇只字不提。

"好吧！我们一块儿去山里打猎吧，我想，打猎能消减你的愁闷。"

萨曼提不起精神，山鲁亚尔便独自率领人马到山中去了。萨曼一个人留在宫中。他居住的宫殿的拱廊对面是山鲁亚尔的御花园。他无事可做，正凭窗远眺时，只见宫门开处，二十个宫女和二十个奴仆鱼贯走入花园，萨桑国尊贵的王后赫然处身其间，打扮得娇艳动人。她们在喷泉旁依次坐下，歌舞欢宴，直玩到日落时分。

萨曼见状，无比惊异，心想："比起这个来，我的灾难可算不上什么啊！"因此，他的苦恼立刻烟消云散，也有心情吃喝了，很快恢复了精神。

山鲁亚尔打猎回宫，来看弟弟，见他很有精神的样子，食欲也旺盛起来，不觉诧异，便问道："弟弟，怎么你一下子就变了，这到底是怎么回事？你还是告诉我吧。"

"前几天，我忧郁憔悴，我可以把其中的原因告诉你。现在恢复正常的原因，我却不能告诉你。请你原谅。"

"好的，你先把你憔悴、消瘦的原因说给我听吧。"

萨曼告诉哥哥他妻子背叛他的事，但山鲁亚尔并不满足，他追问道：

"向安拉发誓，你应该告诉我你恢复健康的原因。"

萨曼不得已，把他看到的情景如实讲出。山鲁亚尔听了，对弟弟说："我要亲眼证实这一切。"

"如果你装做再一次率领人马进山打猎，然后悄悄转回宫，藏在我这间屋里观察，你就会看到真相的。"

国王山鲁亚尔立刻下令第二天进山打猎。

他率领人马到郊外宿营后，悄悄吩咐侍从："别让人进帐来。"随即悄悄回到宫里，藏到萨曼那里。兄弟俩临窗而坐，一会儿后，便看见王后和宫女、奴仆们姗姗走进花园。他们在一起嬉笑歌舞，直到日暮。这情景，确实跟萨曼所说的毫无差别。国王山鲁亚尔看后气得几乎发狂，气愤之余，他对萨曼说：

"弟弟，我们王国里发生了这种事，我们可没脸再当国王了。

到别处去散散心吧，去看一下世间还有谁比咱俩更不幸！若是没有，那我们还不如死掉算了！"

萨曼非常赞成山鲁亚尔的主意，于是，兄弟二人在一个晚上，悄悄地溜出了王宫。他们走了几天几夜，到达一片紧邻大海的草原，两人坐在一棵大树下乘凉，旁边正好是一眼山泉，非常解渴。过了一会，海上突然掀起了风浪，汹涌的海浪里升起一根黑柱，直抵云霄。兄弟二人见此情景，吓得魂飞魄散，一溜烟爬到一棵大树上躲藏起来。

顷刻间，海面上升腾起一个体格壮硕、脑袋庞大、肩阔如山的魔鬼。只见他头上顶着一个箱子，冉冉升出海面，来到陆地上。他一直走到山鲁亚尔兄弟藏身的那棵大树下面坐下来，然后打开箱子，里面走出一个窈窕动人的绝色女郎，这女郎微笑着，仿佛是初升的太阳，正如诗人所说：

当她以光明贯穿黑暗，

灿烂的白昼即将出现。

她洒下辉煌，

给万物披上面纱。

在她的色彩中，太阳将更为光彩。

揭开帷幕，她即刻现身，

宇宙会向她下跪。

当她电光般的目光闪烁，

泪水便如暴雨倾下。

魔鬼怪异地嬉笑，望着女郎说："自由的娘子啊，我需要休息，请让我睡一觉吧。"于是，他躺了下去，头枕着女郎的腿，很快就睡着了。

女郎抬起头，看见躲在树上的两个国王，便把魔鬼的头轻轻托起来，移到地上，然后站起来望着他俩，比画手势叫他们下来。

"不用怕。"她说。

他俩回道："向安拉发誓，求你宽容，别叫我们下来吧。"

"向安拉发誓，你们马上下来吧！不然，我会立刻叫醒魔鬼，让他凶狠地杀死你们。"

山鲁亚尔和萨曼受到女郎的威胁，非常害怕，从树上溜下来。女郎吩咐道："过来，让我们高高兴兴地欢愉一番吧，否则，我会让凶狠的魔鬼杀死你们。"

山鲁亚尔恐惧地对萨曼说："兄弟，你去跟她混一下吧。"

"不，除非你先去。"萨曼磨蹭着不愿去。

"你们挤眉弄眼地做什么？"女郎生气了，"再不来的话，我马上唤醒魔鬼！"

因为害怕，山鲁亚尔弟兄俩只得按女郎的吩咐做了。女郎达到了目的，从口袋里掏出一个袋子，从里面取出一串戒指，足足有五百七十个，她让他俩看戒指，并指着戒指问道："你们知道这些都是从哪儿来的吗？"

"不知道。"

"这些戒指的主人都是在这个魔鬼睡觉的时候碰上我,跟我欢爱过,送给我的。现在,该你俩送给我戒指了。"

山鲁亚尔和萨曼不得不按女郎的指令,退下手上的戒指,递给她。

女郎收下戒指说:"这个魔鬼,在我新婚之夜把我抢来。他把我藏在匣子里,把匣子装在箱子中,然后用七道锁锁上,放在波涛汹涌的海底。因为他知道,我们女子要干什么事是什么都挡不住的。正如诗人所说:

女人不可信赖,

不可信任,

她们的喜怒哀乐,

在她们的爱欲中。

山鲁亚尔和萨曼听了女郎如此直白的话,无比惊恐。两人悄悄耳语:"这个神通广大的魔鬼,尚且被一个女人欺骗,可见,比我们可悲的人多着呢。如此说来,这倒使我们宽慰了不少。"于是,弟兄二人离开了女郎,启程回家。

他们艰难地行走了几昼夜,终于平安回到萨桑王国。他们进入王宫,杀死了不守规矩的王后和宫女、奴仆。从此,山鲁亚尔深深地厌恶女人,存心报复。他开始每天娶一个女子回来过夜,次日便杀掉再娶，竟然变成了一个暴君。

山鲁佐德听了父亲讲的故事，说道："爸爸，向安拉发誓，请让我嫁给国王吧！或许我进宫后，可以设法和他长久生活下去。我要拯救千千万万的女子，让所有人都能平平安安地过日子。"

"不！向安拉起誓，你千万不能去冒险。"

"从现在的情形看，不这样也没有其他的办法呀！"

"你这样固执，难道不怕遭到水牛和毛驴一样的命运吗？"

"爸爸，水牛和毛驴遭遇了什么？请讲给我听吧。"

"好吧！"

从前，有个商人，他家底丰厚，本钱充足，这个人十分喜欢鸟兽，并懂得鸟兽的语言。他和妻子儿女们住在一个小乡村，养了一只毛驴和一头水牛。

一天，水牛来到毛驴的厩里，看见毛驴全身刷洗得干干净净，舒适安闲，驴槽里堆着铡细的草和煮熟的糠糟。毛驴的生活非常轻松，主人平常有事，就骑它出去跑一趟，一小会儿就回家了。水牛对毛驴的待遇羡慕得眼红，于是，水牛和毛驴谈起心来。懂得兽语的主人听懂了它们谈话的内容。

只听水牛对毛驴说："恭喜你，你一天到晚清闲舒适，主人不仅照顾你，还给你吃精细的草料。即使他让你干活，也只是骑你出去走一趟，便回家了，我却一天到晚地劳碌，做完田地里的活，晚上还要在家里推磨。"

"你呀！实在是笨！农夫牵你到田里的时候，你别让他给你上轭，只管蹦跳。"毛驴给水牛出主意，"他要是打你，你就滚到地上不起来；要是他牵你回家，你就什么东西也别吃，装出疲惫可怜的样子。你只需绝食三天，就可以不干重活，像我一样，过安闲的日子了。"

果然当天夜里，水牛只吃了一点儿草料就不肯再吃了。

第二天一早，商人的农夫牵牛去耕田，牛装出疲惫不堪的样子。农夫不由叹道："唉！这都是因为它干活太多太重了！"他马上报告商人："报告主人，水牛昨晚没吃一点东西，现在已半死不活地躺在厩里，不能干活了。"

主人当然明白是怎么一回事，便对农夫说："去吧，让毛驴代替水牛耕地好了。"

毛驴耕了整整一天地，到傍晚才回来。水牛对此感激不已，因为有毛驴代劳，水牛休息了整整一天，这回轮到毛驴懊丧了。

次日清晨，农夫照例牵着毛驴去田里耕作，很晚才回家。毛驴的肩头磨破了，累得有气无力，水牛见了它，又可怜又感激，不停地赞扬它，对它说好话，毛驴哀叹着，想道："这下主人可要叫我一直干到底了，我这不是自找苦吃吗！"它对水牛说："我要提醒你，主人说了，水牛起不来了，不如把它送到屠宰场宰了吧。我真担心你啊！你赶紧想办法保全自己的性命吧。"

听了毛驴的话，水牛非常感激，打起精神说道："我要恢复正常了。"于是一跃而起，大吃大嚼起来。

毛驴和水牛这次的谈话，同样被商人听到了。

第二天早上，商人和老婆一块儿往驴厩里去，农夫正好牵了水牛去耕田。水牛一见主人，立刻抖擞起精神，甩着尾巴，显示出快活而强壮的样子。商人见了，不禁哈哈大笑，笑得几乎摔倒。他老婆觉得莫名其妙，就问道：

"你笑什么呢？什么事让你笑成这样？"

"这是一个秘密，我不能泄露，因为这涉及鸟兽的对话，一旦泄露出去，我就会一命呜呼的。"

"我不管你什么性命不性命，但你必须告诉我你为什么笑。"

"我不能泄露秘密，因为我怕死。"

"你肯定是在编谎话。"

商人老婆唠叨个没完，非要商人讲出笑的原因，商人难以招架，只好决定告诉老婆。他叫儿子去把法官和证人请来，决心当众写下遗嘱，然后把秘密讲出来就死掉。他不愿老婆受委屈，因为他老婆是他叔父的女儿，也是孩子们的母亲，所以他只好牺牲自己的生命，他一向宠爱她，何况他已经活了一百二十岁了。

他请来亲戚朋友和邻居，向他们说明了自己的情况：他把鸟兽的对话一泄露出去，生命即刻终结。到场的亲友们纷纷地劝说他的妻子，道：

"向安拉发誓，你放弃这个要求吧，否则，孩子们就要失去父亲，你也会失去丈夫。"

"不，我不放弃。不管他会怎样，我都要知道这个秘密。"

妻子固执己见，亲友们不由得面面相觑，无话可说。商人站起来，离开亲友，前去沐浴，他准备好要泄密而死。

他家里还养了一条狗、一只公鸡和五十只母鸡。经过鸡棚时，他听到那条看家狗用责备的口吻对公鸡说：

"你叫什么？主人要死了，你有什么高兴的？"

"这是怎么回事？告诉我吧。"公鸡问。

狗把来龙去脉说了一遍，公鸡听后，说道："向安拉发誓，主人怎么这样想不开呀！像我，有五十个老婆，想不要谁就不要谁，主人才不过一个老婆，就管教不了！他应该折上几根桑树条，把她关起来痛打一顿，即使不打死她，也得叫她认错悔过，再不敢为所欲为呀。"

商人受了启发，就去折了些桑树枝条藏在房里，然后对他老婆说："来吧，我这就把秘密告诉你，让我死在房里，免得别人看见。"

等商人的老婆进了房，商人立刻关上门，拿出桑树条，不停地抽打她，打得她只顾讨饶，一个劲地说：

"我错了！我忏悔！宽恕我吧！"

她跪在地上，不停地吻丈夫的脚。夫妻两人遂和好如初。

山鲁佐德听完宰相的故事，说道："父亲，虽然驴子为了拯救水牛而自己遭了殃，但现在是人命关天的大事呀，所以我还是坚持请您送我进宫去。"

宰相无法劝阻女儿的行动，不得已，只好准备送女儿进宫，完成国王给他的使命。

临走前，山鲁佐德对多亚德说："妹妹，我进宫后，就让人来接你，你来到我面前时，就对我说：'姐姐，请讲一个故事给我听。'这样，我们就可以快快乐乐地过上一夜了。我会趁机讲一个动人的故事。凭着安拉的意愿，我的故事也许能救很多人的命呢。"

宰相很不情愿地把女儿送进王宫。国王一见这美丽无比的姑娘，顿时喜不自禁，当场就奖赏了宰相。但山鲁佐德一见国王，伤心地哭了。

国王问道："你为什么伤心？"

"尊敬的陛下，我有个妹妹，希望陛下施恩让我和她再见一面，最后告别。"

国王已被姑娘的美貌迷住了，当即答应了她的请求，派人接来多亚德。多亚德来到宫中，看见姐姐，高兴地和她拥抱，她俩一块儿坐在床边谈笑。多亚德说道："姐姐，向安拉起誓，你非给我讲个故事不可，快讲给我听吧。"

"只要威望服人的国王允许，我可是非常愿意讲的呀。"

国王原本一直情绪不宁，烦躁难安，听了山鲁佐德姐妹的谈话，引起了听故事的兴趣，便欣然应允。于是，山鲁佐德讲了一段故事。

山鲁佐德是个非常会讲故事的姑娘，她讲的故事一下子就吸引了国王山鲁亚尔和妹妹多亚德，但正讲到最精彩时，公鸡叫了起

山鲁佐德讲故事

来，天开始亮了，她马上停住不再讲下去。妹妹多亚德说道：

"姐姐！你讲的这个故事太动听了！多么有趣呀！请你把它讲完吧。"

姐姐山鲁佐德说道："若蒙国王开恩，让我活下去，那么，下一夜我还有比这更有趣的故事讲呢！"

国王听了这话，暗想："以万能之神安拉的名义起誓，这故事确实挺吸引人的。我暂且不杀她，等她讲完故事再说。"

第二天清晨，国王临朝，宰相已经准备好了丧衣，本以为会替自己的女儿收尸，但只见国王埋头处理政事，忙于发号施令，一直到傍晚，国王也没吩咐他再去找一个女子回来。宰相非常吃惊，可是不敢问。

第二天夜里，宰相的女儿山鲁佐德继续讲她的故事，直到公鸡高唱，末了，她说："若蒙陛下开恩，让我活下去，那么，下一夜我的故事比这还要精彩得多呢！"

国王又同意了。

这样，山鲁佐德每天讲一个故事，国王每天都想："我暂且不杀她，等她讲完故事再说。"

日复一日，山鲁佐德的故事无穷无尽，一个比一个精彩，一直讲到第一千零一夜，山鲁佐德一共讲了一千零一个故事，终于感动了国王。他说："凭安拉的名义起誓，我决心不杀你了，你的故事让我感动。我将把这些故事记录下来，永远保存。"

于是，有了《一千零一夜》。

钱商和
小偷的故事

从前，有一个专门做银钱兑换生意的商人，在钱币市场上开了个铺子。

有一天，他从铺子里回家时，身上带着一袋金币，从一伙小偷身边经过。这群小偷望着那袋金币，非常眼红，但一时又想不出好的办法把金币偷到手。这时，他们中一个诡计多端的家伙向伙伴们夸口说："我有办法把他手中那袋金币弄到手。"

"什么办法？"伙伴们既着急又不相信。

"你们等着瞧吧！"这家伙显得蛮有把握，随即跟踪钱商去了。

钱商回到家中，把钱袋放在桌子上，准备

洗手做礼拜。他一边吩咐女仆说："我要做礼拜，给我打盆水来洗手！"一边急急忙忙到厕所去方便。女仆照他说的，急急忙忙去打水，但她一时疏忽，竟然忘了关大门，给了那个小偷可乘之机，小偷轻而易举地走进屋去，拿了摆在桌子上的钱袋，溜之大吉。

他回到伙伴中间，讲起偷钱的经过，得意非凡。

伙伴们听了他这番话，都咂舌称赞，说："向万能之神安拉起誓，不可否认，你确实要算最精明强干的人了。这件事干得尤其出色，这可不是任何人都能够做得到的。不过，现在钱商家中一定闹翻天了。你想，那个商人从厕所出来，发现钱袋不见了，必定要责怪女仆并且痛打她。这样看来，你干的这件事情就不是尽善尽美了！你要能拯救那女仆，使她免除嫌疑，不被打骂，那才真正算是一条好汉呢。"

"若是安拉的意愿，我非常愿意拯救那女仆，让她免受冤枉。"

小偷说完后，离开伙伴们，又跑回钱商家门口。

他仔细一听，女仆正被主人鞭打得大声哭泣，悲惨不已。他立刻用力敲门，马上听见商人的声音："谁敲门呀？"

"我呀，您铺子隔壁那家的仆人。"小偷随口撒谎道。

钱商开了门，问道："你找我有什么事？"

"我们主人向您致意。小偷说，您怎么这样粗心，怎么会把这一袋金币扔在铺子门前，也不收拾就一个人走了？要是别人把它拾走，损失可就大了，幸亏我们主人发觉，替您收了起来。"小偷说罢，拿出钱袋来。

钱商一见钱袋，非常诧异，嘀咕着："这是我的那袋金币呀！"

"向安拉起誓，您得给我们主人写张收据，我才能把钱交给您呢。"骗子故作镇静，"不然，我恐怕主人会怀疑我没把钱交给您。请您写张收据，盖上私章吧。"

钱商立刻深信不疑，转回家去写收据。小偷看钱商一进门，带着钱袋一溜烟逃得无影无踪。

这样，女仆洗清了冤屈，金币依然归小偷所有。

阿里巴巴和
四十大盗的故事

　　从前，在波斯国的一个大城市中住着一户人家，家中有两个儿子，大儿子叫戈西姆，小儿子叫阿里巴巴。父亲生前有一点家产，在其死后，弟兄俩将父亲仅有的财产一分为二，分家独立，各谋生路了。但没过多久，钱就花光了，他们弟兄俩的生活过得非常艰难。为了解决吃穿问题，弟兄俩不得不日日夜夜地奔波。

　　戈西姆是一个非常幸运的人，他有幸娶了一位富商的女儿。结婚后岳父就将自己的产业给了戈西姆经营，戈西姆开始走上了做生意的道路。由于戈西姆的聪明能干，生意很是红火，每天都在不断地发展，没过多久，戈西姆就成为远近闻名的大富豪了。

但阿里巴巴就没那么幸运了。他娶了一个穷苦人家的女儿，夫妻俩过着吃了上顿没下顿的日子。自己所有的家当就是一间破木屋和三头小毛驴。阿里巴巴每天一大早就起来赶着三头小毛驴去丛林中砍柴，再拉到集市上去卖，就是以这个来生活的。

一天，阿里巴巴赶着三头小毛驴上山去砍柴。正当他把砍下来的柴收拾好，也捆绑好了，让毛驴驮着下山的时候。突然看见远处一股烟尘向这边袭来，而且越来越近。当烟尘靠近的时候，才发现那是一支训练有素的马队，正往这个方向疾驰而来。

阿里巴巴见到这个阵势，害怕极了。一方面他怕那些马队的人是匪徒，把自己仅有的财产给抢夺去了，另一方面就是怕伤害自己，危及自己的生命。这时他很想逃跑，可是马队离自己越来越近了，根本就没有可能了。阿里巴巴灵机一动，把驮着柴火的毛驴赶到丛林的小道里，自己拼命地怕到一棵大树上躲起来了。

那棵大树长在一个悬崖峭壁的石头旁边。树木生长的非常茂盛，因此他藏在树上。只有从树上可以看见下面，从下面根本看不到树上，所以他藏在树上是非常安全的。

当阿里巴巴刚站好，那帮人就赶到了树下，勒马停下来了，站在大石头旁边。这帮人一共有四十多人，个个是身强力壮的年轻小伙子。经过阿里巴巴仔细地打量，看出来了这帮人还是一伙强盗，看着那满载的货物，应该是来这里分赃的，或者是想要把这些抢来之物藏匿起来。

阿里巴巴心中非常好奇，想弄个明白。

盗匪跳下马将马拴好，从马背上取下沉甸甸的鞍袋，里面像是装着金银珠宝之类的东西。这时，一个像是首领的人从树林中走到大石头前，他背上也背着一个沉甸甸的鞍袋。他走到大石头前，喃喃地说道："芝麻，开门吧！"话音刚落下来，大石头前突然打开了一道宽阔的大门，于是，强盗们纷纷进入里面，那个像是首领的人走在最后。

那个像是首领的人刚进入洞内，那道大门就自己关上了。

由于洞中有强盗，阿里巴巴躲在大树上不敢下来，他害怕强盗突然从洞中出来，自己会遭到杀害。但他有点不甘心，就这样白白地走了太亏了。最后，他决定偷一匹马，再赶上自己的毛驴回城去。就当他正要下树的时候，那帮人从山洞中出来了。那个像是首领的人先走出山洞，站在门前，点了一下人数，见人已经到齐，便开始念暗号，说道："芝麻，关门吧！"

随着他的喊声，洞门就自动关上了。

那个首领经过仔细检查后，没有发现任何问题，强盗们各自走到自己的马前，把没有东西的鞍袋放到马鞍上，接着一个个都上了马，跟着首领，疾驰而去。

阿里巴巴在树上一动不动地观察他们，等他们走得已经无影踪了，才从树上下来，他害怕强盗们突然又返回来。

他心想："我要验证一下这句暗号的作用，看是不是能打开。"于是，他高声喊道："芝麻，开门吧！"他的话音刚落，门就自动开了。

他小心翼翼地走进山洞中。抬头一看，那是个非常大的大洞，从洞顶能投进光线来，那光线就像一盏盏小小的灯一样。他一开始以为，既然是盗贼的墓穴那一定是一个非常阴暗的地方，不会出现其他东西的。可是，事实并不是这样。里面堆满了金银财宝、绫罗绸缎和色彩鲜艳的衣服，还有一堆堆彩色毡毯。地上有数不清数目的金币和银币，那些金币有的在地上散落着，有的放在袋子里。阿里巴巴心想，一定是这一定是强盗多年来掠夺积累起来的。

阿里巴巴进入山洞中，洞门就自动关闭了。他一点也不害怕，因为他已经掌握了开启这道门的方法，不怕出不去。他对财宝不感兴趣，他现在需要的是金钱。因此，他决定弄些金币回去。他把金币捆在柴火里面让毛驴运回去，又考虑到毛驴的运载能力，他只弄了几袋金币。这样，人们就不会看见了，也不会怀疑，只会相信他还是那个以砍柴为生的樵夫。

把事情完全想明白了，都做好后，阿里巴巴才大声说道："芝麻，开门吧！"

他话音刚落，洞门打开了，他把收好的金币带出洞来，随即说道："芝麻，关门吧！"

洞门就自动关上了。

阿里巴巴赶紧把弄出来的金钱让毛驴驮上，飞快地跑回家。到家后，他赶紧把东西卸下来，把装着金币的袋子搬到屋里去，放在老婆面前。他老婆看到这么多的金钱吓坏了，便破口大骂："你居然为了钱去抢劫去啊！你怎么能为了钱去做伤天害理的事情啊！"

阿里巴巴很无辜地说："难道我是强盗啊！你应该理解我的为人的啊！我不会做坏事的。"妻子想了想，说："那是怎么来的啊？"阿里巴巴就把在山上遇到的事情和金币的来历告诉了老婆，随后把金币倒在炕上，堆放在老婆面前。

阿里巴巴多的老婆听后，非常惊喜，就什么也没有说，看着金灿灿的金币，她眼花缭乱。她手里捧着金币高兴万分，在不停地数着那些金币，阿里巴巴说："瞧你！这么数下去，数到猴年马月也数不完。要是让别人看见这种情况就不好了。这样吧！我们先把金币藏起来。"

"那好吧，就把金币收拾好了。但是我想看看这些金币到底有多少，也让我心里有个底啊！"阿里巴巴的老婆说。

"这是件值得高兴的事情，但一定要注意，千万不要对别人讲，否则会给我们惹来麻烦的。"

阿里巴巴的老婆就匆忙到戈西姆家中借秤。戈西姆不在家，她就和他老婆说："嫂嫂，我可以借用一下你家的秤吗？"

"行啊，不过，你要借什么秤呢？"

"借给我小的就行了。"

"你等会儿啊！我马上就给你拿来！"戈西姆的老婆非常爽快地答应了。

戈西姆的老婆是个好奇心特别重的人，非常想知道阿里巴巴的老婆借秤干什么，就在秤底部刷了一点蜂蜜，不管称什么，总会黏在蜂蜜上的。她想用这种方法来满足自己的好奇心。

阿里巴巴的老婆不知道有这种情况，她拿上秤急忙跑回家中，开始称起金币来。

阿里巴巴这时在手忙脚乱地挖地洞，等老婆称完了金币，他把洞挖的也差不多了，俩人都弄完后，就一起动手把金币搬进地洞，然后盖上土，埋起来了。

秤底的蜂蜜粘上了一枚金币，他们却一点也不知道。于是当这个心肠非常好的女人把秤还回去的时候，戈西姆的老婆马上发现了秤底黏的一枚金币，非常羡慕，嫉妒之心油然而生，她自言自语："啊呀！原来她借我的秤是去量金币啊。"

她心里一颤，阿里巴巴这样一个穷光蛋，怎么会用秤去称金币呢？

这里面一定有蹊跷。

戈西姆的老婆思前想后，怎么也想不明白。到了太阳落山的时候，戈西姆出去游玩回来，她立即对戈西姆说："你这个人呀！老是以为自己是最富有的人。现在你要好好反省一下了。你的兄弟阿里巴巴看上去非常穷，实际上人家富得流油呢。我敢说他的财富一定比你的要多，他积蓄起来的金币多得都要用秤来称量的程度了。而你的金币，只要一看，就能知道是多少！"

戈西姆很惊讶地问："你是从哪儿听说的？"

戈西姆的老婆立刻把阿里巴巴的老婆来向她借秤的经过，以及自己在秤上做得手脚都告诉戈西姆了。最后把那枚黏在秤上的金币拿给戈西姆看，金币上还铸有古帝王姓名、年号等标志。

戈西姆知道这是真的后，觉得非常好奇，同时非常羡慕。由于戈西姆是个贪婪的人，一想到弟弟有那么多的钱，他就彻夜难眠，第二天天刚亮他就急着起床了，去找阿里巴巴，说：

"兄弟呀！你看起来很贫穷，很让人可怜，其实你是真人不露相啊。我才知道你的金币无数，多到竟然用秤来称量的地步了啊！"

阿里巴巴非常纳闷地说："哥哥你能把话说清楚点吗？我都不知道你在说什么呢？"

戈西姆说："你别装糊涂了！你是知道我在说什么的。"于是戈西姆气呼呼地把那枚金币扔给阿里巴巴看，说："像这样的金币你应该有很多吧！这是你在称量金币的时候，黏在秤底被我老婆发现的一枚罢了。"

阿里巴巴才明白是怎么回事，此事已经被戈西姆和他的老婆发现了。他心想，看来此事已经到了无法再保密的地步了。既然这样，就把事情告诉他吧。虽然会有杀身之祸，但在这种情况下，他也没有办法隐藏了。阿里巴巴只好把他在山洞中发现藏宝的事情全部告诉哥哥了。

戈西姆听后，带有恐吓的口气说："你一定要把你看见的一切告诉我，尤其是那个藏金币那个山洞的地址和开、关洞门的那两句暗语。而且我警告你，如果你不肯把这一切告诉我的话，我就会上官府告发你，让官府把你的金钱全部没收，还要把你抓入大牢，到时候你就会什么都没有！"

阿里巴巴在哥哥的威逼下，只好把山洞的地址和开、关洞门的暗语，都告诉他了。戈西姆听得非常仔细，把这一切都记下了。

第二天一大早，戈西姆就带着雇来的十四大骡子，匆忙来到山中。他按照弟弟所讲述的话，首先找到阿里巴巴藏身的那棵大树，并顺利地找到了那个神秘的洞口，眼前的一切和弟弟说的差不多，他相信自己已经到达了目的地，于是大声地说："芝麻，开门吧！"

随着戈西姆的喊声，洞门打开了。戈西姆大步走进山洞，刚站好，洞门就自动关上了。对此，他没有放在心上，因为此刻他所有的精力都在那堆积如山的财宝上呢。面对这么多的金银财宝，他非常高兴。过了一会儿，他镇定住自己的情绪，急忙收集金币，并把它们都装入自己的袋中，然后一一都挪到门口，准备搬运出去，把它们驮回家。一切都准备完事后，他来到那扇紧闭的洞门前。但由于他兴奋过度，居然把那句开门的暗语给忘记了。他大声喊"大麦，开门吧！"洞门没有任何反应。

这一来，他急了，一口气把所有豆麦谷物的名称都喊遍了，唯独想不起来"芝麻"这个名字，他就是想不起来。此时他非常害怕，坐立不安，不停地在洞中走来走去，对摆在门口的金币也不感兴趣了。

这都是因为戈西姆过度的贪婪和嫉妒，才使自己遭遇这意想不到的灾难。此时，他感觉自己已经到了上天无路、入地无门的绝望境地。现在性命也不保了，哪还有心思想自己的发财之梦呢？

半夜里，强盗们抢劫归来，在月光下，老远就看见洞门口停着成群的牲口，他们非常奇怪，这些牲口是从什么地方来得呢？

强盗的首领带着他的手下来到洞前，大家立刻从马上跳下来，说了句暗语，洞门立刻打开了。戈西姆在洞中已经听见马蹄的声音由远到近地传过来了，知道强盗们回来了。他感到自己的性命难保，一下子瘫坐在那里。但他还存着侥幸心理，想趁着洞门开启的时候，逃出去，希望能死里逃生。可是，一个强盗的用刀剑挡住了他，强盗不管三七二十一，一下就把他刺倒在地，后面的一个强盗更是凶残，抽出宝剑，一下把戈西姆从腰部给砍为两截，使他当场毙命了。

强盗立刻冲进洞中，进行检查。

强盗们把戈西姆的尸首装进袋子中，把他想要带走的金币放回老地方去，并仔细清点了所有的物品。对于阿里巴巴带走的那少量金币他们是不在乎的，也不会发现的。可他们对于有外人能闯进山洞的事情，大惑不解。因为他们知道这是一个山高路远、地势陡峭的山洞，人们是很难发现的，也是很难到达的，尤其是山洞中的暗语，更是旁人不可能知道的。

想到这里，他们非常生气，就把气都出在戈西姆身上。大家愤怒地肢解了他的尸体，分别挂在门的左右两侧，以此警告后来者，要是谁敢来，就是如此下场。

一切都准备完毕，他们走出山洞，把洞门关上，骑马疾驰而去。

到了晚上了，戈西姆还没有回来，他老婆非常着急，感觉事情有点不对，就急忙跑到阿里巴巴家去问："兄弟啊！你哥哥从早上就出去了，到现在还没有回来。你是知道他去哪儿了吗？现在我很担心他，怕他发生什么不测，若真是这样，我可怎么办啊！"

阿里巴巴也觉得事情有点不妙，不然的话，戈西姆不可能这么晚不回家。他越想越觉得心里不安，但他稳住自己的情绪，安慰着嫂嫂："嫂嫂，估计哥哥害怕别人知道他的行踪，故意绕道回城，所以就把回家的路程给耽误了。我想他一会儿就会回来的。"

戈西姆的老婆听了，觉得很有道理，就抱着希望回家等候着丈夫的归来。

到了半夜了，还不见戈西姆回来。她终于坐不住了，最后由于过度紧张、恐怖而忍不住失声大哭起来。她非常后悔地说道："我把阿里巴巴的秘密泄露给他，引起他的羡慕和嫉妒，使他惹来杀身之祸呀！"

戈西姆的老婆心乱如麻、坐立不安，好不容易熬到天亮，便匆匆忙忙地跑到阿里巴巴家中，恳求他出去找他哥哥。

阿里巴巴安慰完嫂子，就急忙赶着三头毛驴，去山洞找他哥哥。来到洞口附近，一眼就看见满地的鲜血，他哥哥和十匹骡子也不见了踪影，显然是凶多吉少了。想到这里，他不禁哆嗦了一下。他战战兢兢地来到洞口前，说道："芝麻，开门吧！"洞门开启了。

他急忙跑进山洞，一进山洞就看见戈西姆的尸首被分成几块，两块挂在左侧，两块挂在右侧。阿里巴巴忍着万分恐怖的心情把哥哥的尸首收拾起来，并用自己的小毛驴驮运回去。然后他又装了几袋子金币，用柴火掩盖住，绑成两个大口袋，用另两头驴驮回去。做好这一切后，他念着暗语把洞门关上，立刻下山去了。一路上他拼命地克制住自己紧张的心情，集中全部精神，把尸首和金币安全运送回家。

阿里巴巴回到家后，把驮着金币的那两头驴牵回自己家，把金币交给老婆，并吩咐藏好，至于戈西姆遇害的事情，他没有向老婆透漏。然后他把运载尸首的那头毛驴牵往戈西姆家。戈西姆的女佣马尔基那开的门，让阿里巴巴把毛驴赶进了院子里。

阿里巴巴把尸首从驴背上卸下来，然后对女佣说："马尔基娜，赶快准备你们老爷的后事吧。现在我去通知嫂子，一会儿就来帮你的忙。"

这时，戈西姆的老婆从窗户中看见阿里巴巴，问道："怎么样啊！有你哥哥的消息吗？看你那愁眉苦脸的样子，莫非你哥哥真出事了吗？"

阿里巴巴急忙把哥哥遭遇不幸和他尸首偷运回来的经过，全部告诉了嫂子。

阿里巴巴讲述完毕后，接着对嫂嫂说："嫂子，事情已经发生了，要想改变这一切已是不可能了。这件事情太可怕了，但我们不能再有别人受到牵连了，一定要保守这个秘密，不然我们的性命也将难保。"

戈西姆的老婆知道自己的丈夫已经遭到杀害，现在埋怨什么也没有用了。她泪流满面地对阿里巴巴说："你哥哥的命是前世注定的，我也只好认命了。我会为了你的安全和我的将来，保守这个秘密的，绝不会泄露半点。"

"上帝的惩罚是无法抗拒的，现在你就安心休息吧。待丧期一过，我一定会娶你为妾的，一辈子供养你，让你过着快乐而幸福的生活。至于我的夫人，她是一个非常好的女人，绝不会嫉妒你，这你就放心吧！"阿里巴巴说。

"既然你觉得这样做较为妥当，就按照你的意思来吧。"戈西姆的老婆说完就痛哭起来。

阿里巴巴也因为哥哥的死很伤心。他离开嫂子，回到女佣马尔基娜身边，与她商量哥哥的后事，做完一切后，才牵着自己的毛驴回家。

阿里巴巴走后，马尔基娜立刻去了一家药店，装出没事人的样子，向老板打听给垂死病人吃什么药有效。

"是谁病入膏肓了，要喝这种药？"老板反问马尔基娜。

她说："我家老爷病的不行了，快要死了。这几天，他既吃不了饭，也说不出话来，所以我们对他的生死已不抱希望了。"

说完，马尔基娜就带着药回家了。

第二天，马尔基娜再到药店去买药，她脸上表情很痛苦，唉声叹气："我担心他连药也吃不下去了，这会儿恐怕已经不行了。"

当马尔基娜出去买药的功夫，阿里巴巴就把哥哥的一切后事都准备完毕了。他在家中等待戈西姆发丧时女仆发出悲痛哭泣的样子时再过去帮忙。

第三天天刚亮，马尔基娜头戴面纱，去裁缝店找一个名叫巴巴穆司塔的裁缝。马尔基娜给了裁缝一枚金币，说："你愿意跟我上我家去一趟吗？但得把眼睛用布蒙上。"

巴巴穆司塔觉得很为难，不愿意去做。马尔基娜又拿出了一枚金币塞到他的手上，并用恳求的语气让他去一趟。

巴巴穆司塔是一个见利忘义、财迷心窍的人，一见到金币，立即答应了他的要求，那自己的手巾蒙在了巴巴穆司塔的眼睛上，告诉他："你要把这具尸体按照原来的样子拼起来，把他缝合好，然后按着死人的身材大小做一件寿衣。做完这些事情后，我会给你一份丰厚的工钱。"

巴巴穆司塔依照马尔基娜的吩咐把尸首缝了起来，没过多久寿衣也做成了。马尔基娜感到很满意，又给了巴巴穆司塔一枚金币，再一次蒙住他的眼睛，然后扶着他，把他送回了裁缝铺。

马尔基娜很快回到家里，在阿里巴巴的帮助下，用热水洗净戈西姆的尸体，装殓起来，摆在干净的地方，把埋葬前应该做的事情都准备就绪，然后去清真寺，向教长报丧，说丧者等候他前去送葬，请他给死者祷告。

教长得到邀请，跟随马尔基娜来到戈西姆家中，替死者进行祷告，按照以往的惯例进行仪式，然后由四个人抬着装有戈西姆的棺材离开家，送往坟地进行安葬。马尔基娜走在送行的最前面，头发散乱，泪流满面地为死者送行。

阿里巴巴和其他亲人跟在后面，一个个都非常悲伤。

埋葬完毕后，他们就都回家了。

戈西姆的老婆自己一个人在家，哭得非常伤心。

阿里巴巴躲在家中，悄悄为哥哥服丧，以表示自己的哀悼之情。

由于马尔基娜和阿里巴巴细心、周密的计划，戈西姆的死亡真相，除了他们二人和戈西姆的老婆知道外，其余的人都不知道内情。

四十天的丧期过了，阿里巴巴拿出部分财产作聘礼，娶了自己的嫂嫂为妾，并要戈西姆的大儿子继承他父亲的遗产，把关闭的铺子重新开张了。戈西姆的大儿子曾经跟一个富商经营过生意，也练就了一身做生意的本事，很快就能把生意经营得非常红火。

没过几天，强盗们拿着胜利品回到洞中，发现戈西姆的尸首不见了，洞中也少了不少金币，强盗们非常吃惊，不知道原因。强盗首领说："这件事情我们一定要弄清楚，否则，我们长年积累下来的积蓄会被别人洗劫一空的！"

强盗们听了首领的话，赶紧行动。因为他们知道，除了这个被砍死的人知道开关的洞门暗语外，还有一个盗走金币的人也知道这里的暗语。所以，一定要把这件事情弄明白了，把这个人查个水落石出，只有找到了这个人，才能避免财产被盗完。

经过一番周密详细地计划后，首领决定派一个机灵点的人打扮成商人到城中的大小巷去打听。目的是想打听清楚最近谁家死人了，住在哪里。这样就找到了线索，也就能找到他们要找的人了。

一个匪徒自告奋勇地说："让我去吧，我会把这件事情打听清楚的。如果完不成任务，怎么惩罚我都可以。"

首领答应了这个匪徒的要求。

这个匪徒打扮好，连夜就溜进城里去了。当第二天天刚亮，他就开始了行动，见街上的铺子都关闭着，只有巴巴穆司塔的铺子开着，他正在做针线活。匪徒非常好奇地问他好，并问：

"天才亮，你怎么就开始做针线活了啊？"

"我看你是外乡人吧。别看我上了年纪，眼力好得很啊！前几天，我还在一间漆黑的屋子里，把一具尸体缝合好了呢。"

匪徒听到这里，心中暗喜，心想："只要我通过他，就能达到目的。"他不动声色地对裁缝说："你是不是跟我开玩笑呢啊！你是给一个死人缝寿衣了啊！"

"你打听那么多干吗？这事和你又没关系。"

匪徒赶紧把一枚金币塞给裁缝，说道："我并不想打听什么秘密，我是一个非常老实的人。我只想知道，你替谁家做零活了？你只要告诉我他们住什么地方，或者你能亲自带我去一趟就更好了。"

裁缝接过金币，不好再拒绝了，就把实情说了出来。他说："其实我并不知道他们是哪家人，因为在他们用我的时候，女佣是蒙着我的眼睛的，到了地方她才解开蒙眼睛的手帕。我按照他们说的把几块尸首缝合起来了，做好寿衣后，我又被女佣蒙上了眼睛，将我送回来了。因此，我无法告诉你他们家的地址。"

"哦，是这样啊！不过没关系，你虽然不能给我指出那家的具体位置，但我们可以像上次那样，照上次那样，再演习一遍，这样，你一定会记起点什么的。当然，你要是把这件事办好了，我还会给你金币的。"说完，匪徒就拿出一枚金币给了裁缝。

巴巴穆司塔就把两枚金币转入自己的口袋中，离开了铺子，带着匪徒来到马尔基娜带他走过的地方，让匪徒用手帕把他的眼睛蒙住，牵着他走。巴巴穆司塔本来就是个头脑清楚、感觉灵敏的人，在匪徒的牵引下，一会儿就到了马尔基娜曾带他走过的那条胡同。他边走边想，并计算着步数向前移动。走着走着，他突然停下脚步说："这里就是那个女佣带我来的地方了。"

巴巴穆司塔和匪徒现在站的地方就是戈西姆的住宅，如今这里已经是阿里巴巴的住宅了。

匪徒在戈西姆家的门后用白粉笔做了个记号，以免下次来了找错地方。他非常高兴地解掉巴巴穆司塔眼上的手帕，说："你帮了一个大忙，我很感激你，愿真主保佑你。现在请你告诉我，这所住宅的屋子里住的是谁？"

"说实话，我也不知道，我对这一带不是很熟悉。"

匪徒知道无法从裁缝口中打听更多的消息了，于是再三感谢裁缝，叫他回去了。他自己也急匆匆地回了山洞，把消息报告给首领。

　　裁缝和匪徒走后，马尔基娜从外面办事回来，刚走到门口，看见大门上有个白色标记，不禁很是吃惊。她思考了一会，心想一定是有人故意做的，有什么目的呢？尚不清楚，但这样不声不响地，肯定是不怀好意。于是，她用粉笔在邻居的门上做了个相同的记号。她自己保守着这个秘密，没有对任何人说，包括男主人和女主人。

　　匪徒回到山中，向首领和伙伴们报告了寻找线索的经过。首领和其他匪徒听到消息后，便要进入城中，对偷他们东西的人进行报复。那个匪徒直接把首领带到在大门上做记号的阿里巴巴家附近，说："我们所要找的人，就住在这里。"

　　首领观看了一下，说："这些房子的大门上都画着同样的记号，到底哪家是呢？"

　　带路的匪徒也很茫然，向首领发誓说："我只是在一间房子的大门上作过记号，不知道这些记号是从哪里来的。现在我也不知道哪个记号是我画的了。"

　　首领沉思了一会儿，对匪徒说："由于你没有把事情做好，我们没有找到那所房子，只能白跑一趟了。我们先回山洞，以后再做打算吧。"

　　匪徒们高兴而来，失望而归。首领便拿那个匪徒出气，将他痛打了一顿，再命手下把他绑起来，并说："还有谁愿意再去城中打探消息？如果能把盗窃财物的人抓到，我会有重赏的。"

听了首领的话，又有一个匪徒愿意前去，他说："我愿意去打探，并相信能满足您的要求。"

首领同意了他的请求。于是，这个匪徒又来到裁缝铺里找到了巴巴穆司塔，并用金币买通裁缝，利用它找到了阿里巴巴的家，在阿里巴巴家的门柱上，用红色的粉笔画上了一个记号。他心想："我用红粉笔做记号，就可以很容易分辨了。"他非常得意地回到山洞中报告首领已经找到那所房屋了，这次用红色的粉笔在门柱上作的记号，一定可以分辨出来。

这次又让马尔基娜看见了，她发现门柱上又有红色记号，便又在邻近的门柱上也画上了同样的记号。

首领派的第二个匪徒很快就完成了任务，但情况还是如上次一样。当匪徒们进城报复时，发现每家也是有相同的记号，他们又一次失败了，一个个垂头丧气地返回山洞。首领更是勃然大怒，又把第二匪徒痛打了一顿，叹道："我的部下都是些酒囊饭袋，看来我得亲自出马了，要不问题永远也解决不了！"

首领打定主意后，自己一个人来到城中，按照他们说的找到了裁缝巴巴穆司塔。在他的帮助下，顺利地来到阿里巴巴的门前。他吸取了前两个的教训，没有做任何记号，只是把住宅的坐落和四周的景色记在心中，然后骑马回到了山洞，对手下说：

"那个地方我已经记住了，下次去找就很容易了。现在，你们马上给我买十九头骡子和一大皮袋菜油，形状、体积一致的瓦瓮三十八个。再把这些瓮绑在骡子上，用十九头骡马驮着，每头驮两

马尔基娜非常能干

瓮。我扮成卖油商人，趁天黑时到那个坏蛋家门前，求他容我们在他家住宿。然后，到晚上我们再动手，夺回我们的财物。"

他提出的方案博得了匪徒们的赞成，他们个个心情都非常高兴，分头前去购买骡子、皮囊、瓦瓮等物品。经过三天的购买，他们把所有的东西都备全了，还在瓦瓮上涂上了一些油腻。他们在首领的指挥下，拿菜油灌满了一个大瓮，留两个强盗在洞里看守，其余全副武装的匪徒们潜伏在三十七个瓮中，用十九匹骡子驮着。首领扮成商人，赶着骡子，大摇大摆地把油运进城里，趁天黑时赶到阿里巴巴家门外。

阿里巴巴刚吃完晚饭，正在院子里散步。首领趁机走进来，向他请安，说："我是外地来进城贩油的，经常到这里来做生意。今天天气太晚了，我找不到合适的住处，还请您发发慈悲，让我在您的院中歇息一晚吧，也好让我的牲口歇息一下。当然，也请您帮忙给我的牲口添些饲料。"

好心的阿里巴巴虽然见过首领，但他现在伪装得很逼真，加上天黑，根本无法认得，就这样同意了匪首的要求，为他安排了一间空闲的柴房堆放货物和关牲口，并吩咐女佣马尔基娜：

"家中来客人了，给预备一些饲料、水和晚饭，铺好床让他住一晚。"

首领卸下行李，搬到柴房，给他的牲口提水拿饲料，他本人也受到主人的款待。阿里巴巴叫来马尔基娜，吩咐说："你要好好招待客人，不要大意，一定要让客人满意。明天一早我要去澡堂洗澡，给我预备好干净的白衣服，以便沐浴时用。另外，在我回来之前，为我准备好一锅肉汤。"

"好的，我知道了，一定按老爷说的做。"马尔基娜说。

说完后，阿里巴巴就回屋休息了。

首领吃过晚饭，便上柴房去照顾自己的牲口了。他趁着夜深人静，阿里巴巴全家休息时，低声对瓮中的匪徒说："今晚半夜，我一发信号，你们就出来。"

首领交代完毕后，走出柴房，由马尔基娜领着来到屋里准备休息。

马尔基娜放下油灯，说："如果有什么需要，请吩咐我啊！"

首领回答说："谢谢，不需要了。"等马尔基娜走后，才灭灯上床休息。

马尔基娜按主人的吩咐，拿出一套干净的衣服，交给另一个男佣阿卜杜拉，以便主人沐浴后穿，随后她给主人煮好肉汤。过了一会儿，她想去看看肉汤，但油灯已灭，一时又没有油可添。阿卜杜拉看着马尔基娜为难的样子，便说道：

"不要犯难了，柴房中不是有菜油吗？为何不拿来用呢？"

马尔基娜拿着油壶去柴房，见到成排的油瓮。她来到第一个瓦瓮前，这时躲在瓮中的匪徒听到脚步声，以为是首领来叫他们，便轻声问道："是行动开始的时候了吗？"

马尔基娜听到瓮中突然有人说话，吓得倒退了一步。她是一个非常机智勇敢的人，镇定后说："还不到时候呢。"她暗想道：

"原来这些瓮中装的不是菜油，而是人。看来这个贩油商是心怀鬼胎的，他在打什么坏主意施展阴谋诡计啊！亲爱的真主，求您保佑我们，别让我们上了他的圈套。"于是，她走到第二个瓮前，仍然压低嗓音，把"现在还不到时候呢"这句话重说一遍。

她就这样从头到尾检查，暗想道："我的主人还蒙在鼓里呢，都不知道危险就要降临到自己头上了。这个自称卖油的家伙，一定是这帮匪徒们的首领，而此时匪徒们正在等待他发命令呢。"此时她已经走到最后一个瓮前，发现这个瓮中装的是菜油，便灌了一壶，拿回厨房，给灯添上油，然后再回到柴房中，从那个瓮中舀了一大碗油，架起柴火，把油烧开，这才拿到柴房中，依次给每个瓮中浇进一瓢油去，躲在瓮中的匪徒还不知道情况呢，就这样一个个被烫死了。

马尔基娜运用自己的聪明才智把这件事情悄悄做完后，回到屋里发现所有的人都睡得很香。她高兴地回到厨房，关上门，继续给阿里巴巴热汤。

大约过了一个小时，首领醒来了，打开窗户，见外面一片漆黑无声，便拍手发出暗号，叫匪徒们立即出来行动。但过了好一会也没见有人出来，过了一会儿，他又拍，还是没有回音；经过第三次拍手、呼唤，还是没有动静。

他慌了，赶忙走出卧室，奔向柴房。心想："大概他们睡熟了，我得叫醒他们，赶快行动了，否则就来不及了。"

他走到第一个瓮前，立刻闻到一股油熏味，心里非常惊讶，伸手一摸，非常烫手。他就一个个地摸过去，发现瓮中所有的情况都一样。这时候，他明白了这些人都死了，他也担心自己的安全。他不敢回卧室了，只好跳墙跑到后花园，怀着恐惧的心情，逃跑了。

马尔基娜待在厨房里看了许久，但不见首领从柴房中出来。她想应该是逃跑了吧，因为大门是锁着的。她知道那些匪徒们还躺在瓮中，就不担心了自己也去睡觉了。

离天亮还有两个小时的时候，阿里巴巴就去澡堂洗澡了。他对夜中发生的危险一无所知，机智勇敢的马尔基娜没有惊动他，也没料到事情就这样应付过去了。本来她是想先跟主人说一下她的计划再行动，但是怕失去下手的好机会，让强盗得手就没有说。

阿里巴巴从澡堂归来已是中午了，他看见油瓮还在柴房放着，感到非常奇怪，心想道："这位卖油的客人怎么回事？这个时候了怎么还不去卖油？"

马尔基娜说："老爷啊，真主保佑你，使你昨晚免受伤害。您知道吗？那个商人想要伤害您，被我发现了，昨晚已经逃跑了。让我来告诉您昨晚发生了什么事情。"她领着阿里巴巴来到柴房，关上门，指着油瓮说："老爷您看，里面到底装的是什么？"

阿里巴巴打开瓮盖一看，里面怎么躺着人！他一下子吓得撒腿就跑。马尔基娜立即安慰他："别害怕！这个人已经死了，不会伤害您了。"

阿里巴巴听了安静下来，说道："马尔基娜，咱们遭那么大的祸刚好一点，怎么这个卑鄙的家伙就又找上门了啊？"

"感谢伟大的真主！"她把事情的经过都告诉老爷后，说："我们说话要小声点，免得邻居知道了，给我们带来麻烦。现在请老爷逐个看看这些瓮中的东西吧。"

阿里巴巴按照马尔基娜说的一个个都看了，发现瓮中都是全副武装好的男人，幸亏都被油烫死了。这一下把阿里巴巴吓得哑口无言。过了一会儿，他平静下来了，才问道：

"那个贩油的人哪儿去了？"

"老爷啊，您不知道，那个人并不是生意人，而是要害死您的歹徒的首领。他满口的好话，其实是想要您的命。他的所作所为，我会细细地跟你说的。不过，老爷您刚从澡堂回来，先喝肉汤吧。"

她扶着阿里巴巴回到屋里，立刻送上吃的。

阿里巴巴吃喝完，对马尔基娜说："我急于知道这件事，你说吧，不要让我蒙在鼓里，只有明白了，我才会安心。"

马尔基娜把昨天晚上的事情，从煮肉汤、点灯找油，到发现匪徒，用油烫死匪徒，以及匪首逃跑等，都仔仔细细地叙述了一遍。最后她说：

"这就是事情的全部经过。前几天，就有一些不对劲。我一直没敢说，怕事情传开了，叫邻居知道。现在也没必要不让您知道了。情况是这样的：有一天我出去回来，一眼看到大门上用白粉笔画的记号，当时我虽然不知道是怎么回事，也不知道是谁画的，但我估计一定是仇人搞的，要危害老爷，所以在我家大门上做下标记，我就在所有的门上都画上相同记号，让坏人无法分辨。现在看来，画记号的人一定是和昨天晚上这帮人有关系，肯定是这帮人怕走错了才做的记号。按照四十个强盗的数目计算，他们中有两人下落不明，这当中的具体情况，我还不知道，因此我们要加强提防。他们的首领已经逃跑，人还活着。老爷必须要多加注意了，以免他们会再来下毒手，这次失败了，他们一定不会轻易放过您的。因此，我要全力保护老爷的生命和财产不受损害，这也是我们奴婢的职责。"

阿里巴巴听了非常高兴，说道："你的这个建议非常好，你很勇敢，我这一辈子也不会忘记你的。你说吧，想要什么，我赏给你。"

"这是我应该做的。我看目前最重要的事情就是把那些死人埋了，别把秘密泄露出去。"马尔基娜说。

阿里巴巴按照马尔基娜说的去做。他亲自带着仆人阿卜杜拉到后花园，在一棵大树侧面，挖了一个很大的坑，把尸体上的武器卸下来，再把三十七具尸体埋起来，把地面弄得跟先前一样，并把那些油瓮和其他东西都收藏好。接着阿里巴巴又打发阿卜杜拉每次牵两头骡子赶到集市上去卖掉。这件事情办妥了，不过阿里巴巴并没有安心，因为他知道首领和两个匪徒还活着呢，并且一定还会来找他报仇的。所以一定要小心，对消灭匪徒和从山洞中获得的财物他从来都不透漏。

首领从阿里巴巴家逃跑后，悄悄回到山洞，那两个强盗偷偷跑掉了。首领想起损失的财物和人马，还有山洞中被盗走的财宝，就气愤不已。他认为只有杀掉阿里巴巴，才能解心头之恨。他决定一个人去城里，打着经营的幌子，在城里住下，以便找机会把阿里巴巴干掉。然后另起炉灶，再继续过劫掠的生活，只有这样，才能把祖传下来的杀人越货的事业传下去。

首领决心已定，就倒头睡觉去了。

第二天，天刚亮他便起床，像前次那样，把自己精心打扮了一番，然后进城在一家客栈住下。他心中嘀咕："一下子杀了那么多人，一定会轰动全城的，阿里巴巴一定会被捕受审的，他的住处也一定会查抄的。"于是，他向客栈的伙计打听消息："最近城中发生了什么奇怪的事情没有？"

伙计把自己所见到的都告诉了匪首。

首领听了非常失望，伙计所说的没有一件与他有关。他这才明白阿里巴巴是个机警聪明的人，不但拿走山洞中的财物，还害死那么多人的性命，自己却一点事情也没有。匪首想到自己的安危，就认为必须充分运用自己的智慧，提高警惕，才不至于落在敌人的手中。因此，他在集市上租了间铺子，从山洞中搬来了好多的货物，摆设起来，从此待在铺子里，改名为盖勒旺吉·哈桑，装着做起生意来了。

说来也巧，首领的铺子对面就是已死戈西姆的铺子，现在由他儿子、阿里巴巴的侄子经营。首领以盖勒旺吉·哈桑的名字四处活动，很快就跟附近的各商号混得很熟了。他待人接物非常大方，尤其对戈西姆的儿子格外热情，常常与这个帅气的小伙子套近乎，经常一起谈天，一坐就是几个小时。

有一天，阿里巴巴去铺子里看望侄子，被铺子对面的首领看见了，一见阿里巴巴便认出他来了。于是，首领跑过去向小伙子打听阿里巴巴的情况："刚才来你铺子里的客人是谁啊！"

"他是我叔父。"

之后，匪首对小伙子更加热情，给他许多好处。他表面上和蔼可亲，暗地里却想谋害他们。

又过了一段时间，阿里巴巴的侄子礼尚往来，便邀请盖勒旺吉·哈桑吃顿饭，但又想到自己的地方太过简陋，接待客人不方便，尤其是盖勒旺吉·哈桑是个比较讲究排场的人，在那里接待她就显得有点寒酸。于是，他去请教叔父阿里巴巴。

阿里巴巴对侄子说："你的想法是对的，应该请朋友做客。明天正好是礼拜五休息日，所有的商家都停业休息，你就约盖勒旺吉·哈桑到处走走。等你们回来的时候，你带他来我这里，我会吩咐马尔基娜给你们预备一桌好饭的，你不用操心了。"

第二天，阿里巴巴的侄子按照他的吩咐，邀请了盖勒旺吉·哈桑一起去玩，回家时，就顺便领着盖勒旺吉·哈桑走进他的叔父所住的那条胡同，一直来到门前。他一边敲门，一边说："这是我的另一个住处，你我之间的交往以及你的为人我都和我叔父说过了，他非常想见您一面。"

首领听了暗自欢喜，因为有了这种机会，报仇的愿望就快实现了。但他表面装着很客气的样子，一再表示推辞。这时候，仆人已经把大门打开了。小伙子拉着盖勒旺吉·哈桑的手，一起走进屋去。主人阿里巴巴很有礼貌地迎接着盖勒旺吉·哈桑道："欢迎！蒙您多日照顾我的侄子，我很感激。我知道您像父亲一样关心他。"

"你的侄子为人很不错，他的举止言谈都给我留下了深刻的印象。我很喜欢他。他年纪虽小，但很聪明，前途无量。"盖勒旺吉·哈桑说了一番恭维的话。

就这样，他们宾主就一问一答地交谈起来，显得即客气又亲切，十分投机。过了一会儿，盖勒旺吉·哈桑说："主人啊！现在该告辞了。过些时候我会抽空再来拜访的。"

阿里巴巴起身挽留他说："我的朋友，你上哪儿去？我要招待您，留您吃饭呢。吃过饭再回去吧。我们的饭菜虽然不如你家里的可口，也请您接受我的邀请，大家热闹一下吧。"

"主人啊！承蒙您的厚待，感激不尽，不过，我确实有特殊原因，不得不求您原谅。"

"客人啊！您心事重重，怎么感觉您烦躁不安，这是为什么呢？"

"是这样，近来我正在吃药，大夫说凡是带盐的菜肴都不能吃。"

"哦，就为这个呀，那不碍事，现在我正准备烹调，我吩咐他们做无盐菜肴招待您。请你等一等，我一会就回来。"阿里巴巴说着，走进厨房吩咐马尔基娜做菜不要放盐。

马尔基娜正在预备饭菜，突然听到这个吩咐，觉得很奇怪：
"这位要吃无盐的客人是谁？"

"你问他干吗？只管做饭就好了。"

"好的，一切按照老爷的意思去办。"马尔基娜对提出这个要求的人很感兴趣，很想看看这个人究竟是谁。

菜肴准备齐了，马尔基娜协助男仆阿卜杜拉去摆桌椅，以便招待客人，因此也有机会看到盖勒旺吉·哈桑。当她看到这个人时，立刻就认出他来了，虽然他经过精心的打扮，打扮成一个外地商人的模样。但马尔基娜仔细打量时，发现他罩袍下面藏着一把短剑，"原来如此啊！原来这个恶棍之所以不吃加盐的菜肴，道理就在这里，目的是寻找机会杀害主人，因为主人是他的大仇人。我必须当机立断，不能让他的阴谋得逞，必须先除掉他。"

马尔基娜拿出一张白桌布铺上，端上饭菜。趁主人陪客人吃饭的时候，她从客厅回到厨房，想着如何对付匪首。

阿里巴巴和盖勒旺吉·哈桑吃得很尽兴。吃喝完毕，马尔基娜和阿卜杜拉便忙着收拾杯盘碗盏，并端出点心来招待客人。马尔基娜还拿了水果和干果之类的食物，让阿卜杜拉用托盘端到堂上，她自己拿了一个小三脚茶几放在主人和客人身旁，并把三个酒杯和一瓶醇酒摆在茶几上，供主人和客人饮用。一切准备完毕，马尔基娜和阿卜杜拉才退下，去吃饭去了。

这时候，匪首有了机会，心中暗喜："这是报仇的好机会，我只要拿这把短剑一戳过去，就可以结果这个家伙的性命，然后从后花园逃走。他的侄子是不敢阻挡我的，即使他有勇气阻止我，我也能对付，足以致他于死命。不过稍等一下，等那两个奴仆吃完饭回去休息，我就动手。"

马尔基娜控制住自己的情绪，暗中监视着匪首的举动，心想："绝不能让这个恶棍有机会可逞。我不仅要挫败他的阴谋诡计，还要借机会结果他的性命。"于是，忠实可靠的马尔基娜脱掉衣服，换上一身舞衣，头上戴着鲜艳的头巾，脸上罩一方昂贵的面巾，腰上束一块腰带，腰带下面挂着一把镶着金银宝石的匕首。打扮完毕，她吩咐阿卜杜拉：

"带上手鼓，咱们一块去客厅去，为尊敬的老爷和客人表演吧。"

阿卜杜拉听从马尔基娜的安排，带上手鼓，跟她来到客厅。阿卜杜拉把手鼓一敲，马尔基娜跳起舞来。两个奴仆表演了一会，便停下来休息，准备下面的表演。阿里巴巴很感兴趣，任他俩随意发挥，并吩咐道：

"你们随便表演吧，让客人高兴。"

盖勒旺吉·哈桑说："谢谢您主人！承蒙您的盛情款待，我非常高兴。"

在主人和客人的赞赏下，二人表演得更加起兴。马尔基娜用她那轻盈的步子和婀娜的舞姿，给客人和主人带来了极大的欢乐。正当他们看得出神时，马尔基娜突然抽出匕首捏在手中，她从这边旋转到另一边，做出优美的姿势。这时，她把匕首紧贴在胸前，霎时停顿下来，右手把阿卜杜拉的手鼓拿过来，继续旋转，按喜庆场合的惯例，向在座的人乞讨赏钱。他首先停在主人阿里巴巴面前，主人便扔了一枚金币在手鼓中，他的侄子也同样扔进一枚金币。盖勒旺吉·哈桑眼看马尔基娜挪近时，便掏出钱包，预备给赏钱，顷刻间，马尔基娜鼓足勇气，把匕首对准盖勒旺吉·哈桑的心窝，猛刺进去，立刻结果了他的性命。

阿里巴巴大惊失色，说："你这是在干什么呢？我这一生就让你给毁了！"

"不是的。"马尔基娜理直气壮地说："老爷啊！我刺死的这个家伙，是为了您啊！如果您不信，可以看看他的外衣，便会发现他包藏的祸心了。"

阿里巴巴忙上前一看，发现他身上带着一把锋利的短剑，一时吓得哑口无言。

"这个卑鄙的家伙是您的仇人。"马尔基娜说，"您仔细看看，他就是那个贩油的商人，也就是强盗的头子。他说不吃盐，说明他不死心，要害您。您说他不吃加盐的菜肴，我就有点怀疑。而我第一眼看见他时，便知道他不怀好意，是要害您的。现在事实证明，我没猜错。"

阿里巴巴非常惊讶，非常感谢马尔基娜，重重地赏赐她："你先后两次从匪首手中救了我的命，我应该报答你。"于是，他伸手指着马尔基娜的脖子说："现在我就恢复你的自由，你从此就是自由人了。为了对你表示感激，我愿意为你主婚，把你许配给我侄子，使你们成为夫妻。"

阿里巴巴回头对侄子说："马尔基娜是一个本事高强、聪明、可靠的人。如今你也看到了躺在地上的这个人，就是你所谓的朋友。他跟你交往，就是要借机谋害我，而马尔基娜凭着她的智慧和机灵，替我除了这一害，从而使我们渡过难关。"

他的侄儿点头答应了，阿里巴巴很高兴看到侄儿答应了他的建议，愿与美丽的马尔基娜结为夫妻。于是，阿里巴巴带领侄子、马尔基娜和阿卜杜拉，趁着夜黑，又把首领埋到了后花园。

从此，他们谁都没有说过这件事，没有让任何人知道。

经过精心准备，阿里巴巴及其家人选了个良辰吉日为侄子和马尔基娜举行了隆重的结婚典礼，他们大摆筵席，盛情款待来客，并安排了豪华的仪式和各式各样的舞蹈，乐队等各种流行乐曲。亲戚、朋友、邻居都来祝贺，婚礼非常热闹。

阿里巴巴把自己的仇人给彻底根除了，从此他就专心自己的生意，过着富裕的生活。

阿里巴巴自哥哥戈西姆死后，由于顾虑匪徒，也为了安全，再也没有去过山洞。后来匪首和匪徒一个个都死了，又过了一段时间，他决定去山洞看看。一天早上，阿里巴巴自己骑着马进山，来到洞口附近，仔细看了看周围的情况，在证实没有人，他才鼓足勇气，把马拴好。他来到洞前，说了暗语："芝麻，开门吧！"

话音刚落，洞门就打开了。阿里巴巴进入山洞，见所有的财宝都还原封不动地堆积在那里。因此，他相信强盗都完蛋了。也就是说，现在除了他自己，再没有人知道这个宝藏的秘密了。于是，他又装了一袋金币，运往家中。

后来，阿里巴巴就把山中的宝藏告诉他的儿子和孙子们，并教他们如何开关山洞门的方法，让他们代代相传，继续享受宝库中的财富。就这样，阿里巴巴和他的子孙都过着极其富裕的生活，成为这座城市中最富有的人家。

海姑娘和
她儿子的故事

海姑娘到王宫

从前，有一个波斯国，波斯国一个国王叫赫鲁曼，他住在浮罗珊。他宫中佳丽成群，却没有一个人能给他生个一男半女。突然有一天，他想到自己已经年过半百了，还没有一男半女，没有人继承自己的王位，把帝业世世代代地传下去，心中不由得十分苦闷。

赫鲁曼国王正在烦恼的时候，一个侍卫急急忙忙地跑进来，启奏道："陛下！王宫门前来了一个商人，身边还带着一个绝代佳人。"

"哦，去把那个商人和女子带进宫来。"

侍卫说："遵命。"没过一会儿，就把商人和女子带到国王面前。

国王仔细打量着女子，见那女子披着乌黑的秀发，身材袅娜多姿，就像长矛苗条、纤柔。商人见了国王，揭开女子脸上的面纱，她的美丽把整个皇宫都照亮了，使王宫四处生辉。她梳着七根发辫，长发像马尾一样垂到腿下。国王不禁对女子的苗条身段和美丽的容颜惊呆了，他对商人说：

"老人家，这个姑娘你打算卖多少钱？"

"陛下，实不相瞒，我花一千个金币从贩子那里买来的。三年来，我带着她游走四处，今天刚到贵国。光是她身上的花费，就有了三千金币了。现在，我只愿把她当做礼物，献给陛下。"

国王听后，就加倍赏赐了商人，付给他一万金币。

商人收下赏赐，吻了国王的手，非常感激国王并向他告别。

国王把女子托付给女仆，吩咐道："你们要好好伺候她，精心为她打扮，再腾出一幢宫殿给她居住。"又让侍从把各种需要的物品都搬入宫殿，供她享用。

女仆们按照国王的吩咐，把女子安置在一幢靠近海边的宫殿里。那里有几扇窗户是面向大海的，由此可以看到美丽的远景。国王十分关心女子，便亲自去宫中探望，但女子毫无反应，她不懂得起身迎接国王。国王叹道："这个女的好像没有受过教育，怎么不懂得礼俗啊！"他每来一次，就会觉得这个女的更美丽可爱。她的面容好像满月，又像一轮太阳。国王队她的容貌十分惊异，忍不住赞美真主的奇

妙创造。他靠着女子轻轻地坐下，吩咐做一桌丰盛的宴席，陪她吃
喝。可吃完后，女子仍是不说话。国王问她，跟她拉家常，她也不说
话，只是低头不语。只因为她姿色动人，国王才不会生气，心里想：
"赞美真主！是他创造了这个绝色丽人，唯一遗憾的是她从不说话，
这未免有点美中不足。"

后来他问奴婢："她跟你们说话吗？"

奴婢们说："自打她来到这里，还没有说过一句话呢，也从来
不吩咐我们做任何事。"

海姑娘开口说话

国王叫来一群宫女，为女子唱歌，陪她玩耍，逗她开心、说话。
宫女按国王的吩咐，在女子面前又唱又跳，想出多种花样，逗得在场
所有的人都大笑，只有女子视而不见，听而不闻，默不做声。

国王为此很不高兴，他想："真是奇怪，这么美的人，为什么
不说不笑呢？"但国王并不死心，他对后宫佳丽看不都不看一眼，
只是一心陪伴女子，从不离开她。就这样过了一年。虽然女子从未
开口，但在国王看来，一年好比一日，他对她的爱慕从来都没有消
减，反而更浓厚了。有一天他对女郎说：

"可爱的人啊！我真的很爱你！为了你我舍弃了所有的佳丽，
把你当成我的一切。我苦苦等了整整一年，只求真主恩赐，让你可

怜可怜我，跟我说句话。你是聋是哑，也该有个手势告诉我啊！好让我从此断了这个念头。我只希望真主赏我一个孩子，好继承我的王位。因为我已年过半百，不能再孤独一人了，膝下冷清。我以真主的名义向你起誓，如果你爱我，就请你坦白告诉我。"

女子看着陛下出了一会儿神，像是在寻思什么。一会儿，她抬起头，丹唇轻启，露出微笑，突然就说话了："英勇的陛下！告诉您吧，万能的真主答应了您的要求，使我有了身孕。现在十月怀胎就要分娩了，只是腹中的胎儿是男是女还不知道。说实话，我要不是因为和您一起而有了身孕，无论怎么样我是不会讲话的。"

国王见女子说话了，顿时觉得整个宫殿都充满了光辉。他惊喜地吻着她的两手，无限欣慰，说："亲爱的主啊！终于让我双喜临门了。一喜是你能开口说话，二喜是你将为我生儿育女。"于是，国王高兴地在宝座上发号施令，命宰相取出十万金币，广施救济，帮助那些孤寡老人，以感谢上天给他的福分。

宰相立刻奉命行事。

海姑娘的来历

国王回到姑娘宫中，坐在她身旁，说："我的人啊！整整一年了，我和你是白天黑夜地在一起，从不分离，你却从来不说话，直到今天你才肯说话。你这样做到底是为什么啊？"

"陛下，我告诉您您，可知道，我是一个忧愁可怜的人。我的母亲、哥哥和家属都远在他乡，再无相见的希望。"

国王听了她的谈话，理解她的心思，安慰说："你说你可怜并不完全正确，因为我的国家所有的财富都可以供你驱使，我自己也心甘情愿为你做任何事情，至于你的亲属他们在哪里，我会派人把他们接过来，你也不用担心。"

"善良的国王啊！您知道我叫什么吗？我叫海石榴花。我父亲是海里的一个君主。因为他死后留下的家业为外族所霸占，才害得我们家破人亡。我有个哥哥叫萨里哈，因为一件事我们的意见不同，引起了争吵，我就发誓要同陆地上的人结婚，然后我漂洋过海，在一个星光闪烁的夜晚，来到一座海滨城市，当时正好有一个人从我身边走过，就把我带回家了，调戏我并想奸污我。我气得狠狠地打在他脸上，差点要了他的命，所以，他就把我卖给了那位献给陛下的好心人了。要不是因为您爱我，将整个身心都给了我，我早就从这个窗户跳到海里找我母亲去了，我会连一个钟头也不愿跟您待着。我现在既然有了身孕，也不好回去见我母亲了。如果我告诉母亲我被一个国王宠着、爱着，还把所有妃子都抛弃了，视我为最爱，他们一定会怀疑我的话，以为我干了什么见不得人的事。"

国王听了海石榴花的一番述说，由衷地可怜她，不禁深吻她的额头，说："我的美人啊！我以真主的名义起誓，我一时一刻一分一秒也离不开你了，一天不见你就非要了我的命。这该怎么办？"

"陛下，我就要生孩子了。那时，一定要有我的亲属在场。"

"他们在海里生活，不会被海水浸湿吗？"

"我们凭圣苏丽曼戒指上刻着的护身符在海里生活，就和你们在陆地上生活是一样的。陛下，我求您答应我，让我的亲属来看望我，并请您向他们证明我说的是事实。我告诉他们，是您收纳我的，又对我百般呵护。希望他们亲眼见到，并知道您是帝王的后代。"

"我的美人啊！你喜欢怎么做就怎么做。你所做的一切我都答应。"

"陛下，您可知道我们虽然生活在海里，但都睁着眼睛，观看万物，跟在陆地上可以看见天空中的一切，毫无区别？只是海洋里有各式各样的人类，跟陆地上的人有不同。告诉您吧，陆地上的东西，跟海里的东西比起来，真是小巫见大巫。"

国王听了，很是惊讶。

海姑娘的海王国亲属

海石榴花把香炉点上，从身上掏出两块沉香扔进香炉中，又吹了一声口哨，便喃喃自语起来。随着她的祷念，只见炉中冒出一股黑烟，很快弥散开来。国王对眼前一切很是诧异，弄不清她在念什么，只听她说道：

"陛下，现在我母亲和我哥哥以及我的叔伯姐妹们就要上这儿来了。您快躲起来，好看一看他们的样子，借此也见识一下宇宙万物不同的姿态和形象。"

国王依照她的话，立刻躲到一间密室中，注意观察她的一举一动。只见她一边烧香，一边念咒语，念得海水翻腾不止、波涛汹涌。接着波潮两边划开，从中出现一个帅气的小伙子，他像一轮皎月，面色红润、明亮双眸，洁白牙齿，体态跟海石榴花差不多。在小伙子后面紧跟着一位体态龙钟的老妇人，被五个仙女般的姑娘簇拥着，她们的模样跟海石榴花也差不多。他们在水面上走着，如行云流水，慢慢来到窗前。海石榴花顿时眉开眼笑地起身迎接。她们一见面便认出海石榴花，快步奔到宫里，紧紧抱着海石榴花，痛哭流涕地说：

"海石榴花啊！四年了，你为什么一去就没有消息了，对我们不闻不问的？你在什么地方，我们一点都不知道。我们以真主的名义起誓，你离开以后，我们都吃不下睡不着，因为想你、惦念你。我们整日都是以泪洗面。"

海石榴花亲吻着她的母亲、哥哥的手，也吻着叔伯姐妹的手。于是，大家将她围住，促膝谈心，询问她的情况和遭遇。她说：

"你们可否知道，自从和你们分别后，我离开海洋来到海滨，被一个男人卖给了一个好心的商人，商人带我来到了这座城市里，以一万金币的代价把我卖给了这里的国王。国王对我的感情深似海，为了我，他抛开后宫所有的佳丽不管。他对我的关怀疼爱到了废寝忘食的地步，甚至把国家大事都忘记了。"

她哥哥听了妹妹的叙述，说："赞美万能的真主，他叫我们骨肉相见了。现在我们希望妹妹和我们一块回家，在一起生活吧。"

国王在密室里听到这番话，生怕海石榴花听他哥哥的话离开自己，吓得有点神志不清，不知道如何是好。这时，他忽然听到海石榴花对她哥哥说：

"以真主的名义起誓，哥哥！买我的人是这个岛国的君主，他有权有势，头脑清醒，为人善良，又很富有。他对我体贴入微，好得不能再好了，只是遗憾他现在还没有个孩子。我到这里之后，从未听他说过一句怨言。他始终对我很好，事事都听我的，还给我身份优美的环境，让我享受人间最富有的生活。我们共同过着很美好的生活，他再也离不开我了。我要是离开他了，他会活不了的。再说，自从我跟他相处以来，他就十分呵护我，要是我离开他，我也活不了了。坦白地说，如果父亲还在的话，也不会比这个英明的君主把我看得更重要、更高贵。你们都看见了，现在我已经有身孕了，赞美万能的真主啊！让我成为海王之女，现在又成为陆上最有权力的帝王之妻。但愿万能的真主保佑，赐我一个男孩，让他能继承王位。"

海石榴花的哥哥和叔伯姐妹们听了她的话感到很是安慰，满心欢喜地对她说："海石榴花啊！你在我们心目中的地位和我们对你的爱，你是再清楚不过了。你是我们心中最尊贵的公主。你要相信我们对你的身心和生活非常关心在意。所以，如果你不习惯这里的生活，就跟我们一块儿回家去。如果觉得这里很适合你，过得舒适如意，那我们也就什么也不说了，你就住下吧。总之，我们希望你过得幸福。这样我们就放心了。"

"真主会保佑我的，我不但会幸福，而且会享受人间的荣华富贵。"

国王和海王国的人们

国王在密室里听了海石榴花的谈话，非常高兴，顿时安下心来。他满怀感激之情，发现她像自己爱她那样爱自己，她也希望他们能白头到老，生儿育女。

海石榴花立刻吩咐奴婢准备宴席，盛情款待自己的亲属。她亲自下厨，做了丰盛的饭菜和糕点、果品，并同亲属们一同用餐。席间亲友们对她说：

"海石榴花，你丈夫对于我们来说还很陌生，我们也不了解他。我们没征得他的许可，便自作主张到他宫里来作客，请你转告我们的谢意。遗憾的是，你拿他的东西招待我们，我们吃了个酒足饭饱，可还没和他见面呢。你怎么不把我们引见给他呢？让他同我们一起吃饭吧，说不定我们和他还可以结成朋友呢。"

他们面色有点严肃，心中有怨言，就停下不吃了。

国王在密室中看到这种情况，吓得不知怎么办才好。海石榴花灵机一动，站了起来，对亲友们好言相劝，随后立刻来到国王躲避的密室中，说：

"陛下，我在亲属面前对您的感激和赞美之词，您听见了吗？他们说要带我回家去和家人团聚，您听见没有？"

"我都听见了，也都看见了。愿万能的真主把你赏赐给我。万能的真主，今天是个吉祥的日子。你终于明白了我对你的爱。当然，你对我的一往情深不用怀疑。"

"陛下，好心都有好报。您爱护我，尊重我，把我看得无比高尚，使我知道您对我的关怀和情意。为了我，您能抛弃以前的宠妃，不惜牺牲一切。在这样的爱护下，我怎么能忍心离开呢？现在恳请陛下出来见一见我的亲属，同他们结成友谊。陛下，由于我在母亲和亲属面前的赞美，他们十分喜欢你，所以在回家前，一定要和你见个面。他们要亲眼目睹你的为人，从此不再为我的命运担心。"

"听明白了，遵命。我也着急着和他们见面呢。"

于是，国王从密室中出来，随海石榴花来到席间，和她的亲属们见面。国王很有礼貌地向他们问好。他们都站起来，非常热情地欢迎他前来。国王坐在席间陪他们吃饭，并留给他们住在宫中，把他们视为上宾，大家在一起整整住了一个月，他们才向国王和海石榴花告别。

海石榴花的儿子

海石榴花十月怀胎，终于生下了一个男孩，也像满月一般可爱。

国王老年得子，喜出望外，整个国家都在为孩子庆祝，上下热闹了
五六天。到了第七天，海石榴花的母亲、哥哥和叔伯姐妹们听说生了
太子，也前来庆贺，国王热情地接待了他们，无比高兴地说：

"你们来得正好，我正想等你们来给孩子取个名字。现在托你
们的福，给他取个名字吧。"

他们给太子取了个名叫白鲁·巴卜。国王同意了，并把太子抱
出来给他们看。他舅舅萨里哈把他抱在怀里，在宫中走来走去，过
了一会儿便走出宫殿。飘行在海面上，就看不见踪影了。国王见太
子被舅父抱进海里去了，不由得伤心极了。海石榴花见国王担心的
样子，就对他说：

"您放心吧，不用为儿子担心，我比您更心疼儿子。孩子和他
舅舅在一起呢，您不用担心，他不会淹死的。因为我哥哥有分寸，
如果对孩子不利，他是不会贸然行事的，我向真主起誓，他一定会
把孩子安全带回来的。"

海石榴花话音刚落，就见海面上一阵波涛汹涌，海浪翻腾着，
萨里哈抱着太子回到宫中。太子非常乖地躺在他的怀里。萨里哈望
着国王，说："对不起，我把孩子带到海里去了，让他见识一下海
里的世界。也许您担心他的安危了吧。"

"是啊，我实在担心，以为他被淹死了。"

"国王啊，我们给他点了一种特有的眼药，还让他受了圣苏丽
曼戒指上的护身符的洗礼，因为在我们那里每逢孩子诞生，都有这
惯例。以后他再到海里，就不用怕会淹死或遇到什么不测了。告诉

您吧，我们在海里生活，跟陆地上生活是一样的啊。"

说完，萨里哈把身边的一个袋子打开，倒出各种名贵的珍珠宝石，包括三百块翡翠，三百颗宝石，每颗有鸵鸟蛋那么大，奇光异彩，比太阳和月亮更耀眼。他对国王说："陛下，这些珍珠是我们第一次献给您的礼物。过去我们不知道海石榴花的下落，现在知道陛下对她恩宠有加，贵为后妃，因而我们也是陛下的亲戚了。我们就是一家人。所以，带来这些礼物送给您，表示我们一点心意。若是陛下愿意，以后每隔几天，我们就会带一些礼物来献给您。在我们海里，珍珠宝贝不计其数，超过陆地上的沙石土壤呢。我们对这些珠宝的贵贱了如指掌，采集起来非常方便。"

国王看见这么多的宝石，非常惊讶，说："以真主的名义起誓，这里的任何一颗宝石，都可以和我的江山媲美了。"他衷心感谢萨里哈的厚礼，回头对海石榴花说："承蒙哥哥送给我这么多罕见的名贵珍宝，我真是当之有愧，但恭敬不如从命。"

海石榴花对她哥哥的慷慨很是高兴。

萨里哈说："陛下，因为您对我们的恩情，所以我们向您表示谢意是应当的。陛下抬爱我妹妹，还请我们来宫中欢度的恩情，即使让我们服侍您一千年，也无以为报。区区小礼，比起陛下的皇恩不值得一提。"

国王十分感谢萨里哈，再三想留下他们住。

萨里哈母子和姐妹们在国王的盛情邀请下又留在宫中，跟国王、王后一起度过了快乐的四十天。到第四十一天时，萨里哈来到国王面前，跪在地上。国王问：

"萨里哈，你这是做什么呢？"

"陛下的盛情款待，在下终生难忘，只可惜我们离家太久，也很挂念亲戚朋友，不能继续和妹妹一起蒙受恩宠。恳请陛下允许我们回家去吧。以真主的名义起誓，我也舍不得离开你们，但我们都是海里出生长大的，实在没办法习惯陆地上的生活。"

国王听了萨里哈的话，愿意满足他的要求。他含泪送别萨里哈母子和他的姐妹们，分别的时候，还是依依不舍。萨里哈说："陛下，过不了多久我们还要拜访您。我们会随时保持联系的。以后每隔几天，我们便来打扰一次。"

他们说完，就走进海里了。

国王从此更加爱护海石榴花。海石榴花也贤良无比，相夫教子。太子的外祖母、舅舅和阿姨们隔不上几天，便出海到宫中看望他们，和他们住上一两个月，然后告辞，回到海里。

国王传位给太子

白鲁·巴卜太子渐渐长大了，身体也越来越健壮。到了十五岁，已经长成一个帅气的小伙子。他精通学术，骑射、剑术也样样精通，并学成了公子王孙必精的技艺，他才貌双全，学艺双绝，名扬天下。

国王十分疼爱太子，很想将王位传给他。

一天，他招来满朝文武，跟他们商议王位的继承问题，要他们发誓，同意并推举白鲁·巴卜太子为王位继承人。文武百官都拥护国王的决定，并宣誓要辅佐和爱戴继承王位的太子。

赫鲁曼本来是一个开明的国王。他平易近人，乐善好施，关心老百姓，深受百姓爱戴。在他和文武百官商议好把王位传给太子的第二天，白鲁·巴卜举行了登基典礼。他们在城中游了一圈，再回到王宫附近。由国王先下马，表示对太子的尊敬，再由朝中大臣轮流抬着地毯，缓缓进入正殿。国王和大臣们这才扶太子下马，登上宝座，然后众官员分成两队，静静地听他的指令。

从此，太子就正式成为国王。

白鲁·巴卜掌权以后，立刻开设了法庭，为百姓排忧解难，为百姓申冤。他赏罚分明，为百姓主持公道，维护国家安定，对作奸犯科的贪污给予重罚，以达到杀一儆百的作用。

一天，白鲁·巴卜处理朝中事情，到中午才宣布退朝，随即离开宝座，随同父王一起回到后宫。太后海石榴花看见太子头戴王冠，面色红润，立刻起身相迎，祝贺他儿子的能干，并为他们父子祈福。

白鲁·巴卜每天退朝后都会和母亲聊会天，一直聊到午后才告辞离开，率众臣去操场骑马训练，直到太阳下山，才满意而归。他每天都坚持去校场练习，然后回宫开庭进行审判，替官宦和平民百姓排忧解难。他为人正直，终日操劳，为国分忧。

时间过得很快，一年马上就过去了。白鲁·巴卜打点好行李，率领大队人马出去打猎，周游各地，并视察各地的治理情况。这样，他就会做到一个尽职的国君，并体现出自己高贵、勇敢、公正的品质。不幸的是，他游玩回来，老国王赫鲁曼不幸身染重病，到了无法治疗的地步。老国王临死前，把白鲁·巴卜叫到跟前，谆谆教导他，要孝敬母后，把国家治理好，关心百姓，爱护大臣，又一次托付群臣要好好辅佐国王，并要信守拥戴国王的诺言。

老国王把一切都安排好，没几天就与世长辞了。

白鲁·巴卜母子及满朝文武都悲痛欲绝，替老国王建筑皇陵，隆重安葬了他，再为老国王守孝。萨里哈母子和他的姐妹们也前来吊唁，他们对太后说：

"海石榴花啊，国王虽然离去了，但他还留下了这个聪明能干的孩子。他就像是刚升起的明月一样。有白鲁·巴卜继承大业，国王死也瞑目了。"

守孝满一个月，大臣们叩见白鲁·巴卜，说道："先王已经亡故，陛下十分伤心也是人之常情。陛下还请节哀，化悲痛为力量啊。再说，如果没有陛下继承大业，先王是不会放心离去的。"

经过大臣们的安慰，国王情绪有所好转，来到澡堂熏香淋浴，重新戴上王冠，穿上龙袍，被前呼后拥地回到宫中，坐在宝座上，重新整理国事，替老百姓排忧解难。

他又恢复了以前公正严明的处事方式，得到了人民的拥戴。

海石榴花商议儿子的亲事

白鲁·巴卜就这样埋头苦干，又过了一年。

此期间，海王亲戚经常来看望他们母子，使他们生活的非常舒适，在精神上也有了依靠。一天夜里，他舅舅萨里哈来看海石榴花，海石榴花见哥哥来了，亲热地和他相拥，请他上座，问候道：

"哥哥，你们身体可好？母亲和妹妹都好吧？"

"我们过得非常好，身体也很健康，不必挂念。唯一不好的就是不能经常和你见面。"

海石榴花盛情款待了哥哥。

兄妹俩边吃边谈，不由得谈到白鲁·巴卜的身上。他们认为他英俊潇洒，通情达理，成熟稳重，已经是个成年人了。当时白鲁·巴卜正在一旁，听见母亲和舅舅的对话，便假装没有听见，暗中却悄悄地听着。只听他舅舅对母亲说：

"你儿子已经十七岁了，也应该成亲了。我们怕有什么意外啊！所以，我想从海中的诸侯国之女中，挑选一位可以与他般配的公主，嫁给他为妻。"

"你说说看，到底打算把谁家的女儿许配给他啊？我多少也应该知道点消息，也好考虑一下。"

于是，萨里哈一个接一个地说出那些公主的姓名。海石榴花摇了摇头说："这些人都不配做我的儿媳妇。能做我儿媳妇的应该是个知书达理、貌美如仙的人，在宗教、信仰、门第、身份上，都要门当户对才行。"

"我已经找出一百多个公主，居然没有一个人和你意的，现在我已经没有人推荐给你了。不过，妹妹你去看看，他到底睡熟了吗？"

海石榴花走到国王床前，试探她的儿子，觉得他睡熟了，说道："他真睡着了。为什么你突然间关心他睡着了？"

"妹妹，你要知道，我已经有一个合适的人了。如果国王还醒着，我怕他听到会钟情于这位公主。到时候如果高攀不上，你我和你的儿子及满朝文武，都会进入非常尴尬的境地，那我们岂不是自讨苦吃？古人说得好：爱情本是一点垂涎，扩散起来，将会有灭顶之灾。"

"那这个公主叫什么，是什么来路，你说说看啊！海里帝王的女儿以及名门闺秀我都认识。如果那个公主真是最合适的人选，我一定不惜重金，也要到她家求亲。她是谁啊？告诉我吧，你别担心，我儿子已经睡着了。"

"我担心他还醒着。"

"那么哥哥，你就稍微透漏一点消息吧，不必顾虑他的存在。"

"妹妹，我以真主的名义起誓，国王瑟曼德尔的女儿赫兰公主就是你最好的人选。她有绝世的美貌，长相与白鲁·巴卜不相上下。她绝顶聪明，可爱至极，有海上和陆上无与伦比的美。她有粉红的腮颊，闪着光芒的额头，珍珠白般的牙齿，水晶般的眼睛，真可谓是闭月羞花，沉鱼落雁。她举目四盼能羞退羚羊。她体态优美，拥有柳肢蛇腰。因此，凡是见过她的人，无不为之失魂落魄。"

"一点也不错，哥哥。我见过她好多次面，幼年的时候就特别喜欢她。现在我们疏于联络，已经有十八年没有义见面了。我以真主的名义起誓，的确只有她才能做我的儿媳妇。"

赫兰公主的传说

白鲁·巴卜偷听了他母亲和舅舅的谈话。萨里哈对国王瑟曼德尔的女儿赫兰公主那一番描述，使他深受感染。他顿生爱慕之心，心中燃烧起爱情的火花，陷入了情网，可他依然装作熟睡。

萨里哈看了海石榴花一眼，说"以真主的名义起誓，妹妹，瑟曼德尔在众海王中虽然懦弱无能，但也具有无上的权力，超过了任何国王。现在让我们先去向赫兰公主的父亲求婚，再把这件事情告诉国王。如果公主的父亲接受我们的求亲，愿意跟我们结为亲家，感谢主的成人之美。要是他拒绝了，不肯将女儿嫁给我们，我们就要见机行事，打消这个念头，重新物色人选。"

"你考虑得很周到，就这样办。"

萨里哈兄妹说到这里，就各自睡去了，可是，白鲁·巴卜心中的爱情火花就燃烧起来了。他真心爱恋着赫兰公主，但又不好意思向他母亲和舅舅说出真话，只好强忍着，按捺住心中的爱火。

第二天早上，白鲁·巴卜先陪舅舅沐浴、狂欢，而后陪母亲和舅舅共用早餐。吃完饭，洗过手，萨里哈站起身来，向白鲁·巴卜母子告辞，说："请两位允许我回家吧。我已打扰了好些天，母亲还等我回家呢。"

白鲁·巴卜说："舅舅，再多住一天吧。"他非常想挽留舅舅，"来吧，舅舅我们到花园里走走吧。"于是，甥舅两人一起到花园中散步游玩。

他们在一处树荫下坐着乘凉、休息。国王脑海中老是浮现出赫兰公主那迷人的身材和倩影。为此，他突然感到伤心，凄然吟道：

爱情的火花在心中燃起，

这是我日夜难解的相思情结。

如果有人问起：

"万一你有幸与她相见，

你会把她当做珍宝吗？

或者，你希望一杯清新的甜水？"

我回答：

"我一定会把她看做是我最心爱的人。"

萨里哈听了白鲁·巴卜真心的告白，无奈地搓着手，叹道："唉！唯一的万能主，穆罕默德是他的使徒。现在，我们只盼伟大的真主拯救了。"接着他问白鲁·巴卜："孩子，我跟你母亲关于赫兰公主的谈话，你都听到了？"

"是，舅父，我都听见了，而且我已疯狂地爱上她了。我的心如此眷恋她，以至于无法控制自己的情绪。"

"陛下，让我们把这件事情告诉你母亲吧，求她同意你去海里，向赫兰公主求婚。要是擅自离开，她是不会同意的。再说，你要是走了，谁来管理朝政呢？无人管理朝政，她一定会不知所措的。这江山可不能败在你的手中啊！"

"舅舅，如果去见母亲，她一定不会让我去的，所以我不会去见母亲的，更不会和她商量。"他说着，伤心地恳求道，"舅舅，让我跟您去吧。不必告诉我母亲，我们很快就会回来的。"

萨里哈面对白鲁·巴卜的请求，顿时心软下来，一时不知如何是好，叹道："既然这样，我只盼真主援助了！"当时他看出白鲁·巴卜不愿去见母亲，主意已定，心如磐石，只好脱下一个刻着真主大名的大戒指，递给白鲁·巴卜，吩咐道："你戴着这个戒指，就不会被海水淹死或遭到海中怪物的袭击了。"

白鲁·巴卜接过戒指戴在手上，随同舅父离开宫殿，潜入大海。他们马不停蹄地赶路，一直来到萨里哈宫中。外祖母和一些亲戚正拉家常呢。他俩过去吻了他们的手。外祖母起身相迎，亲热地把白鲁·巴卜搂在怀中，吻他的额头，说：

"孩子，欢迎你来这里。你母亲怎么没有同来？她还好吗？"

"我母亲很好。她让我向您问好。"

接着，萨里哈把他和海石榴花关于瑟曼德尔国王女儿赫兰公主的谈话，以及白鲁·巴卜耳闻赫兰公主的美名后而倾心于她的事，详细地说了一遍，最后说："这次外甥随我前来，就是为了向瑟曼德尔国王求亲，预备娶赫兰公主为妻的。"

白鲁·巴卜的外祖母听了儿子的谈话，勃然大怒道："儿啊！你怎么这样糊涂，怎么在他面前提赫兰公主呢！你明知道瑟曼德尔毫无头脑，是个冥顽不灵、蛮横不讲理的人。他把自己的女儿看成是自己的财物，海里的许多公子王孙想娶赫兰公主，全都被拒绝了，他还粗鲁地谩骂别人，说：

'你们的长相、气派，根本配不上我的女儿。'咱们出身高贵，又自尊自重，这样冒失地去向她求亲，如果像别人那样遭到拒绝，那不是自讨没趣吗？"

萨里哈说："母亲，我跟妹妹谈到赫兰公主，白鲁·巴卜听了就一心一意地爱上她了。他说我'宁愿舍弃半个江山，也要向她父亲求婚。'他下定决心非赫兰公主不娶。如果没有成功，就终身不娶。母亲，这件事您说该怎么办？要知道外甥除了比赫兰公主漂亮，而且继承帝王大业，最有资格娶她为妻。我决心带着珠宝和各种价值连城的物品去见瑟曼德尔国王，替外甥向他求亲。如果他说自己是一国之君，白鲁·巴卜也就可以和他平起平坐。如果他赞扬赫兰公主的美丽，白鲁·巴卜比她更漂亮。如果他说自己的疆土强大，白鲁·巴卜的疆域比他的更辽阔，兵力比他的更强大。为了实现外甥的愿望，即使我有生命危险，也要为他穿针引线。要知道，解铃还需系铃人，是我把他推到爱情的苦海中的，我自然就该尽力让他尝到爱情的美。这件事，还要真主相助。

"你执意要去就去吧，不过你要小心啊！别得罪了那个不辨曲直的家伙，我怕你们遭到不测。"

"是的，母亲。我知道了。"

萨里哈求亲失败

萨里哈准备了几袋子最名贵的珠宝玉石，叫仆人带着。紧接着，他来到瑟曼德尔的宫殿前，请求接见。国王答应接见他。他进去跪在国王面前，吻了地面，毕恭毕敬地为国王祈求安福。国王起身相迎，十分周到礼貌地请他坐下，说：

"承蒙你的到来，荣幸之极。好久不见，真是非常挂念你。今天你来见我，有什么事吗？告诉我吧，我一定会让你满意的。"

萨里哈再次起身，跪倒在地，吻了地面，说："国王，愿真主和狮子般伟大的您成全我的请求。陛下的美名远扬，世人定会传颂的，况且陛下从善如流，又兼有大度、仁慈、宽容的美德，令万众仰慕爱戴。"说着，他打开袋子，取出珠宝，让国王一一过目，继续说："陛下可否体念下情，笑纳这些薄礼，使在下感到心安。"

陛下很惊讶地说："你为什么送我这些东西？先说一下你的理由，我再考虑。如果我能做到，我一定答应你，绝不会让你失望的。要是我无法办到，那我也无能为力了。真主是不让人做出超过他能力范围的事的。"

萨里哈站起来，第三次跪下去吻地面，说："国王，您完全能够做到。因为我的要求不但是您能做到的，而且在您的掌握中。我不是疯子，怎么会要求您做您做不到的事情呢？这个愿望您是可以满足我的。"

"你有话就直说吧。清清楚楚地告诉我。"

"陛下，您要知道，我们希望和陛下联姻结亲，所以特来向您的掌上明珠赫兰公主求婚。"

国王听了萨里哈的话，立刻现出鄙视的态度，毫无顾忌地大笑，几乎笑倒在地上，然后突然厉言正色，一下换了另一副脸色，说："萨里哈，我本以为你是个有头脑的言行端正的人，不料你也口吐狂言，甘于冒着危险，大言不惭地向我女儿求婚？难道你配娶她吗？可见你现在糊涂成什么样子了。"

"真主会保佑陛下，可我不是为自己来向您求亲的。当然如果我为自己求婚也不够资格啊。先父贵为海里的诸王，只是到后来家道没落，我们才变成您的藩属。今天我是为白鲁·巴卜国王来向您求婚的。他父亲是赫鲁曼是波斯国王，拥有至高无上的权力。如果您觉得自己贵为一国之君，那么白鲁·巴卜的疆域比您的更辽阔。如果您觉得公主貌美如仙，那么白鲁·巴卜也是英俊潇洒，出身、门第都不逊色于她。他的英勇无敌，当今路人皆知。您如果接受我的请求，那么，您算是促成一桩好事。您要是一意孤行，对我们来说不公平，等于是让好事夭折。您的千金小姐赫兰公主迟早是要嫁人，如果您决心替公主找到幸福，那么让我的外甥白鲁·巴卜来做您的乘龙快婿最适合不过了。"

听了这番话，国王差点被气昏过去，他喊道："狗东西！你这样的人也敢大放厥词，也配向我女儿求婚？你妹妹海石榴花的儿子配做她的丈夫？你算什么东西？你妹妹？你外甥和他父亲又是些什么家伙？你们在一起都没办法跟我的女儿相比。不自量力的东西，居然敢来向我提亲！"

他边骂边叫仆人，说："来人，给我把这个贱种杀掉！"

仆人遵命，就要把萨里哈杀死。萨里哈见势头不对，拔腿就跑。刚跑出宫门，就看见他的叔伯兄弟、亲戚朋友和家丁共一千多人，穿着铠甲，手持宝剑，正守在宫门外。他们奉老太太命令前来援助萨里哈。

一见萨里哈，他们都异口同声地问："事情办得怎么样了？"

于是，萨里哈把求婚的经过一五一十地告诉他们。

他们听了，气不过国王的鲁莽残暴，一怒之下，闯进王宫。只见昏君坐在宝座上还未消气，他的仆人卫队正悠闲自在、无事可做。直至他们冲杀到了国王面前，他才从中惊醒，大喊救命，训斥自己的仆人、卫队，道：

"该死的东西，还不快保护我，快把这些狗东西杀死！"

仆人、卫队慌慌张张，以一支乌合之众前来应战。宫中战斗非常激烈。

不一会儿，瑟曼德尔国王就束手就擒。

赫兰公主逃上岛屿

国王的女儿赫兰公主从昏睡中醒来。才知道父亲被抓的消息。吓得不知该怎么办，就跑到一个荒岛的大树上躲起来了。

国王的手下东躲西藏，非常狼狈。白鲁·巴卜看见他们惊慌失措的样子，一打听，才知道舅舅与国王进行了一场厮杀，并把国王抓走了。他有点不放心，自言自语："唉！这全是我惹的祸，谁叫我执意向公主求亲呢！"他非常害怕，就在不知所措的时候，被命运所驱使，逃到了赫兰公主逃亡的荒岛上。他跑到赫兰公主藏身的那棵大树下，气喘如牛地躺在地上。

公主和国王邂逅相遇

白鲁·巴卜气喘吁吁地躺在地上，眼睛看着树顶。突然间他目光和赫兰公主相遇了，他呆住了。

她长得是那么美丽，宛如一轮明月。他深深地爱上了公主，口中不停地说："多么美的造化啊！这样美丽的人只有主才能够创造。向真主起誓，如果我没有猜错，那她一定是赫兰公主。她肯定是听了战斗的消息才跑到这里，躲在树上。如果她不是赫兰公主，那她的美一定在赫兰公主之上。"

他镇静下来想了一会儿，心说："我一定要抓住她，问清楚她的情况。要是她真的是赫兰公主，我就立刻向她求婚，这才是我要做的。"

他吃力地站起身来，对赫兰公主说："让我着迷的姑娘！你究竟是谁？怎么上这儿来的？"

赫兰公主看了一眼白鲁·巴卜，见他长得英俊潇洒，面带微笑，非常惹人喜爱，就答道："告诉你吧，我本是瑟曼德尔国王的女儿赫兰公主。因为萨里哈打败了我父王的卫队，把我的父王抓走了，我因为害怕死在乱军之中，这才逃出来的，也不知道我的父王怎么样了。"

白鲁·巴卜听了公主的回答，对自己与公主的巧遇非常惊讶，心想："既然她父亲被擒，看来我的愿望要实现了。"于是，他对公主说："你下来吧，都是我不好，要不是我也不会引起这场战争的。我就是白鲁·巴卜国王。萨里哈是我的舅舅，是他向你父亲提亲的。为了你，我离乡背井，置国家于不顾，现在我来到这里能够见到你，真是天助我也。现在请你下来，我和你立刻去你父亲的王宫里，让我请求舅舅把你父亲放了，这样我们就可以结为夫妻了。"

赫兰公主听了白鲁·巴卜说的，心想："原来就是这个贱骨头才引起的祸端，父亲被俘虏，牺牲了那么多人的性命，还害得我无处可躲，不得不逃亡在这个荒岛上，受尽折磨。我要想点办法也让他受到惩罚，不能让他轻易达到目的。"她就花言巧语地欺骗白鲁·巴卜说：

"我最爱的人啊，你就是白鲁·巴卜国王啊？海石榴花是你的母亲吗？"

"不错，公主。"

"唉！如果我父亲要找一个比你更帅气的女婿，那他一定找不到。真主将会惩罚他的，他必亡国不可，甚至可能惨死他乡呢。对着真主起誓，我父王目光短浅，太不聪明，我恳求陛下能够饶恕他。你对我的深情已经深深地烙在我心上，而且生根发芽了。不过，我对你的爱你是比不上你对我的十分之一呢。"

赫兰公主施用魔法

赫兰公主从容地从树上走下来，一直走到白鲁·巴卜面前，热情地拥抱他。白鲁·巴卜看着含情脉脉的赫兰公主，如此深爱并且非常相信她，说：

"公主，我向真主起誓，我舅舅对我说过你的美丽容颜，我会永远爱护着你。"

赫兰公主却向白鲁·巴卜脸上吹了一口气，说："把眼前这个人变成一只白羽红嘴红脚的飞鸟吧。"她刚说完，白鲁·巴卜就变成了一只美丽的鸟儿，扑打着翅膀，呆呆地望着赫兰公主。

赫兰公主对身边的女仆麦辛娜说："我向真主起誓，如果不是父王落在他舅舅手中，我非杀了他不可，这个倒霉的家伙实在该杀。所有的灾难都是由我一个人引起的。给我把他送到那个旱岛上，渴死他。"

女仆麦辛娜按照公主的吩咐，把白鲁·巴卜送到旱岛上，她刚想把他扔掉，又突然想起实在不该让这么英俊的男子死在这里。于是，她把鸟儿带到一个有着茂密果树林，还有一条河的岛上，让他自生自灭。然后返回公主面前交差，说："

"我已经遵照您的吩咐，把他扔在旱岛上了。"

萨里哈寻找国王白鲁·巴卜

萨里哈捉住瑟曼德尔国王，接着开始寻找赫兰公主，但找遍了整个王宫也没有找到。他非常失望，只好回家了，问母亲：

"娘，白鲁·巴卜到哪儿去了啊？"

"儿啊，我不知道他到哪儿去了。听说他知道你和瑟曼德尔国王打起来了，一害怕就逃跑了。"

"娘！"萨里哈愁眉不展地说："白鲁·巴卜让我弄丢了，真害怕他会有什么不测，万一他被乱军或赫兰公主抓住，那我怎么去见妹妹啊！真糟糕了，我可是瞒着妹妹把白鲁·巴卜带出来的！"他派人到处寻找打听。仆人们走遍各地，可什么也打听不到，只好空手回来交差。

萨里哈忧心忡忡，更难过了。

海石榴花听到儿子的消息

　　白鲁·巴卜被舅舅带走后，海石榴花不知儿子的去向，坐卧不安。她在宫中等了好几天，始终不见儿子回来，也没有什么消息，忍不住了，急忙离开宫中，回到海里去打探儿子的消息。

　　母亲看见她，又是高兴又是悲伤地把她搂在怀里。海石榴花热烈地回吻母亲，然后就问儿子的消息。母亲回答说：

　　"儿啊，他舅舅是带他回来了，可后来他舅舅向瑟曼德尔国王求亲，国王没有答应，双方打起来了，承蒙真主保佑，你哥哥大胜，捉住了瑟曼德尔国王。消息传来，你儿子好像感觉惹祸了，没有跟我们说就悄悄地走了。他走了就没有回来，一直到现在都没有消息。"

　　海石榴花问起哥哥的情况。她母亲告诉她："他在瑟曼德尔宫中，把宝座给占了，正派人寻找你儿子和赫兰公主呢。"

　　海石榴花心事重重，非常担心儿子的安全，而且对她的哥哥没有征求自己的意见就把儿子带到海里非常不满。她对母亲说：

　　"娘，我心里牵挂着国家大事呢。因为我上这儿来，宫里没有人知道，我若是回去迟了，万一出什么乱子，就会影响王位的稳固。我先赶回去处理国事，等待真主保佑我儿子平安回来。我认为这样做是必要的。你们可别忘了我儿子，不要对他的失踪不关心。万一他有什么好歹，我就只有死了，因为没有他，我对这个世界毫无留恋。只有他活着，我才感到世界的美好。"

"好的，你放心回去吧。不必再为这件事操心了，我们会办好的。"

海石榴花满脸惆怅，痛哭着辞别母亲回到宫中，觉得世界实在是太残酷了。

白鲁·巴卜被卖和遇救

赫兰公主施法把白鲁·巴卜变成一只了鸟，善良的女仆把他送到那个树木葱郁，有流水的大岛上。他饿了就采野果充饥，渴了就饮河水，就这样过了这么多天，却不知该去什么地方，加之又不会飞，只能终日闲荡，不知干什么好。

一天，一个猎人到岛上打猎，看见白鲁·巴卜变的白羽红嘴红脚的鸟儿很可爱，感到非常高兴，他想："这只鸟美极了。像这样可爱的飞鸟，我还从未见过呢。"于是逮住了那只鸟带回城中，心想："卖掉它，我就可以拿钱了。"

"这只鸟你打算卖多少钱？"城里有人问他。

"你买去做什么用？"

"买去杀了吃。"

"这样可爱的鸟，怎么忍心杀了呢？"猎人想，"我要把它献给国王。国王会把它养在宫中，这样，国王会重赏我。再说，我打了一辈子的猎，不论山中走兽，还是海里鱼虾，还从来没有见过这么好的东西呢。"

于是，猎人把鸟儿带到宫中。国王一看，立刻被这只白羽红嘴红脚的美丽小鸟吸引了，叫仆人去买。仆人奉命问猎人道：

"这只鸟你卖吗？"

"不卖，这是献给国王的礼物。"

仆人捧着白鸟，来到国王面前，把猎人的话告诉了国王。

国王收下了礼物，赏猎人十个金币。猎人收了赏钱，跪下吻了地面，然后起身退出。仆人把白鸟关在一个精美的鸟笼中，挂在宫里供国王玩赏。国王办完公事，就对仆人说："那只鸟在哪儿？把它给我带来，让我玩会儿。我向真主起誓，那鸟儿简直美极了。"

仆人把鸟带到国王面前。

国王见笼子中的食物白鸟一点也没吃，感到奇怪，叹道："我不知道它喜欢吃什么，若是知道它喜欢吃什么，我一定要弄来喂它。"

他吩咐仆人准备饮食，仆人摆出供国王吃喝的筵席。白鸟见了席中的肉食、糕点和水果，便一下子从笼中飞了出来，吃喝起来。

国王和宾客们都觉得奇怪，国王说：

"吃这种食物的鸟，我可没有见过。"

国王惊奇之余，命仆人去请王后出来观看。

仆人奉命去后宫，对王后说："陛下请娘娘前去观看一件奇怪的事。有人刚献来一只可爱的白鸟。我们给陛下摆筵席，那只鸟居然飞到桌上，跟人似的吃了席中各种食物。娘娘，您快去看，那鸟儿非常美丽。"

听了仆人的报告，王后急急忙忙地离开后宫，来到国王面前。她很认真地看起来。一看之下，突然捂住面孔，转身就走。国王忙起身追过去，说：

"这里也没有外人，你为什么要捂着脸回避呢？"

"陛下，这并不是飞鸟，是个跟您一样的男人啊！"

"别胡说了，你怎么这么爱开玩笑！它怎么会不是飞禽呢？"

"不，我没有同陛下说笑，这全是事实。这只白鸟是白鲁·巴卜国王的化身，他父亲是波斯国王，名叫赫鲁曼，他母亲叫海石榴花。"

"唉，那他怎么会是这个模样呢？"

"他被瑟曼德尔国王的女儿赫兰公主施法了。"

王后讲述了经过。

听了王后的描述，国王感到十分吃惊。原来王后是个擅长施法的人，所以深知其中的奥秘。国王对她说："我用我的生命发誓，你就发发善心解除他身上的魔法，不要让他再受苦了。那个凶残奸诈的赫兰公主是多么丑陋！简直不是人，愿真主惩罚她，砍掉她的双手。"

"您让人把白鲁·巴卜拿到储藏室。"

国王听从王后的吩咐，让人把鸟放到储藏室。王后把自己的脸遮起来，端上水，来到储藏室中喃喃地念了咒语，一边将水洒在他身上一边说："凭着创造宇宙、分配衣食、寿限真主的意愿，让摆脱这个模样，恢复原形吧。"

她刚一说完，那只鸟突然抖了下身子，就变成了一个男人，恢复原来的模样了。在国王面前一下子出现个举世无双的英俊少年。白鲁·巴卜恢复了原形，高兴地说："真主是唯一的主宰者，穆罕默德是他的使徒。赞美真主，他创造了人类，并给人们安排好了一切。"他吻着国王的手，替他祈祷祝福。

国王亲切地吻他的额说："白鲁·巴卜，把你的遭遇从头到尾地讲给我听吧。"

白鲁·巴卜流落海岛

白鲁·巴卜毫无保留地把自己的遭遇告诉国王。国王听了很是惊奇，说："白鲁·巴卜，真主解除了你身上的魔法，解救了你。现在你打算干些什么呢？"

"国王陛下，恳求您的恩典，给我准备一艘船、一些粮食，派几个仆人送我回家吧。我在外面飘荡了好久了，再不回去，我的领地就保不住了。恳求陛下把好事做到底，满足我的愿望吧。对您的恩典，我将永远铭记。"

国王看他长得那么英俊，又口才流利，就欣然应许："我满足你的愿望。"

白鲁·巴卜告别国王，同仆人们一起乘船回家，一路上平安无事地航行了十天，但到了第十一天，海上突然狂风四起，船被汹涌的巨浪冲得东倒西歪，水手操纵不住，终于触礁，把船撞碎了。白鲁·巴卜急中生智，抓住一块木板静静地攀伏着，在风浪中漂流了三天。第四天，他被海浪冲到一个海岛边。他精疲力竭地爬上了岸。只见岛上有一座城市，城墙一律是白色的，很高，房屋非常坚固别致。这时他又累又饿，一见这个城市，顿感安慰。

魔法城中的老头

白鲁·巴卜挣扎着打算爬进城去，找个地方歇歇。可到了城门，许多骡马和毛驴拦住他，一起向他踢来，不准他进城。他没办法，只能再次回到海边，游到城市的后面，然后上岸。这一回没有什么阻拦他。他来到城里，一个人影也没有看见，非常奇怪。

他没有目的地走着，自言自语："这座城市里没有国王，也没有老百姓，到底是谁在管呢？那些不让我进城的骡马和毛驴怎么也不见了啊！这究竟是怎么回事？"走了一阵，他碰到一个卖蔬菜水果的老头，便走过去向他打招呼。老头见他长得那么英俊，便问：

"孩子，你是哪儿的人啊？为什么到这儿来？"

白鲁·巴卜把自己的遭遇告诉了老头。

老头听了，感到奇怪，问："孩子，你进城时没有碰到什么吧？"

"城中空荡荡的没有一个人影，我正感觉奇怪呢。"

"孩子，快到我铺子里来。你这是在冒险呀。"

白鲁·巴卜走进铺中，老头给他拿来一些吃的东西，吩咐道："孩子，进来吃点东西。赞美真主，他把你从魔鬼的手中解救出来。"

白鲁·巴卜感到十分害怕，忐忑不安地吃着饭，洗过手，呆呆地望着老头说："您刚说的是怎么一回事？你的话把我给吓着了。"

"孩子，你是不知道，这是一座被施法的城市。城中的女王奸诈成性，她是一个魔法师，一个魔鬼。你看见的那些毛驴本来是我们一样的人，是健壮的外地人。像你这样的年轻人来到这座城市中，被魔女抓去陪侍，玩了四十天后就用魔法把他们变成骡马和毛驴。当初你要进城，他们踢你、阻拦你，是不想让你也受魔女的魔法。它们等于对你说：'千万别进城，小心被施魔法的看见。'要是被看见，一定会像对付他们一样对付你的。魔法师是靠魔法统治这个城市的，她叫辽彼女王。"

听了老头的谈话，白鲁·巴卜万分害怕，像暴风中的竹子颤抖着说："没想到我刚摆脱魔法带给我的灾难，又叫命运引到危险中来了。"他想着自己的遭遇和处境，极为伤心。老头仔细看着他说：

"孩子，你到铺子前来坐，注意看来往的行人，也让他们看你。他们没有被施魔法，你不必害怕。女王和城中的居民都喜欢我，尊敬我，谁也不怀疑我。"

白鲁·巴卜听从老头的安排，到铺子前坐下。许多人来来去去，看见他，都走到老头面前，围着说：

"老人家，他是您获来的猎物吗？"

"不，他是我的侄子。因为他父亲死了，我才叫他上这儿来的，这样让我放心。"

"他真是一个聪明的小伙子，我们替他担心着呢。老人家您可当心点，别叫女王碰见，把他抓走了。"

"女王一向喜欢我，保护我，她不会那样做的。只要她知道孩子是我侄子，就不会不尊重我，不会把他带走。"

白鲁·巴卜进宫陪女王

白鲁·巴卜在老头的关爱下，平安住了几个月。

一天，他跟平常一样坐在铺中，忽然，有一千名穿着各式各样的侍卫，系着镶有宝石的腰带，配着印度宝剑，骑着阿拉伯骏马，来到老头铺前，向他致敬一番，便回去了。接着又来了一千名如月亮般漂亮的女兵，穿着各种绣花镶珠的丝绸衣服，佩着宝剑。其中有个女官骑着阿拉伯骏马，金鞍银鬃，英姿飒爽。她们都来到铺前，向他致敬，然后列队回去。最后辽彼女王在一群卫士的簇拥下来到老头铺前，她一眼就看见坐在铺中的白鲁·巴卜，见他长相那么迷人可爱，不禁感到惊奇。她愣了一会儿，走进铺中，和白鲁·巴卜坐在一起，对老头说：

"您从哪儿弄来这么个好看的小伙子？"

"他是我的侄儿，刚来这里。"

"让我把他到回宫去，陪我谈心怎么样啊？"

"您带他去，不会对他施魔法吧？"

"当然！我不会的。"

"那么，请您发誓吧。"

辽彼女王果然对老头发誓绝不伤害他，也不对他施魔法。接着，她吩咐侍从给白鲁·巴卜预备了一匹骏马，配上金鞍银鬃，赏给老头一千金币说："给您，拿去好好过日子。"

然后，她和白鲁·巴卜并骑回宫。

人们见白鲁·巴卜与女王同行，都怀着可惜和怜悯的心说："真主保佑，这么漂亮的一个小伙子真不该被施魔法啊。"白鲁·巴卜抱着听天由命的念头，不管旁人窃窃私语，始终十分镇静地跟着女王。

到了宫门前，文武大臣们列队迎接他们。女王挥了挥手，众官跪下吻地，依次退下去了。

白鲁·巴卜随女王走进宫中。他抬头一看，是一幢富丽堂皇的宫殿，屋顶和墙壁都是金子做的。花园中百花齐放，溪水清澈，头上鸟雀清脆地鸣叫着。白鲁·巴卜看到眼前这种情景，十分感慨，心中暗道："赞美我的真主啊！没想到邪恶的人也会这样享受生活。"

　　靠近花园的窗前放着一张象牙做的大床，女王坐下后，让白鲁·巴卜坐在她身旁，然后让人摆宴。奴仆们闻声赶到，端着镶嵌珠宝石的碗盏里放着各种可口的美食。他们两人吃完后，洗过手，又摆上了可口的美酒，带进来十个手持乐器的歌女。女王倒了一杯酒，一饮而尽，然后给白鲁·巴卜倒酒。他们互相倒酒，互相劝饮，一会儿就半醉了，歌女们才弹唱起来。白鲁·巴卜觉得整个宫殿都在舞蹈，不由得陶醉在美酒佳人的环绕当中手舞足蹈，忘了自己是个流浪在外面的异乡人。他心想："这位女王实在温柔可爱，她的江山比我的国家更广阔，她人也比赫兰公主更加美丽，我这一生都想跟她在一起。"

　　他和女王一边喝酒，一边听歌。

　　天已经黑了，他们仍然没有感觉累，还在继续着。女王命令手下把灯点上，把香炉点上，趁着月色欢饮下去。直至夜半钟声，才命奴仆给白鲁·巴卜铺床，扶他睡觉，她自己也顺势和衣倒在象牙床上，很快就进入了甜蜜的梦乡。

宫中的见闻

　　第二天早上，女王命令奴仆送上华丽的衣服，服侍白鲁·巴卜穿上，然后牵着白鲁·巴卜的手，双双来到大殿，摆上酒席，一起吃饭。饭后，宫女们收拾完，端上了美酒和鲜果，歌女们又来弹唱跳舞助兴。他俩一边饮酒，一边欣赏歌舞，从日出到夜深都在一起寻欢作乐。

这样日复一日，不知不觉就过了四十天。第四十一天，女王向他说："白鲁·巴卜，是我这儿好呢，还是你伯父的蔬菜铺好呢？"

"我向真主起誓，陛下，当然是您这儿好。我伯父是蔬菜贩子，过的是穷人的生活。"

女王听了，不禁得意扬扬，满心欢笑。

这天，白鲁·巴卜从梦中醒来，看见女王不在身边了，便自言自语："她上哪儿了？"

他非常不安地等了一会，仍不见她回来，便说："她到底去哪儿了啊？"他起身在宫中四处寻找，仍不见女王，心想："也许她是去花园了。"于是三步并作两步走到园中，见河中站着一只白鸟，附近一棵大树上站着大大小小颜色各异的飞鸟。他伏下身来过去偷看。突然又有一只黑鸟飞到堤上，同白鸟争斗不停。一会儿白鸟摇身一变，变成人形，他定睛一看，原来就是女王辽彼。见了这一幕，他明白那只黑鸟原来是中了魔法的人，女王自己则变成白鸟，与他嬉戏。他不由得心生妒忌，也很同情变成黑鸟的人，因此越想越气，一言不发地冲回宫中。

没过多久，女王就回到宫中，像往常一样，与他玩乐，像是什么事也没有发生过。他心中很是生气，低着头一语不发。女王马上察觉到他的心事，知道自己化为白鸟的事情已经被白鲁·巴卜识破，可女王仍然装着没有事的人似的，不跟他多说什么。

白鲁·巴卜说："陛下，我已经四十多天没有见到伯父了，很想念他，我打算去铺子里看看他。"

"好吧，你就去吧。"

白鲁·巴卜骑马来到蔬菜铺中。老头一见，便起身迎接，拥抱着他说："你跟那个异教徒过得怎么样？"

"我很好，生活也过得不错，只是今天早上发生了一件事：我醒来时，她不在，我就到花园中找她……"他把在河堤上看见的是告诉了老头。

老头听了说："你要多加小心。那些树上栖息的鸟都是外地来的年轻人，个个都中了她的魔法，至于你看见的那个黑鸟是辽彼的奴仆。女王施魔法让他变成了黑鸟。每当想他时，女王就自己变成白鸟去和他约会。现在你知道了这一切，她一定会记恨在心，有可能会伤害你。不过有我在，她心中有所顾虑，不敢胡作非为。你别害怕，我叫阿卜杜拉，是穆斯林，世上没有比我更精于魔法的人了，但我只是在万不得已的时候才施用魔法。过去，我也曾多次破过那个妖女的魔法，从她手中解救出许多人的性命。凭魔法而言，她对我毫无办法、怕得要死。城里还有其他魔法师，他们都跟女王一样是崇拜火神的异教徒，对我都避而远之。今天晚上她肯定会用魔法谋害你。明天你上这儿来，告诉我她的一举一动，让我教你如何对付她，好粉碎她的阴谋。"

女王的阴谋

白鲁·巴卜按照老头的安排又提心吊胆地回到宫中。女王似乎为他的回来而感到高兴，立刻起身迎接，把他拉到身边，百般献殷勤。他们一起欢饮，享受着美酒和鲜果，一直到夜深人静。白鲁·巴卜被灌得酩酊大醉，头疼得厉害，女王才说：

"你指天发誓，一定要老实回答我一个问题。"

"我保证，我的陛下。"白鲁·巴卜迷迷糊糊地说。

"你是不是到花园找过我，并且看见过一只白鸟跟一只黑鸟在一起的情景？这件事，我会跟你解释。那只黑鸟本是我的一个仆人，当初我爱他爱得快要发疯了，可有一次他触犯了我，我一怒之下就施法把他变成一只黑鸟。直到今天，我还十分后悔当初太冲动了，所以每当想念他时，我就把自己变成白鸟，去和他相会。你肯定因为此事对我产生反感。我向主起誓，我现在钟情于你，爱你到了不可分离的地步，甚至认为没有你，宇宙便失去了光彩呢。"女王说。

"您已经把我的烦心事说出来了。我当时真是很生气，既然这样，我们就和好吧。"

女王跟他亲近了一番，闲谈了一会儿，便宽衣睡觉了。可是半夜里，她悄悄地爬了起来。白鲁·巴卜从梦中惊醒，发现她鬼鬼祟祟的，于是悄悄地暗中窥探女王的举动。只见她从一个红口袋中掏出一撮红色粉末，洒在地上，地上立即出现了一条湍急的河流。接着她取出一把大麦，撒在土里，引河水灌溉，大麦眼看着发芽、开花、结出麦穗。她采集麦穗，磨成面粉，收藏起来。

做完这一切后，她似乎松了一口气，又回到床上睡了。

白鲁·巴卜得到庇护

第二天早上，白鲁·巴卜起床后对女王说他想去看望伯父，女王便答应了。于是，他到老头那儿，把昨晚发生的一切都说了。老头听了，大笑着说：

"我向真主保证，那个异教徒是在骗你的。你不必担心，这不算什么。"他包好了一包面粉，递给白鲁·巴卜："给你，你把它带回去，那个女王会看见这个的。如果她问这是什么，你就跟她说：'这不过是我一时兴起弄来的。'然后她会拿出自己的面粉让你吃，你假装答应，暗地只吃我给你的面粉，千万不要吃她的，一点也别吃。要是吃了，你就会中了她的魔法。不吃她的面粉，你就不会受她的摆布了。她发现自己的阴谋不能得逞，会说是在跟你开玩笑，对你是一往情深。你也表示自己是真心爱她的，温柔地对她，让她吃你的面粉，尝尝味道如何。她即使只尝一口也会中了我的魔法，你就弄些清水洒在她脸上，这时你希望她变成什么东西，只要开口一念，她就会变成那种东西，这样你就可以摆脱他了。然后你立刻回来，我再给你出个摆脱她的主意。"

女王辽彼中了魔法

白鲁·巴卜按照老头的吩咐跑回宫中。女王辽彼见他回来，便起身迎接，一边说：

"心上人啊！你可回来了。你走了那么长时间，可把我等坏了。"

"我在伯父铺里闲聊，他还拿出面粉招待我呢，你看，就是这种。"

"我们有的是最好的面粉。"女王说着，把白鲁·巴卜拿来的面粉扔进一个盘中，端出另一个盘子，里面盛有她自己的面粉，说："尝一尝这种吧，比什么都好吃。"

白鲁·巴卜埋下头，假意吃了。

女王以为他中了计，吃了自己的面粉，便取出水来洒在他身上，喃喃地说："你这个家伙，快变成一头难看的独眼骡。"出乎意外，她的魔法竟然没有一点效力，白鲁·巴卜相貌依然没有改变。女王非常惊讶，赶紧走到他面前吻了他的额头说：

"我心爱的人啊！我在跟你开个玩笑，我这样爱你，才舍不得把你变形呢。"

"我的陛下，我对此一点也不在意。我当然相信你的爱，来呀，咱们尝尝我带的面粉吧。"

女王为了表示自己的假爱意，不假思索地抓起面粉吃下了。她马上明白自己上当了。白鲁·巴卜从容地捧起清水，洒在她脸上，说：

"坏家伙，快变成一头难看的母骡。"

他刚一说完，女王就变成了母骡。她看见自己的模样，一下泪流满面，用前蹄一个劲地擦眼泪。白鲁·巴卜拿马勒去套她，她挣扎着。白鲁·巴卜一时无法，便跑到老头那里，把事情告诉他，老头起身，取出一个马勒说：

"拿这个马勒去套她。"

白鲁·巴卜带着老头给他的马勒回到宫中。女王变成的骡子一见他，便马上驯服下来，走到他面前。白鲁·巴卜套住他，骑着她走出宫殿，来到阿卜杜拉铺前。老头见了，走到她跟前，骂道："坏家伙，你作恶多端，今天是你的报应！"随后她吩咐白鲁·巴卜说："你不能继续留在城中了。你骑着她想去哪儿就去哪儿吧，但千万注意，别让任何人碰这跟马缰。"

白鲁·巴卜谢过阿卜杜拉老人，骑着母骡出了城，三天后，他到了一座城的附近，路上遇见一个模样和善的老人问他：

"孩子，你从什么地方来？"

"我从魔城来。"

"那么，今晚你到我家住吧。我会招待你的。"

白鲁·巴卜接受老人的邀请，随他去了。这时，路旁走过来一个老妇人，她打量一会儿那头母骡，突然放声大哭，说："这头骡子很像我儿子死去的那头，他为失去那头骡子而终日悲伤。先生，您能把它卖给我吗？"

"我向真主保证，老伯母，我不能把这头骡子卖给您。"

"我向真主起誓，别拒绝我吧。如果我不给儿子买到这匹骡子，他一定会伤心而死的。"老妇人唠叨着，一个劲地缠住他，非要买那头骡子。

"如果您出到一千金币，我可以考虑。"

白鲁·巴卜心想："一个老妇人怎么可能有一千金币呢？"可是，他刚说完，老妇人毫不犹豫地从腰中掏出了一千金币。白鲁·巴卜急忙说："老人家，我是跟您开玩笑的，这头骡子不能卖。"

在一旁等待的和善老人听了白鲁·巴卜和老妇人的话说："孩子，这是一个禁止说谎的地方，谁要是说谎，将会被处死的。"

白鲁·巴卜大吃一惊，不由得跳下来，把骡子交给老太婆。

老太婆牵走了骡子，把马勒卸下，拿水洒在它身上，说道："我的女儿啊，摆脱这个形象，赶快恢复你的原形吧！"她刚一说完，骡子猛地一跳，变成了人形，辽彼女王恢复了她的原样。母女两大哭，紧紧拥抱着不放。

白鲁·巴卜这才明白老太婆原来是女王辽彼的母亲，拔腿就要跑，这时，老太婆吹了一声口哨，一个顶天立地的魔鬼应声而至。

白鲁·巴卜一下给吓住了，动弹不了。

老太婆身一跃，骑上魔鬼，她女儿骑在后面。魔鬼把白鲁·巴卜抓住，腾空而起。一刹那间，便回到魔法城的王宫。女王辽彼坐上宝座后，怒视着白鲁·巴卜道：

"你这个混蛋，你到这儿来享尽荣华富贵，尝遍了美酒佳肴，可还要暗算我，现在我叫你也知道我的厉害。我从来不曾伤害过那老头，他却以怨报德来设计陷害我。你这个坏蛋，怎么能让我受到如此耻辱？"她说着把水洒在白鲁·巴卜身上，说：

"蠢材，立刻给我变成一只飞鸟吧！"

咒语刚说完，白鲁·巴卜就变成了一只丑陋的小鸟。辽彼女王把他关进笼中，不给他水喝，也不给他饭吃。幸亏有个女仆还是有良心的，背地里拿吃的给他，他才得以幸存。

一天，这女仆借着出宫办事偷溜到蔬菜铺里，暗中传递消息，对阿卜杜拉说："女王辽彼正在残害您的侄子。"

老头听了这个消息，非常感激女仆。

海石榴花赶到魔法城

阿卜杜拉吹了一声口哨，顷刻间，一个长着四只翅膀的魔鬼现身了。老头吩咐说："你知道海石榴花居住在哪里，就把这个姑娘送去吧，因为海石榴花和她母亲花蝴蝶是世上最精通魔法的人。"

接着他又嘱咐说："到那儿后，你告诉她，白鲁·巴卜被女王辽彼施魔法变成了一只飞鸟，囚禁起来了。"

那个魔鬼背上姑娘很快到了目的地，落在海石榴花的王宫顶上。

女仆进入王宫，找到海石榴花，在她面前跪下吻地，然后从头到尾详细地说了白鲁·巴卜的遭遇。海石榴花听了，非常感谢女仆，命人热情招待。然后她告诉满朝文武大臣白鲁·巴卜国王有了消息。不一会儿，喜讯传遍了京城。

海石榴花请她母亲花蝴蝶、哥哥萨里哈一起做好准备。他们召集所有的神将、海兵，包括原来瑟曼德尔国王的属下，一起腾空而起，一会儿就达到魔法城，占领了王宫。神兵神将转瞬消灭了异教徒。海石榴花这才问女仆：

"我的儿子在什么地方？"

女仆递给海石榴花一个鸟笼，指着笼中的小鸟说："这就是您的儿子。"

海石榴花从笼中捧出小鸟，用清水洒在它身上说："快恢复我儿的原来面目吧。"

她刚说完，白鲁·巴卜就摇身一变，恢复成以前一样的模样。她把他紧紧抱在怀里，母子抱头痛哭。他外祖母花蝴蝶、舅舅萨里哈和姨母都流出伤心地眼泪，一个个亲吻他，祝贺他脱离苦海。

海石榴花又向阿卜杜拉表示谢意，并召集魔法城中的百姓和官员，推举阿卜杜拉为魔法城中的国王。

白鲁·巴卜同赫兰公主结婚

海石榴花母女带着白鲁·巴卜和大队人马，辞别魔法城和阿卜杜拉，回到了自己的国家，受到百姓们热烈地欢迎。为了白鲁·巴卜国王安全归来，人们把城市重新装扮了一番，狂欢了三天。白鲁·巴卜对他母亲说：

"娘，现在我应该结婚了。我们一家人要好好团聚，欢天喜地地生活在一起。"

"儿啊，你说的是，不过，我还想考察一下，看哪国的公主配做你的妻子。"

外祖母花蝴蝶和姨母听了他们的谈话，齐声说："我们愿意替你四处看看，给你好好找找，让你娶个称心如意的王后。"大家就要分头出去给他挑选妻子，海石榴花也差遣神魔负着自己的女仆，让她们飞到各地暗中寻访。

她嘱咐道："任何地方的女儿都不要放过，必须仔细察看，到底哪些公主是才貌双全。"

白鲁·巴卜见她们十分热心此事，便对母亲说："娘，这一切都没有用。别麻烦他们了，因为别的女子我都看不上，只有赫兰公主才是我想娶的。她像她的名字一样美丽动人，像宝石一样可爱。"

"好！我们就娶赫兰公主。"海石榴花说，立刻叫人去请瑟曼德尔国王。

瑟曼德尔国王很快来了，拜见海石榴花，并向白鲁·巴卜祝福致意。白鲁·巴卜当面向他求亲，他欣然答应了，说：

"小女是陛下的丫头，让她到陛下身边永远伺候陛下。"他说着就回国去接公主，并让侍从把这一切情况转告公主。

赫兰公主立刻来到白鲁·巴卜宫中，一见父亲，她便扑在他怀里。她父亲对她说："女儿啊，你可知道，我把你许配给这位英俊潇洒的白鲁·巴卜国王了。他又高贵、又善良，品行、容貌是那样的好。你们两人真是天造地设、命中注定的一对。"

"女儿遵命。如今天空转晴，心中的愁苦也烟消云散了。父王怎么安排，我就会怎么做。"

赫兰公主表示同意后，海石榴花和瑟曼德尔国王非常开心，马上准备仪式。大家请来法官和证人求婚，写了婚约，举行订婚典礼。国王白鲁·巴卜为庆典大赦天下，开仓救济那些贫苦人民，赏赐文物百官。喜讯传开，全国欢庆。举行结婚大典时，京城修饰一新，宫中设了一个盛大的宴会，与国民同欢。

歌舞升平，庆祝了整整十天。

白鲁·巴卜重赏瑟曼德尔国王，让他回去和家人团聚。从此，两国长年来往，和平相助。从此国泰民安，白鲁·巴卜幸福快乐地和妻子、家人生活着。

补鞋匠
迈尔鲁夫的故事

　　从前，在古埃及有一座城市叫罗城，城中住着一个叫迈尔鲁夫的补鞋匠。他心地善良，是一个非常老实本分的人，但与他形成对比的是他那尖酸刻薄、凶恶异常的老婆，叫伐特维麦。因为她对人非常恶毒，人们就给他起了一个外号叫"恶癞"。她不仅对外人尖酸恶毒，对她的丈夫也是如此，从不把她丈夫当人看，总是要比她丈夫高一头，每天都是从早骂到晚。迈尔鲁夫实在是老实，不管老婆怎样骂他，他还是会忍气吞声，不愿家丑外扬。

　　由于家境不好，迈尔鲁夫把所有的钱都花在老婆身上，自己经常挨饿。他老婆从不在乎他的感受，只顾自己享受。一天早上，他老婆对他说：

"迈尔鲁夫，去给我买些蜜制的糕点回来。记住！要蜜制的。"

"愿真主保佑，让我顺利买到蜜制糕点，天哪！我现在一文钱都没有啊！"

"我不管真主帮不帮你，我必须要蜜制的糕点来，要是你买不回来，看我怎么收拾你。我会像新婚之夜那样惩治你。"

"我相信真主是万能和仁慈的。"迈尔鲁夫说，带着万分忧郁和不安离开了家。他到清真寺做了祷告，说："主啊！求您赏我一定买到蜜制糕点，可不要让我受那个恶婆娘的气了。"

于是，迈尔鲁夫待在铺子当中，希望多些人过来补鞋，好多挣点钱给老婆买糕点。可半天过去了，尽然没有一个人过来补鞋。他越等越着急，一想起老婆那厉害劲就浑身哆嗦。他现在身无分文，连买饼充饥的钱都没有，怎么能买得起蜜制糕点呢？那简直就是痴人说梦。为此，他很是不安，再也无心在店里待着了，便把店铺关掉了，没有目标地在街上闲逛。

他不经意间走到一间糕点铺前，傻站在那儿，望着里面摆着的糕点，满眼的泪花。

老板见他那副神情，便问："迈尔鲁夫，你这是怎么了啊？为什么哭丧着脸啊！能跟我说说吗？"

"您是知道的，我那个厉害的老婆给我出了个难题，非要吃蜜制的糕点，可我今天在铺中待了大半天，一件活儿也没有接到，连买面饼的钱也没赚到，怎能满足老婆的欲望呢？看来今天又得受罪了，所以我很害怕。"

老板听了迈尔鲁夫的话，笑笑说："这有什么呢，你打算买几斤？"

"五斤就够了。"

于是，老板给他称了五斤糕点说："奶油我都有，就是没有蜂蜜了，不过这儿有蔗糖，但比蜜差点，你就让她将就着吃吧，好吗？"

"好，那就给我蔗糖吧。"向人家赊购，他怎好过于挑剔呢。

老板用奶油煎了糕点，再浇上蔗糖，将制成的糕点递给他。接着问："还要什么面饼和乳酪吗？"

"能给我的话，当然是感激不尽了。"

老板将两块钱的面饼、五角钱的乳酪，连同五块钱的糕点一起递给他，说："迈尔鲁夫，你共欠我七块五角钱。拿去吧，好好对待你老婆！这儿还有五角钱，你拿去洗个澡吧。等几天，你有了生计，手头宽裕了再来还我。

迈尔鲁夫谢过老板，带着糕点、面饼、乳酪，生龙活虎地边走边自言自语："感谢真主！你是多么仁慈啊！"不知不觉，他到家了。

老婆见他回来了，问："任务完成得怎么样了？"

"感谢真主！我为你买回来了。"他说着，把食物都摆在老婆面前。

补鞋匠的老婆瞥了一眼，看见是糖制的，便气冲冲地说："我不是跟你说了是蜜制的吗？你怎么敢违背我的意愿！居然给我买蔗糖糕点！"

"这不是买的，是向人赊来的。"他委屈地告诉老婆。

"废话！你明知道我从来不吃非蜜制的糕点。"她很生气，呪，一个耳光打在他脸上，"快去，给我买蜜制的糕点来！要是买不回来，看我不把你的皮给剥了！"她连说带打，拳头雨点般落在迈尔鲁夫的腮帮上，一下打掉他一颗牙齿，鲜血一直流到胸前。

由于过分恼怒，迈尔鲁夫碰了他老婆头一下，这下子她更是不行了，更加蛮横无理，她一把揪住丈夫的胡须不放，大声呼喊吵闹着。

街坊邻居闻讯赶到补鞋匠家，劝她放手。大家一致指责她说：

"过去我们都是吃糖制的糕点！你对你的丈夫这么无理粗暴，是不对的。"

邻居们好心相劝，替他们夫妇解决了纠纷，可邻居们刚走，她就恢复了常态，赌咒发誓不肯吃糕点，而迈尔鲁夫早就饥肠辘辘，饿得肚里直叫。"她既然发誓不吃，那我来吃吧。"他心想，就不客气地拿起糕点，有滋有味地吃了起来。他老婆看到这一幕更加难过，便又骂道：

"但愿你吃下的是毒药，把你的肠胃都腐烂了，我才高兴呢！"

"你在说些什么啊？"他边吃边笑，"你发誓不吃了，也不能不让我吃啊。主是仁慈的！这样吧，明天我一定给你买到蜜制的糕点，让你好好享受。”

迈尔鲁夫安慰着自己的老婆，一再表示顺从，但她从来也没有感动过，还是喋喋不休地骂个不停。第二天早上，她什么也不说，拿起笤帚就要动手打她丈夫。迈尔鲁夫害怕地相劝道：

“不要打了，我一会儿出去给你买蜜制的糕点，让你享用。”他边说边跑出门去，奔到清真寺，去做祷告，然后才去铺子里。

他刚坐下，有两个法官就来到他的铺子中，对他说：“起来！随我们到警察局，你老婆要告你。”

他很是无辜，心想：“愿真主惩罚她！”就跟随差役就来到法院，看见他老婆包着手肘，脸上血迹斑斑，站到法官面前不停地哭诉着什么。

法官一见迈尔鲁夫，便训斥道：“你还是男人吗？怎么能如此欺负你妻子？打伤她的手肘，还把他的牙齿打掉。你就是这样对待你的妻子的啊！你就不怕主会惩罚你？”

“您要是相信我欺负她，还把她的牙齿打落了，那就请您按照真主的意愿惩罚我吧，实际情况是这样的。”迈尔鲁夫把发生矛盾的原因，从头到尾说了一遍，说：“我有许多邻居可以为我作证。”

法官总算还是一个正义的人，为了解决矛盾，他拿出四分之一的金币，赏给迈尔鲁夫，并嘱咐道：“拿去给你的老婆买点糕点吧，但愿你们夫妻能和好如初。”

"老爷，您最好赏给她自己去买吧，她这个人最难伺候。"

于是，法官把钱给了他老婆，并当面为他们调解。最后说："在家里妻子应该多听丈夫的话，而做丈夫的应多关心自己的妻子，并爱护她。只有这样才能使你们的家庭和睦、幸福。"

迈尔鲁夫夫妻俩接受的法官的调解，表示愿意和好。两个人走出法院，分开后，各自朝着自己的方向走去。迈尔鲁夫回铺子里刚坐下，差役就来了，说："我们忙乎了一上午，你应该给我们点小费吧。"

"法官都没有跟我要钱，你们怎么还要小费？"迈尔鲁夫拒绝了他们的要求。

"你这个不识好歹的家伙，居然不给我们小费，看来只好硬来了！"他们连说带推，把他推出店外，迈尔鲁夫无奈，只好把自己的补鞋工具作为抵押物，换了点钱给了他们，这才把他们打发走。迈尔鲁夫坐下，难过地想："没有了工具怎么工作啊？"正发愁的时候，来了两个相貌奇丑无比的大汉，站在他面前说：

"走吧！随我们去见法官，你老婆把你告了。"

"法官不是刚调解完吗？"迈尔鲁夫问道。

"我们是奉另一位法官的命令，因为你老婆把你告到另一位法官那儿了。"

迈尔鲁夫咒骂了几句，只好跟着差役去见法官。

他对老婆说："我们不是刚和解过吗？怎么又来了？"

"你我之间的矛盾还没有化解，这是不能就这样算了。"他老婆这样说。

迈尔鲁夫激动地在法官面前，把他和老婆的纠葛又说了一遍，最后说："前一位法官已经给我调解过了，我们当时也和好了，不知道她为什么又告我。"

"你这个泼妇！"法官听了迈尔鲁夫的叙述，很是生气，道："既然调解过了，并且已经和好了，为什么还要告啊！"

"事后他又打我了。"她当着众人的面污蔑她的丈夫。

法官只得又耐心地劝解他们，最后说："你们和好吧。从今后，做丈夫的不能再打自己的妻子了，做妻子也应该守本分，听从丈夫的话。"

听了法官的劝告，他们又和好了。

这时候，法官吩咐迈尔鲁夫："赏差役一些小费。"

迈尔鲁夫只得将补鞋工具抵押来的钱又付给了差役一部分。这时，钱已所剩无几，他垂头丧气地回到店中他被这突如其来的灾难弄得焦头烂额，迷迷糊糊得像喝醉了一样。

当迈尔鲁夫孤单地待在店中，愁眉不展时，突然有一个人跑到店中，说："迈尔鲁夫！赶快躲起来，你老婆把你告到了高级法庭，大法官艾比·特伯格派人来抓你了。"

听了这个消息，迈尔鲁夫知道麻烦又来了，唯一的办法就是逃跑。于是，他把店门关好，用出卖工具仅剩的两块钱买了面饼和乳酪，拼命地逃跑。

当时，正是隆冬，天气非常冷。他冒着严寒，跑到郊外，走进一个山谷。天公不作美，突然下起倾盆大雨，他全身都湿了，犹如一只落汤鸡冷得发抖。他不顾寒冷的雨前行，好不容易来到了一个叫尔底里的地方，并发现一间无人居住的破房子，便不顾一切地跑进去躲雨。他想着自己的遭遇，伤心地哭了起来，并自言自语：

"我到哪里才能躲开这个泼妇呢？真主啊，求您把我带到远一点的地方去吧。"

就在他祈祷完后，墙壁突然裂开，从里面走出来一个高大、形态奇怪的巨人，对他说："你这讨厌的家伙！为什么打扰我，吵得我都没有办法睡觉。我在这儿有二百年了，从来没有人敢打扰我。你要做什么？告诉我，我可以帮你实现理想，因为你这可怜样让人心疼。"

"你是谁？是做什么的？"迈尔鲁夫壮着胆子问。

"我生活在这儿，这里就是我住的地方。"

迈尔鲁夫把他老婆和他无理取闹的事从头到尾说了一遍，巨人听了说：

"你愿意让我把你送往你老婆找不到的地方吗？"

"非常乐意！"

"那就跨到我背上来。"

迈尔鲁夫听了巨人的话，果然骑了上去。巨人不停地在空中飞行，从晚上一直飞到早上，才落到一座山头上，把他放了下来，问："你下山去，看见一道城门，你就放心地住下吧，这一辈子你老婆都不会找到你。"

他吩咐完，扔下迈尔鲁夫便走了。

迈尔鲁夫迷迷糊糊地待着山顶上，一直等到太阳升起来，把山上照红了，整个大地都亮起来了，才清醒过来说："我老待在山中可不是办法，让我按照巨人的指引下山去吧，到城里去找出路。"

打定主意后，他立即行动起来，不一会儿就到山脚了，眼前出现了一座城墙高耸的大城市。他进入城中，看见城中人群熙熙攘攘，一派繁荣的景象，顿觉心情美好起来。由于他穿着埃及的服装，引起了人们的注意。有人问他：

"喂！看你这个样子，不像是这里的人。"

"是的，我是刚来这里的。"迈尔鲁夫说。

"你是哪里人？"

"埃及人。"

"你是不是经过长时间跋涉后，才来到这里的？"

"不，我是昨天下午才离家的。"

跟迈尔鲁夫谈话的人大笑一阵，对左右的人说："你们看他胡扯什么？"

"他说什么？"人们问。

"他说他昨天从埃及离开，现在就到了这里。"

人们立即围拢过来，取笑迈尔鲁夫："你要不是疯子，绝对说不出这样的话。怎么可能昨天下午离开埃及，今天就能到这儿？你知道埃及离这儿有多远吗？告诉你吧，两地相距有一年的路程。"

"你们才是疯子呢！"迈尔鲁夫反驳，"我可是实话实说的，绝对没有撒谎。不信你们看，我从埃及带来的饼还新鲜着呢。"

他把饼给他们看。

人们过来观看，都觉得很惊奇，因为那种面饼跟当地的完全不同。人们越来越多，奔走相告："那里有埃及面饼，你们快去看看吧！"于是，迈尔鲁夫的名声一下子在城中传开了，人们有的相信他，有的不相信他。正在闹得非常厉害的时候，有个富商骑着骡子，带领仆人，从这里经过。他驱散人群，并说："你们这样欺负一个异乡人，随便取笑人家，不觉得害臊吗？"

他责备他们并把他们撵走，他们个个都不敢回嘴。最后那个富商对迈尔鲁夫说："跟我来吧，老兄！那些无耻的人，别去理会他们，也别怕他们。"他边说边带着迈尔鲁夫来到一幢富丽堂皇的屋子里，请他坐下，命仆人打开衣箱，取出一套价值千金的衣服给他穿。

迈尔鲁夫相貌不凡，再穿上一套华丽的衣服，更显得气派，一下子成为商场中有头有脸的人了。

富商把迈尔鲁夫当做上宾，拿出最好的饭菜来招待他。他们一起吃饱喝足，坐了一会儿。富商问："请问老兄尊姓大名？你过去是做什么的。"

"我叫迈尔鲁夫，一直是个补鞋的。"

"先生是哪里人？"

"埃及人。"

"具体住什么地方？"

"你对埃及熟悉吗？"

"我也是埃及人。"

"哦，我住在开罗城的红巷。"

"那红巷里居民你肯定认识的。"

"当然认识，比如……"迈尔鲁夫一口气说出了许多，

"那么，您认识默哈默德·阿塔鲁老人吗？"

"怎么不认识？他是我的邻居。我家和他家就只隔一堵墙。"

"他如今还好吧？"

"非常健康。"

"他有几个儿子？"

"他共有三个儿子，大儿子叫穆斯塔发，老二叫默哈默德，老三叫阿里。"

"如今他们都做什么呢？"

"穆斯塔发很好，现在是个教师。默哈默德结婚后，就在他父亲店的隔壁开了间香料铺谋生，并有一个儿子，名叫哈桑。至于阿里，童年时候他跟我比较好，我们老一起玩。那时我们经常扮成基督教徒的子女混进教堂，偷里面的书，拿出来卖了买好吃的。有一天被发现了，牧师告诉家长，要求严格教育，不许我们再偷，否则要起诉我们。他父亲把阿里打骂了一顿，之后阿里一气之下就离家出走了，至今也没有消息，谁也不知道去哪儿了。"

"你还没有认出来啊！我就是默哈默德·阿塔鲁的小儿子阿里。你是我小时候的好朋友，迈尔鲁夫。"

阿里和迈尔鲁夫久别后重逢，他乡遇见了故人，非常高兴。两人互相问候，阿里问迈尔鲁夫离开埃及到这里做什么。

迈尔鲁夫把老婆欺负他的事情告诉了阿里，最后说："我实在受不了，才不得不离开那里。在尔底里躲雨的时候，在一间破屋中，我想到自己的身世不免大声哭泣，一个巨人突然出现问我为什么哭泣，我把我的遭遇告诉他，他就可怜我，愿意带我摆脱这种痛苦，让我骑上他的背，经过一夜的飞行，天亮就到了此城附近的一座山上，我按照他的指引就下山来了，进城来找出路。没想到被人围攻了，我告诉他们昨天离开埃及，今天到这儿，他们居然都不相信，幸亏你从那儿经过，才使我得以解脱。这就是我离开埃及来这的原因和经过。你呢？"他又问了一句，"你是怎么来这儿的？"

"你是知道的，我始终没有机会读书，七岁开始直到长大成人，一直过着流浪的生活。从一个地方流浪到另一个地方，从一个城市到另一个城市，最后来到这个被称为'无诈城'的城市里。见城中的人都非常老实、富于同情心，经常资助那些没有依靠的人，尤其他们很容易相信别人。因此，我想了一计，便说：'我是一个生意人，我先来到这儿，准备找个库房存货。'我的话博得了他们的信任。我又对他们说：'目前我需要钱，你们谁愿意借我一千金币？等我的货一到，就会还你们的。'他们果然借款给我，满足了我的要求。我就拿这一千金币选购货物，第二天再把它卖出去，并赚回五十金币。以后我就边买货物边卖出去，不断地扩大经营。同时，经常和当地人联系，非常尊敬他们。随着我的信誉度提高，买卖扩大，他们对我另眼相看，彼此的交情越来越好。就这样，我的财富积累得越来越多，终于成了远近闻名的富豪。"

阿里把自己的经历告诉迈尔鲁夫后，劝他也像他那样发财致富：

"老兄，你要知道，'世间处处都充满欺骗'，还有人说'人不为己，天诛地灭'。如果你掌握了这些处世的哲学，到没有熟人的地方来，便可以自己发挥了。你要是对人说你是个补鞋匠，很穷，因怕老婆才来到这里的，人家不会相信你，反而会嘲笑你。假如你说是巨神送你来的，那人家听了会讨厌你，谁也不会答理你。他们会说这个人与恶魔纠缠不清，若跟他来往，会招致灾祸，你的臭名将会远扬。这样的话，不仅害了你，也对我有影响，因为他们知道我也是埃及人。"

迈尔鲁夫说："那该怎么办？"

"我教你怎么做。明天我借你一千金币，一头骡子，并派仆人跟随你一起去见见那些有头有脸的商人。在此之前，我自己先去与他们坐在一起。当你一出现，我就起身迎接你，问候你，吻你的手，尽量做出尊敬你的样子。我问你打听货物的情况说：'你是否运来了某种货物？'你就回答："多得很"。等他们向我打听你的情况时，我就会大肆吹捧你，说你是百万富翁，为人仗义慷慨。当然，我也会为你物色一所房子，一间店铺。如果有乞丐来讨钱，你可以随便施舍，让他们相信你的话，让他们在事实面前对你的富有和豪爽所产生敬慕之心。然后我设宴替你接风洗尘，请商界同仁来作陪，为你创造一个跟他们见面的机会，从而使他们都认识你，你也会结识他们。这样一来，自会有人为你开辟市场，给你铺好经营买卖的道路。我保证，过不了多久，你就会掌握其中的诀窍，并成为富翁。"

第二天，阿里果然按先前的许诺给迈尔鲁夫一千金币，并用一套华丽的衣服装饰他，让他骑着骡子，带着仆人到生意场中去活动。等准备好了，阿里嘱咐道："愿真主为你安排好一切。作为朋友，我应尽力帮助你。你别害怕，家乡的事以及你老婆的行为，应该彻底忘记。"

"愿真主给你赐福。"迈尔鲁夫谢过他的好心肠，然后由仆人带着来到市场。

此刻已有不少生意人聚在那儿了，阿里也跟他们坐在一起。他一见迈尔鲁夫，便起身，一个箭步奔向他说："您好，大商家迈尔鲁夫！好久不见，非常欢迎您这位出名的慈善家。"说完，他当着众人的面，亲自吻了迈尔鲁夫的手，继续说道："各位同行，让我介绍一下闻名世人的富豪迈尔鲁夫吧。"

迈尔鲁夫随即跳下骡子，商人纷纷来问候他。这时候，阿里忙着在众人面前一一地介绍，他让迈尔鲁夫去问他们好，然后大家高兴地交谈。商人们问阿里：

"这位先生，他可是做买卖的？"

"不错。他一直是经营生意的商人，而且是个大商家。他的资本非常雄厚，在座的恐怕没有人和他媲美，因为他继承了祖父、父亲两代人的产业，而他的祖先在埃及商界中很有名。他在印度、埃及等世界各地都有商号，他的慷慨仁慈很令人敬佩。各位今后会慢慢了解他。此外，还希望大家大力支持。你们可知道，他来这个城市是为了游玩的，只是随便走走，因为他的财富多到无法想象的地步，自然不会为赚钱而出来奔波劳累。你们也许不曾想到，我自己原来也是他手下一个仆人。"

阿里继续替迈尔鲁夫大肆宣传吹嘘，并表示对他非常感激，这一切使商人们对迈尔鲁夫的印象极好，都非常尊敬他并热情地奉承他，有的给他糕点，有的给他酒喝，甚至商界的头面人物也上前来亲近巴结他。

正当商人对他表示竭诚欢迎、敬仰的时候，阿里突然一转话题，对迈尔鲁夫说：

"主人啊！您这次来是否带来了什么货物？"

"多得很。"迈尔鲁夫很干脆地回答。

在迈尔鲁夫来这里之前，阿里就带他看过许多绸缎布帛，并告诉他各种名称。此时有人问他："先生这次可曾运来黄色的呢子？"

"有，而且很多。"

"羚羊血色的呢子也有吧？"

"那还用说，多着呢！"

迈尔鲁夫对商人们问到的这些货，一律以"多着呢"来回答。随后他对阿里说："假若哪位同行要办一千驼名贵布帛，我只从一个货仓里提取就足以满足他的愿望，没必要开动别的货仓。"

就在迈尔鲁夫跟商人谈得起兴的时候，一个乞丐来乞讨。那些在场的人，有的五角，有的稍微多几文，但绝大多数是一毛不拔。当乞丐走到迈尔鲁夫面前时，他却大方地掏出一把金币。乞丐完全没想到会有如此大方的人，他百般感激，诚恳地替他祝福。商人们眼看迈尔鲁夫这样豪爽，十分敬佩，赞道："他以帝王的豁达，将不计其数的金币赏给乞丐，真是有点不可思议！如果他不是拥有万贯家财，不是顶尖富有的大人物，绝对不可能这样做。"

过了一会儿，又有个女乞丐前来乞讨，迈尔鲁夫同样掏出一把金币给她。女乞丐感激不尽，替他祈祷。消息很快传了出来。于是许多穷人一个个前来乞讨。迈尔鲁夫都是这样的大方，有求必应，每个人都给一把金币。不一会儿，一千金币就发完了。他只得拍拍手掌，叹道：

"我相信，不管我们遇到什么困难，真主都会满足我们的愿望。"

商界头面人物见迈尔鲁夫拍掌叹气，觉得奇怪，便问：

"阁下为什么叹气呢？"

"唉！这座城市大部分人都生活在贫穷中。"迈尔鲁夫谈了自己的观感，"要是早知道有这样的情况，我就该把钱都放在鞍袋中随身带来，这样就可以救济他们。现在我怕我的货物离此还远，短时间内还到不了。我自己向来不肯拒绝乞讨的人，无论多与少，总得给他们一点，可现在手中的钱都花完了，要是穷人再来讨，我该怎么办呢？"

"您就对他们说：'让真主赐福于你吧。'"商人的领袖教他应付的方法。

"这种话我开不了口，这也是我苦恼的原因。现在我希望手边还有一千金币，拿它暂时救济穷人，只能等我的货物到了，一切就没有问题了。"

"这很好办。"商界的领袖体会到迈尔鲁夫的苦衷，于是马上派仆人取来一千金币，借给他做临时的花费。迈尔鲁夫马上用这些钱赏给面前的乞丐们，直到中午才去做祷告，并把剩下的钱分别摆在礼拜者面前，分给他们。人们都认识了这个名叫迈尔鲁夫的大慈善家，大家都诚心诚意地祝福他。

迈尔鲁夫做完午祷，回到市场，又向另一个商人借了一千金币，继续施舍救济那些穷苦人。当时阿里在一旁瞪眼瞧他干好事，只是急在心里，没法干预他。这时又到了祷告的时候，大家便约着清真寺去做礼拜。迈尔鲁夫同样把剩余的钱给参加做礼拜的穷人们。

回到市场，迈尔鲁夫继续借钱，并慷慨地大肆施舍、救济，还未到闭市时，他已先后花掉了五千金币。他每向富商借款，总是对人家说："只要等我的货物运到，要钱还是要布帛随你选。反正我的货物多得很。"

当天晚上，阿里设宴替迈尔鲁夫洗尘，请商界全体人士陪客，让他坐在首席。在宴会席上，迈尔鲁夫的话题一直不离绸缎、布帛、珍珠、宝石，每逢有人提起某种货物，他便抢着说：

"你所讲的货物，在我运来的多着呢。"

第二天，迈尔鲁夫到市场中，跟商人们结交，借钱，拿去救济。

他连续不断地左手借入、右手施出，天天这样，在二十天内，共借了六万金币的巨额款项，而他所吹嘘的大批财物货物却没有音讯，一针一线也看不到，致使借款给他的商人都非常着急。

大家都在议论纷纷。有人说："迈尔鲁夫老是向我们借款，不停地赏给穷人，可他的货物始终不见运来，这究竟是怎么回事？"

另一些人说："看来，我们只有找他的同乡阿里问明情况。"

商人们都来到阿里家中，问他："阿里，商人迈尔鲁夫的货物还没有运来吗？"

"你们再忍些日子，不要着急！货物不久就会来。"阿里一边安慰商人们，一边找借口送走他们，然后去找迈尔鲁夫，问："迈尔鲁夫，你这是干的什么好事呀？为什么你成事不足败事有余？你可知道，那帮生意人正为他们的货款而坐立不安。据说，你已向他们借了六万金币，并全部赏给穷人们。你不做买卖，又怎么可能赔这笔巨额贷款呢？"

"发生什么事？六万金币算什么？"迈尔鲁夫反问一句，"等货物到了，我会还他们的。到时候，要布帛，给布帛，要金银，给他们金银。"

"我的真主啊！你果真有货物吗？"

"多得很。"迈尔鲁夫不知羞耻地说。

"你这个下流无耻的家伙！这本是我教你对人讲的话，你怎么原封不动地对我讲？好，让我把事情向众人公开吧。"

"你少啰唆，还不快滚远些！你以为我很穷啊？告诉你，我的货物中应有尽有。那班商人我不会仰仗他们，等我的货物一到，我会加倍给他们的。"

"你这个不知死活的家伙！"阿里发火了，"对我说这样的话，你真不知羞耻！"

"你是我朋友，我不想跟你多说。至于那些商人们，叫他们暂时忍耐一下，等我的货物到了就好了。"迈尔鲁夫说罢，拔脚就走。

阿里一个人傻呆呆地坐在那里，自言自语："当初是我自己吹捧他，现在我又要咒骂他，那我不是在撒谎打自己的嘴巴吗？要是大家知道了我是这样一种人，那我以后还怎么在这里立足啊？"想到这里，他很是犹豫，正在进退两难的时候，商人们又找到了他。

他们说："阿里，你替我们问过了吗？"

"各位商家，很惭愧，他欠我一千金币，我也无法拿回来。你们借给他的钱，他没有跟我商量。因此我没有责任替你们讨债。你们自己问他要吧，他要是不还，你们只好去向国王控告了，就说他招摇撞骗、借钱不还。我想，国王会替你们做主的。"

商人们领会了阿里的意思，果然去王宫告状了，一边诉苦，一边要求国王替他们做主，说：

"国王，这个大言不惭的生意人，我们现在拿他没有办法了，他故意吹嘘有多少货物即将到来，以此向我们借款，并把手里的钱都施舍给乞丐。如果他是个穷光蛋，他就不会那样挥金如土了、所有的金币赏给穷人。他要真是富翁，那必须等他的货物到来才能证明。他曾吹牛，说他有很多的货物将运来，他自己是先赶来做准备工作的，可我们到现在什么也没有看见。每当我们谈论货物，他就向我们夸口说：'这种货物，我货物中可多了。'过了这么长时间，他的货驮物却没有半点消息。如今他向我们借的款已经达到六万金币。这笔巨款，不知道他能还得起吗？"

商人们在控告迈尔鲁夫的同时，也夸奖了他的大方，他们却不知道国王爱财如命，比普通百姓更贪婪。他听了商人们夸赞他，敬佩迈尔鲁夫仗义的豪迈气派，便存了私心。国王对宰相说："那个生意人要不是拥有巨额财产，就不会那么仗义。他的货物一定会到的，到那时候商人们会包围他，他的钱财会大量地落到他们手中。其实，我比他们更喜欢财富，因此我打算结识他，与他打交道，以便货物一到，我们可以先拿到那笔巨额钱财。"

"但我认为他可能不是什么好人，我总感觉他像个骗子。这种招摇撞骗的把戏能骗得了别人，可别想骗我。"宰相说明自己对迈尔鲁夫的看法。

"我要考验一下他，看看他是不是正人君子。"

"那么，您打算用什么办法考验他？"

"我先召他进宫，对他非常尊敬，然后拿我那颗命贵的宝石给他看。他要是认识宝贝的价值，便可证实他是个行家，是有钱人。要是他不认得宝贝，就杀了这个骗子。"

迈尔鲁夫得知国王召见他，立即来到宫中，小心地问候国王。

国王让他坐在自己面前，谦恭地问："您就是那位闻名的富翁迈尔鲁夫？"

"是，小人就是迈尔鲁夫。"

"听说您欠商人六万金币，这是事实？"

"是，这都是事实。"

"那您为什么不还借来的帐啊？"

"我已经告诉他们了，再过一段时间，等我的货物到了，我会加倍还他们的。到那时候，他们要的金币，我就会给他们。他们要什么我给他们什么，反正我的钱财货物很多，要什么有什么。由于他们的货款给了我很大的方便，在我为难的时候，他们生出了援助之手，给予了我极大的帮助，对此我很是感激。为报答他们的情谊，我准备加倍地偿还他们，借一千还两千。"

听了迈尔鲁夫的回答，国王没感觉到有什么地方是可疑的。于是，他把那颗心爱的、价值千金、独一无二的珍贵宝石递给迈尔鲁夫说："贵商，你知道这是什么东西？它值多少钱？"

迈尔鲁夫接过宝石捏在大拇指和无名指上，非常仔细地观看，他暗中一使劲，就把那颗名贵的珠子弄破了。

国王大惊，问："你为什么弄坏我的宝石？"

迈尔鲁夫冷笑几声，回道："陛下，这并不是什么珍贵的宝石，而是一般的矿石，几乎没有什么价值。陛下有什么理由说它是宝石？如果这真是宝石，怎么也得值七万金币以上。陛下难道不知道，跟榛子一样大的宝石是不存在的吗？这个不值钱的东西是没有人能看上眼的，陛下贵为天子，怎么把一块矿石当做价值千金的宝石呢？不过这是情有可原的，因为您还不是很富有，库中还没有真正收藏过名贵的宝物。"

"那么，请问贵商，你是否也运来宝石？"国王说。

"多得很。"

"能送给我些吗？"国王被贪婪迷住了心窍。

"那还用说啊，等我的货物到了，我一定会给您的。反正我运来的宝石非常多，陛下既然需要，我会立刻献给您的。"

国王不禁暗喜，他对迈尔鲁夫债主们说："回去吧！安心做你们的买卖去。大家再等一等，等他的货物到了，你们来向我取钱好了。"

国王把商人们送走，接着跟宰相商谈，表示有意选迈尔鲁夫为驸马。国王说："爱卿，希望你好生接待那位富商迈尔鲁夫，多多夸奖他，不妨和他谈谈公主的姿色，诱骗他来提亲，娶公主为妻。这样，我们就可以享受荣华富贵了。"

"皇上，我对此人的言行有点怀疑。据我看他，他是个善于吹嘘的大骗子，希望您多留个心眼，最好别提此事，免得毫无价值地葬送了公主的幸福。"

原来宰相是一个有野心的人，曾经竭力奔走，企图想娶公主为妻，却因公主拒绝而告终。国王看透了他的野心，很生气地骂道："你这个恶毒的家伙！你之所以对我心怀不满，完全是因为你曾向公主求婚遭到拒绝。现在你竟敢出来破坏我的好事，来达到你的目的！我奉劝你赶快放弃那不切实际的想法。告诉你，迈尔鲁夫知道宝石的价值，说明他就是个大行家，他弄破宝石，那是因为他不在乎。你不要出言不逊地污蔑他，说他是什么骗子。他有许多珍贵宝石，若他见了公主的姿色，一定会疯狂地迷恋上她，并且想与她结婚，这样，他会把所有的财宝都送给她。你心术不正，存心破坏他们的美满婚姻，不外乎是不想让我享受那份宝贵的财富罢了。"

宰相被国王骂得狗血喷头，生怕国王惩罚他，他想："好汉不吃眼前亏！"于是，他听从国王的指示，热情地亲近迈尔鲁夫，并对他说："国王非常尊敬您，他有一个才貌双全的女儿，他有心想选您为驸马，您有什么意见？"

"那当然好。不过，请他等一等，等我的货物到了，就可以举行婚礼。因为跟帝王结亲费用会很大，公主的地位高贵，必须付出很多的聘礼才能和她的身份相称。现在我手边没有钱，必须等我的货物到了，我才能按照自己的想法做事。到那时，我会拿出五千袋金币做聘礼。结婚之日，我拿一千袋金币赏给穷苦人，一千袋金币赏给参加婚礼的人，一千袋金币设宴招待宾客和士兵。结婚次日，我会拿一百颗珍贵宝石送给新娘，一百颗赏给宫娥彩女，以表示我的敬意。我还需要送一套衣服给穷苦无靠的人，还必须继续广施博济。要想实现这些，肯定只有我的货物到了。我有的是钱财，花这点钱我不在乎。"

宰相把迈尔鲁夫对结婚的想法告诉了国王，国王听了，说："从他如此具体周到的计划中，就可以看出他的人品。你现在还认为他是个吹嘘的骗子吗？"

"我对他的看法还是没有变。"宰相小声地回答。

国王非常惊奇，便骂道："我用我的头颅发誓，你要是再这样固执，我非杀了你不可。现在，我命你快去请他来，我一定要招他为驸马。"

宰相只好遵命，马上去见迈尔鲁夫，说："跟我来吧，国王有话对您说。"

迈尔鲁夫答应了，跟随宰相去见国王。

"你不必再推辞了。"国王对迈尔鲁夫说，"我的国库有的是钱，什么都有，你只管按自己的意愿去做。公主和宫娥彩女们，你想怎么赏，就怎么赏吧。现在我们既然是这层关系，为了尊重你的妻子，我们会耐心地等待你货物的到来，到那时候，你看怎么办就怎么办。总之，我们不分彼此了。"

随后，国王请来教长，一边举行公主和迈尔鲁夫的订婚仪式，一边着手筹备婚典，下令将城市装饰一新。在备办完筵席后，便敲锣打鼓地宣布结婚仪式的开始。迈尔鲁夫衣冠楚楚地坐在坐椅上迎接宾客，官绅庶民都来祝贺，各种民间艺人也应邀来参加，热闹非凡。

迈尔鲁夫吩咐管库的取来金币银币，大把大把地洒给看热闹的群众，并不断分发衣物。

人逢喜事精神爽，此时的迈尔鲁夫快活极了。

管库忙得不可开交，不断地从国库中取出财物供迈尔鲁夫随意施舍。宰相看着这一切只是干着急，又不能说话。商人阿里眼看着迈尔鲁夫那样的施舍，吓得都呆了，找了机会悄悄地对他说：

"你这个投机取巧的家伙，我真想扇你！你消耗了商人们的钱财还不够，还要将国库也挥霍完吗？"

"你管不着，等我的货物到了，我会加倍偿还的。"迈尔鲁夫回答。他不听阿里的劝阻，继续施舍，还慷慨地说，"我会高枕无忧地睡觉了，因为该发生的事情依然会发生，这是命里注定的。"

迈尔鲁夫以"今朝有酒今朝醉"的态度，兴高采烈地办着喜事，不停地歌舞升平、施舍救济，一直热闹了四十天。到了第四十一天，才正式举行婚礼，全体朝臣和文武百官都列队参加仪式，他们把打扮得像仙女般的新娘迎进礼堂。迈尔鲁夫得意忘形地拿金币当喜钱，随便地撒向人群，并认为此举为尊重新娘。因此，他又花掉一笔巨款。

婚礼仪式举行完毕，宾客送迈尔鲁夫进入洞房，然后狂饮而散。

迈尔鲁夫坐在高脚椅上，神气十足，右手捏起拳头，重重地一拳打在左手掌上，随即装模作样，摆出受委屈的面孔，沉默了一阵，然后拍拍手掌，唉声叹气："事到如今，全无办法，只盼伟大的真主拯救。"

"夫君，今天应该是个大喜的日子，你为什么那么不高兴的样子？公主关心地问道。

"由于令尊过于着急，把我的计划都打乱了，他的这种安排与拔苗助长没有什么区别，我怎么能不忧愁呢？"

"怎么会是这样的呢？能告诉我吗？

"他不等我的货物到来，就叫我结婚。先前我打算至少拿出一百颗宝石送给你的奴仆做纪念，每人给一颗，让他们欢喜地说'这是我们小姐洞房花烛夜，驸马给我们的纪念。'这种赠送纪念品的习惯，其目的不外乎是尊重你的地位、炫耀你的优秀罢了。对于分送大批宝石，我是不会怜惜的，因为宝石这种玩意我有的是。"

"别为这点小事忧愁了，我是绝不会多心的。因为我完全可以等到你的货物到来再说，至于奴仆们，他们更不会在乎这点，待你的货物运到，我们再来索取宝石和其他贵重物品吧。"

新婚的第二天，迈尔鲁夫在澡堂沐浴后，换上官服，神气活现地进宫去见国王。朝臣和文武官员都很尊敬并爱戴他，都站起来，向他问候，祝福他。

他坐在国王面前，问："管库在什么地方？"

"那不是？他早就来了，正等候阁下的吩咐呢。"官员们齐声答。

"快去给我取衣服来。"他吩咐管库，"全体朝臣和文武百官，每人送一套衣服。"

管库只好遵命从国库中拿来大批衣服。迈尔鲁夫把衣服赏给朝臣官员们，并根据不同的级别赏赐金银，继续挥霍。过了二十天，他自己的货物仍然没有消息，这使管库十分为难。他非常忧虑，并趁迈尔鲁夫不在的时候，偷偷求见国王。他跪下去吻了地面，然后说道：

"皇上，国库中的财物已快用尽。如果这样下去，用不了十天，国库将会完全用尽。下官不得不来禀告陛下，否则，事后陛下一定会埋怨我。"

此时只有宰相在身边，国王听了报告，回头问宰相说："爱卿，驸马的货物还没有消息，这是原因。"

"愿真主关照陛下，"宰相冷笑一声说，"陛下已经被那个骗子骗了。我以陛下的头颅起誓，他根本就没有什么货物甚至一块布能来安慰我们。这一切不过是他在欺骗陛下，梦想用尽陛下的所有财产，并免费娶公主罢了。我看陛下还要到什么时候才能觉悟？"

"爱卿，我们现在能用什么方法知道他真正的情况。"

"皇上，只有妻子才能探听丈夫的秘密，陛下可以找公主来，让她躲在帘后，我跟她谈一谈，并向她打听驸马的情况。只要她愿意谈，我们就能掌握迈尔鲁夫的底细。"

"完全可以，用我的头颅起誓，如果事实证明他真是个大骗子，那我非用残酷的刑法处他极刑不可。"

国王与宰相一起来到后宫并让宰相待在休息室中，趁迈尔鲁夫不在的时候，派人请出公主，叫她躲在帘子后面，然后说：

"女儿啊，宰相有话对你说。"

"相爷，你有什么话就说吧。"公主说。

"公主，你要知道，你丈夫把国王的财物都花光了。他没有掏出一文钱来就把你娶到了手，却经常大言不惭地许下那么多的承诺，就是不见兑现，他的货物始终没有运来，而且半点消息也没有。总之，我们现在只有请你来把真实的情况告诉我们，才好想办法对付他。"

"他是许诺很多，每次都说要给我宝石，给我绸缎，给我金银衣帛，但这一切不过是空口说白话，我始终不见拿出什么来。"

"公主，今晚你能跟他认真地谈一谈吗？你这样对他说：'把实情告诉我吧！你只管放心，什么都不必顾虑，你既然是我的丈夫，无论如何我都不会抛弃你。你把实情告诉我，我会想办法挽救你的。'你跟她谈话时，必须掌握好分寸，态度一定要灵活，有时表示疏远，有时要格外亲密，一往情深地稳住他。这样下一番功夫，探到实情，你再来告诉我们。"

"父王，女儿知道怎么做了。"公主同意宰相的吩咐，向国王当面保证，才走了。

当天晚上，迈尔鲁夫照例回到寝室，公主便根据宰相的吩咐，向丈夫大献殷勤，甜言蜜语地奉承，极尽诱惑，终于把他给迷住了。这时候，她眼看迈尔鲁夫全身心地拜倒在她的石榴裙下，才开口说：

"我亲爱的！你是我的生命，是我的一切。我祈求真主保佑。让我们夫妻白头到老、永不分离，因为爱情把我的心占据了，爱的火焰使我一辈子跟你在一起。不过，现在我想请你把你的真相告诉我，人不可能永久保持常态而不露马脚。这种欺骗的行为是不能长久的，你大量地骗取父王的财物，打算什么时候结束啊！如果我不赶快想办法挽救你，让你回头，父王知道你在欺骗他，他一定会将你处死，而那时我就无法帮助你了。现在，把真实的情况告诉我，这对你有益而无害。你对我暴露真实情况，我会保证你的安全，你就放心吧！多少次你吹嘘说你是商人，是富翁，有货物。可事实怎么样？货物的消息半点也没有。你老感觉忧愁，只是因为你心口不一，说的全是假话！你把真情说出来，我会设法解救你。"

"夫人，话说到这个份上，我只好将实情告诉你，之后你要怎么办，就怎么办吧。"

"那你说吧，但要说真话。诚实是做人的美德，你可不要撒谎啊，否则它会给你带来无法挽救的灾难。"

迈尔鲁夫听了公主的甜言蜜语，于是说：

"夫人，我并不是什么生意人，我不但没有货物，就连布帛也没有一块，在家乡我是个补鞋匠，靠替人补鞋为生。我老婆伐特维麦，人们管她叫恶癞，她是个尖酸刻薄，好吃懒做的泼妇……"于是他把老婆的泼辣性格和他不堪被虐待的情况，以及逃跑出来的经历、行骗行为，从头到尾，详细叙述一遍。公主听了，大笑。

"你撒谎的骗术可真是高明啊。"公主说。

"夫人，你能帮助我，真主会保佑你长命百岁的。"

"你招摇撞骗，尽说谎话欺骗迷惑父王，致使父王上当受骗。父王为贪钱财而把我许配给你为妻，结果不但没有得到财物，还把自己的钱财给搭进去了。只有宰相看出你不是个商人，多次告诉父王，说你是个善于说谎的人，父王不相信，认为他是在报复和破坏。他曾向我求婚，但我不愿做他的妻子，因而就拒绝了他，致使他怀恨在心。我们结婚后的一段日子里，父王一直很担心，他不了解你的为人，嘱咐我要多了解你。如今我已经了解你的情况了，我要把你的情况告诉父王，他一定会加害于你的。但是，现在你既然已经是我的丈夫了，我当然不愿意失去你。因此，不管怎么样，也不管你是不是骗子，我也只能认命了。这辈子我注定是你的人。如果父王要杀死你，定会将我另配别人的，这样我宁愿死。"

公主知道丈夫的底细后，为了帮助他，便不厌其烦地把利害关系给他分析了一下，然后教他如何逃避灾难，并嘱咐道：

"你去换一套宫服，带上我的私房钱共计五万金币，骑匹快马，尽快逃到父王管不到的地方去，并用这笔钱在当地从事买卖。一旦在他乡定居下来，便写信给我，让我知道你的情况，这样我就可以救济你，你就可以安心地住在异地。一旦父王逝世，我便会马上把消息告诉你，那时候你回来，就会同样受人尊敬了。万一不幸你先死亡或我先死亡，那就只能来世再见了。我觉得这样应付是对的。分别之后，只要你我安然活在世上，我就可以给你捎钱。现在你快点准备逃跑。别等到天明落在他们手中，后悔就来不及了。"

"夫人，看来目前没有什么更好的方法了。"迈尔鲁夫非常感激公主，立刻起身，边换衣服边命马夫备马，急急忙忙地告别公主，连夜逃走了。旅途中碰到他的人，以为他是公侯将相因公出巡，便没有阻挡。

第二天早上，宰相陪同国王到休息室，然后派人去请公主。

公主奉命来到帘后，国王问："女儿啊！我叫你打听的事情怎么样了啊？"

"父王，事情已经清楚了。但现在首先要说的是，我要揭穿宰相的丑恶嘴脸，因为，他一直在丑化我和我丈夫啊！"

"哦，怎么回事，能说清楚点吗？"

"昨晚我丈夫回到房中，我还没来得及跟他交谈，太监菲勒持信来到我面前，对我说：'有十个奴仆站在宫门外，递这封信给我，对我说：劳你代我们吻我们主人迈尔鲁夫，并把这封信交给他。我们是他的仆人，给他运货物来了。据说他跟公主结婚了，因此我们赶到这儿来报告途中的遭遇。'我接过信来，拆开，见是他的五百名仆联名写给他的。信里说：

小人谨上书迈尔鲁夫大人：

我们与大人分手后，不幸在路上遭遇悍匪拦路劫杀。由于匪徒人多势众，以逸待劳，凶焰咄咄逼人，我们进入维谷，虽然个个英勇奋战，一连奋战了三十日，终因处于劣势，结果我们牺牲了五十人，损失布匹二百驮。因此，我等未能按期到达目的地。

今怕大人不安，特此先来相告。

我丈夫听了这个消息，叹道："唉，他们不该这样啊，何必为了二百驮布匹去跟匪徒拼杀呢？因这点小事而延期就不应该了。

二百驮布匹不过值七千金币。看来我非亲自出马了。匪徒抢劫的那个数字，对整批货物来说，根本算不上什么，就当我给他们的施舍吧。"于是，他像没事人似的对损失货物和牺牲仆从根本不在乎。我从窗户中俯看见给他送信的那十个仆从，个个生得眉清目秀、活泼伶俐，衣冠楚楚，打扮得十分漂亮得体，我们宫中的侍卫们是远不如他们的。后来，他跟送信的仆从们一起去接货物了。赞美安拉，幸亏我没有着急把父王嘱咐我的话对他讲，否则他会歧视我、恼恨我呢。总而言之，事情差一点坏在宰相身上，是他信口雌黄，拿流言诽谤我的丈夫呀。"

"儿啊！事情没有想象的那么差，真值得庆幸。你丈夫的钱财很多，所以他不考虑什么损失。从他那样慷慨解囊，便能看出他是个很富有的人。一旦他的货物运到，我们的收获将会不少。"

国王安慰公主，同时毫不留情地将宰相臭骂一顿。

再说迈尔鲁夫按照公主的安排，骑马一直狂奔，在荒原漠野中艰难跋涉了一夜，直到第二天天亮，他才停住脚步。他举目向四周望去，顿感前途茫茫，也不知该向什么地方去找归宿。想起昨晚的惜别，他抑制不住难过的心情，越来越悲哀，就大哭了起来，好像死神降临似的。

到了中午，他到了一个小村庄附近，见一个农夫驾着两头水牛在田里耕作。他非常饥饿，就向农夫打招呼，问候他。农夫见是一个官宦模样的人站在田边，于是忙丢下农活，问：

"欢迎你，我的老爷！你是达官贵人吗？"

"不错。"迈尔鲁夫回答。

"请下马来，我会把你当贵宾招待的！"农夫觉得他是一位善良的旅客。

"老兄，我看你像是什么东西都没有，如何招待我呢？"

"老爷，我的家就在前面的小村庄里，你先下马休息，我回去为您准备午餐，并给您的马喂好。"

"村庄既然不远，就不必麻烦你来回折腾，我自己去买些吃的好了。"

"老爷，村庄小得很，人家不多，里面没有市场，也没有做买卖的。能为你这样的人提供服务，是我的荣幸，请稍事休息，我会很快给您准备好午餐的。"

迈尔鲁夫接受农夫的邀请下了马，待在田边。农夫跑着回村庄取食去了。

迈尔鲁夫坐在田边，过了一会儿，说："这个好心的农夫，为了我耽误了耕作时间。我应当替他耕作一会儿，尽量把他的时间给补上。"于是，他拿起犁柄，鞭打耕牛。可是，刚犁了一会，犁头就被什么东西卡住了，老牛使劲拖，就是不动，就这么站住，再打也不走了。

迈尔鲁夫放下犁柄，仔细一看，见犁头插在一个金环内。他刨开土一看，见那金环系在一块石磨盘般大的云石上。他非常好奇心，费了好大的力气才掀起那块云石，发现有阶梯可以到达一幢宽敞的地下室。他仔细察看，见里面有四间房屋，建筑式样犹如华丽的澡堂。第一间房里堆满了黄金，第二间堆满了翡翠、珍珠、珊瑚，第三间堆满了蓝宝石、红宝石，以及各色玉石，第四间堆满了钻石和其他名贵宝物。房屋的正中央摆放着一个透明的水晶匣，匣中盛着稀有的珍贵宝石，每颗宝石跟椰子一般大。在水晶匣中，陈设着一个小巧玲珑、柠檬大小的金盒子。

他见有个金盒，迟疑了一下，心想："那盒子里一定是稀世宝物。"

他走过去，拿起金盒，打开一看，原来里面盛着一个金戒指，上面刻着符咒，纹路似蚂蚁的足迹。

他取出戒指，爱如珍宝，手指无意间碰了戒指一下，便有声音对他说："我的主人，您忠实的奴仆应命来了。把您的需要说出来吧！是要建筑一个城市还是捣毁一座城市？是要消灭一个王国还是建立一个王国？要搬走一座山还是挖一条渠？只要您能说出来，就会满足您的一切要求的！"

"你是真主创造出来的生灵吧？能告诉我：你是谁？是做什么的？"迈尔鲁夫问。

"我是负责保护您手里拿着的这个戒指的人。无论拿到这个戒指主人需要什么，我必须满足他的要求，他的命令我必须听。我有七十二个种族，每个种族有七万二千个成员，每个种族的成员有着一个巨人，每个巨人有着一千奴仆，每个奴仆有着一千精灵，每个精灵有着一千土地神。他们全都听我的指挥，谁也不敢违背我的命令。现在您拥有戒指，从此我成为您的仆人了。有什么事，您只要吩咐。我都会去做。不管您在什么地方，只要需要我，只要摩擦戒指，我就立刻出现在您面前。但您千万不可以接连摩擦两次，否则我会被天火烧毁的。假如我被烧毁，那时候您后悔就没有用了。我已经把我的情况告诉你了，祝您平安。"

"那么，你叫什么？"迈尔鲁夫问。

"我叫艾比·塞尔多图。"

"艾比·塞尔多图，这是什么地方？是什么人让你守护这个戒指的？"

"是我的主人啊！是一个名叫尚德·班·翁顿的地下宝库。它的主人尚多德·班·翁顿曾在荒无人烟的大漠中修建了这座世上罕有的石头大厦。他在世时，我是他的忠实仆人。这个戒指是他遗留下来的，一直保存在宝库中，如今它的所有权属于你了。"

"我需要这个宝库中的所有宝物，你能把它们给我搬出去吗？"

"完全可以。这个任务是举手之劳。"

"那好吧，你把所有的宝物都搬出去，一件也别留下。"

戒指神伸手一指，地面突然裂开。他钻进去，隐没了一会儿，接着便出来无数伶俐、活泼、可爱的小孩子，手持金箩银筐，开始搬运宝库中的金银珠宝。不一会儿就全都搬光了。这时，戒指神再次现身出来，对迈尔鲁夫说：

"报告主人，宝物全都搬出来了。"

"这些漂亮可爱的孩子是谁呀？"迈尔鲁夫问。

　　"他们是我的孩子。因为这是一桩小任务，他们能够胜任，所以我叫他们来服侍您，对此，他们会感到荣幸的。现在您还需要什么呢？请说吧。"

　　"你给我弄些骡马和箱笼来，把宝物装在箱笼中运走。"

　　"这件事再简单不过了，可以马上完成！"艾比·塞尔多图应诺着大声一喊，他的八百个孩子闻声出现在他的周围，听候命令。

　　他吩咐孩子们："你们中的大多数给我变成骡马，剩下的一部分变成非常漂亮标致的、王宫里找不出来的奴隶，一半变成马夫，一半变成仆役，然后前来接受任务。"

　　他们听从命令都变了模样，分别变成马夫和仆役。之后，戒指神又叫来了他的奴仆来到他的面前。他吩咐他们中的一部分变成骏马，配备着镶珠宝的金鞍银辔。

　　迈尔鲁夫看着这一切，问道："箱笼呢？"

　　戒指的仆从立刻给他拿来了箱笼。

　　他吩咐他们："把金银、珠宝分类装在箱笼里！"

　　仆从们遵循命令，把财富分类装箱，配搭成三百驮，预备运走。

　　迈尔鲁夫忽然想起还需要布帛，便对戒指神说："艾比·塞尔多图，你能给我弄一些布帛吗？"

　　"你需要什么地方的布帛？埃及的？叙利亚的？波斯的？印度的？或者罗马的？"

　　"每个地方的布匹都弄一百驮吧。"

　　"我的主人，如果是这样，那恐怕需要一点时间，因为我要让他们分头去各地收集布帛，并且变成骡马，驮来才能实现您的愿望。"

"那需要多长时间呢？"迈尔鲁夫问。

"一夜就足够了。明天天亮时，一定把所有的货物都找齐了。"

"那好，给你一夜的时限。"

戒指神立刻让人撑起帐篷，摆出筵席，让迈尔鲁夫在里面休息吃喝，并嘱咐道："我的主人，请您在帐篷中等候，让我的孩子们伺候您，不用着急，我会马上让他们到各地为您收集布帛。"

迈尔鲁夫坐在帐篷中，吃着丰盛的食物，享受着戒指神孩子们的伺候。

这时候，那个农夫也回来了，带着一大钵扁豆和满盛草料的麻袋，准备招待迈尔鲁夫，并帮他喂牲口。到了田边，他顿时目瞪口呆，见旁边支起了帐篷，许多仆从站在篷里。他马上意识到这可能是帝王来了，临时在这里休息的，暗自叹道：

"要是早知道，我该杀两只母鸡，用黄牛油红烧出来，给国王了。"于是，他要回家去杀鸡，准备款待国王。

迈尔鲁夫看见农夫了，高声唤他，并吩咐仆从们："去请他进帐来吧！"

仆从们遵循命令拥到帐外，把农夫本人和他的大钵、麻袋一起带进帐篷，把扁豆、草料摆在迈尔鲁夫面前。

迈尔鲁夫指着问道："这是什么？"

"这钵扁豆是给你预备的午餐，这袋里的草料是给你喂牲口的。请原谅我吧！先前我并不知道皇上御驾光临，否则我会杀两只母鸡好好招待陛下的。"

"大可不必。其实国王并未到此，我不过是国王的姻亲罢了。只因我经受不起委屈，才愤然出走。现在国王派他的仆从前来接我，他和我之间已经解除了误会，因此我不用在外面流浪，打算明天一早便回朝去了。你我萍水相逢，却像老朋友一样盛情款待我，让我很是感动。你的饮食虽然一只一文钱，但你的热情我是不会忘记的，一定要品尝你带来的这些食物。"

于是，他吃扁豆，让农夫享用席中的山珍海味，直至宾主都吃饱喝足，才退席洗手，将吃剩的饭菜赏给仆人们。迈尔鲁夫又让仆人们盛了一钵金子，送给农夫，说道："带回去吧！你要是去京城找我，我定会好好答谢你的。"

农夫喜出望外地带着一钵金子，赶着耕牛回去了。

当晚迈尔鲁夫在帐篷中欣赏窈窕美丽的女郎为他唱歌跳舞，表演节目。迈尔鲁夫一直陶醉在歌舞声中，感受到生平不曾梦想过的欢欣和快慰。

第二天一大早，迈尔鲁夫就看见远方腾起灰尘，弥漫在空中。过了一会儿，灰尘下面出现一个马帮，驮着大量货物向他走来。

他仔细一看，是戒指神运来的各色布帛，总计七百驮。而艾比·塞尔多图像是个大老板，骑着骡子，在马帮前开道引路。他还带来一顶镶珠宝玉石的金质驼桥，准备让迈尔鲁夫乘坐。

戒指神到帐前下马，跪在迈尔鲁夫面前，吻了地面，说道：

"报告主人，布帛已按要求运到。还特地为您准备了一座金质驼轿以及一套名贵袍子，这件袍子是帝王宫中所没有的。现在请主人穿起袍子，坐上驼轿，起驾回去吧。"

"我打算写封信，派你送到无诈城，亲自交给国王，报告消息。你必须扮成温顺的差役，和气些，不可鲁莽从事。"

"明白了，愿意效劳。"艾比·塞尔多图同意迈尔鲁夫的意见。

迈尔鲁夫写好了信，递给戒指神，让他立刻去无诈城，交给国王。艾比·塞尔多图领命迅速赶到城中，立即入宫。

此时国王正和宰相坐在一起谈话。

国王说："爱卿，我很为驸马担心，怕那些强盗会伤害他。要是我知道他的去向，便可以派人帮助他。如果他走的时候告诉我他的去向，那该有多好啊！"

"皇上，"宰相说："我向陛下的头颅起誓，您的担心是多余的。那个家伙知道我们已开始注意他了。他怕我们揭穿他的底细而惩罚他，所以仓促逃掉了。事实证明，他是一个骗子。"

听了国王和宰相关于迈尔鲁夫的谈话，戒指神艾比·塞尔多图马上出现在国王面前，他虔诚地跪下去，吻了吻地面，并不断祝福他，呼他万岁。

"你是何人？来这里做什么？"国王问艾比·塞尔多图。

"我是替驸马爷送信的差人。这是迈尔鲁夫大老爷的信，请陛下过目。驸马爷带着他的货物随后就到。"

国王读完信，知道迈尔鲁夫携带货物在来的路上，需要派人去接，顿时高兴得手舞足蹈。当他看见站在那里的宰相，非常气愤，大声斥责道："愿真主丑化你这个坏家伙的面孔！你无端咒骂驸马，你总是把他当骗子看。现在，他的货物就到了，你还有什么话说？事实证明你是个坏蛋！"

"皇上，"宰相低着头说："由于他的货物长期不到，我怕他白花了陛下的财物，又无力赔偿，不得已才对他表示怀疑的。"

"你这个无耻的家伙！无根无据地随便怀疑别人，差点使我把最好的女婿丢了。再说，我们的财物与他的财物比起来算什么啊！"

国王非常高兴，立即让人把城市装扮一下，准备欢迎驸马归来。他赶快奔到公主房中，说："女儿啊，我给你报喜讯来了，你丈夫带着货物回来了，消息十分可靠，是他亲手写信的。我现在马上就去迎接他。"

公主听了这个消息，非常惊奇，暗道："这件事真奇怪。难道是他有意在考验我吗？他说他是穷人，一定是想考验我是不是一个贪财的人。赞美真主，我幸好没有对不起他的地方。"

迈尔鲁夫的同乡阿里见人们忙着装饰城市，觉得奇怪，问这是要做什么。当知道迈尔鲁夫的货物即将回来的消息，他叹道："我的主啊！这是什么把戏呀？他原来是一个穷鬼，因为怕老婆才逃出来的，怎么一夜之间能有这么多的货物呢？可能是公主怕丢人而所做出来的吧，总之，帝王宫中，什么稀奇事都做得出来。不过这样也好，愿真主保佑，不要让他再出什么丑了。如果他能还清债务，那就好了。”

艾比·塞尔多图在完成了任务后，立即回去见迈尔鲁夫，向他汇报了情况。

此时迈尔鲁夫身穿袍子，坐在金碧辉煌的驼轿里，仪表、派头胜过了帝王，身后跟着成群结队的马帮，驮着货物，声势浩荡地前往无诈城。而国王已率领人马出城迎接他。国王亲自问候他，祝贺他，文武官员也都纷纷向他致敬。在事实面前，迈尔鲁夫证明他自己确实诚实，没有撒谎骗人。于是，大家前来接他进城，仪式非常隆重。商人们也出来迎接他，都拜倒在他的轿下。

当阿里与迈尔鲁夫见面时，他用开玩笑的口吻对迈尔鲁夫说：“不知你是如何改变这一切的？你这个骗子头，在真主的帮助下，总算是一帆风顺成功了。”

迈尔鲁夫听了阿里的恭维话，心里美得不行。

迈尔鲁夫回到宫里，吩咐仆人把黄金货物都献给国王，搬到库里，其他珠宝布帛都搬到他面前打开。仆从遵命，将货物一一打开，摆在那里，听候处理。随后迈尔鲁夫进行财物分配，先把最名贵的搬进内宫，送给公主，叫她赏给宫娥彩女们；再清还贷款，根据欠商人们的数额加倍赔还，欠一千的，拿二千或值二千以上的布帛抵偿；接着他拿绸缎布帛赏给孤苦贫穷的可怜人，国王眼看他如此施舍，却没办法制止。

迈尔鲁夫给完了布匹，便随手拿起珍珠、宝石等名贵的宝物赏给士兵，按人头每人给一把。国王眼看他这样的做法，目瞪口呆、心疼地说道："儿啊！可以了，不必再给了，货物所剩无几了。"

迈尔鲁夫不理睬国王的劝阻，继续按自己的意愿行事，并回答："不用担心！财物我还多得是。"

就这样，他的信用一下子传开了，人们都知道迈尔鲁夫是一位诚实的慈善家。迈尔鲁夫继续大肆施舍，因为他知道，在他花完了那些财物后，他需要什么，只要提出来，戒指神就会满足他的。

这时候，管库的人奔到国王面前，说道：

"皇上，仓库装满了，还剩许多金银财宝容纳不下，不知该放到什么地方去。"

国王十分欣喜，命令管库的人想法另建仓库，为了储备宝物。

公主看到这种情景，非常欢喜，同时感到无限惊诧。她自言自语："不知这样多财宝是从哪儿弄来的呢？"

商人们收到赔款，都替迈尔鲁夫祷告祝福。

迈尔鲁夫的同乡阿里非常了解他的底细，因而觉得不可思议。他一直想不通，叹道："这个骗子，怎么会突然弄到这样多的货物呢？就是公主也不可能有这样多的财物呀，怎么可能这样地挥霍呢？看来，他肯定被幸运之神光顾了。真主要赏赐谁，便赏赐谁，至于为什么要赏赐，他是不会过问的。"

迈尔鲁夫广施博济，送完货物，然后去见公主。

公主非常热情地迎接他，并吻他的手，说道："先前你对我说你是穷人，是怕老婆才逃出来的，是真的吗？真主啊！总算我没有对不起你的地方。你是我心爱的人儿，以后不管穷也好，富也

好，你我永远在一起吧。现在请告诉我，你那时对我说谎，目的是
什么？"

"我只想考验你，以便知道你是为了我，还是为了贪图钱财。
如今事实证明，你对我的爱是无私的。现在，我真正了解你的价
值了。"

迈尔鲁夫欺骗地回复了公主，随后退到隔壁房里，擦了一下戒
指，戒指神出现在他面前，说道："我来了，您需要什么？只管吩
咐吧。"

"我要你给我妻子预备一套凤冠霞帔，一套簪环首饰，并带上
一串由四十颗名贵宝石制成的项链。"

"明白了，遵命。"

戒指神遵照命令，顷刻间就满足了主人的要求，拿来了凤冠霞
帔和全副首饰。迈尔鲁夫亲手把衣服、首饰带到寝室里，放在公主
面前，说道：

"亲爱的，这套衣服、首饰送给你，快穿给我看看。"

公主仔细端详，见那首饰中有镶珠宝石的金踝环、手镯、项圈
和腰带，光彩夺目，镶法似乎出自魔术师之手，全是无价之宝。她
非常高兴地穿戴起来，不长不短，恰恰合身。

她十分珍惜衣服、首饰，说道："我打算把这套衣服、首饰收
藏起来，等过年过节时当盛装穿戴。"

"没必要，你现在就穿戴好了。像这样的衣服、首饰我还有很
多很多，只怕你穿戴不完。"

公主穿戴着美丽的新装，宫女们见了羡慕不已，都争着吻迈尔鲁夫的手。迈尔鲁夫非常高兴，他退入侧室，一擦戒指，戒指神立刻出现在他的面前。

他吩咐道："再给我预备一百套原样的衣服、首饰。"

"遵命。"戒指神回答着，立刻按要求拿来了一百套衣物。

迈尔鲁夫随即召唤一声，宫女们应声来到他面前。他赏给每人一套衣服、首饰。于是她们都穿戴起来，一下子，个个都变得仙女般美丽。当然，公主在她们当中尤其显得窈窕美丽，真像是繁星中的明月那样可爱。

公主穿戴凤冠霞帔的消息传到国王耳中，他立刻跑到女儿房中观看，公主和宫女们都打扮得花枝招展，她们的衣服、首饰灿烂夺目，都是人间罕有的。国王十分惊奇，都不敢相信自己的眼睛，立刻召宰相进宫，跟他谈了自己的见闻，然后征求他的意见。

"皇上，这种情况向来不会发生在商人身上。"宰相发表了他自己的意见，"照理说，生意人是唯利是图的，以赚钱为目的。就连一块麻布到他们手里，也不肯廉价出售。像他这样的慷慨，这样把金钱珠宝当粪土一般挥霍的商人，世间哪里去找？何况他那种名贵珠宝是一般帝王也没有的，其中必有原因。要是陛下允许，我定能把事情的真相弄清楚。"

"好的，就按你的意思办吧。"国王接受了宰相的意见。

"那陛下就多多地接近他，亲切地和他交谈，尽量说一些好听的话奉承他，等他放松警惕后，便约他上御花园去散步。在花园里，我们摆下酒席，一起陪他吃喝。我向他敬酒，把他灌醉，然后再探听他的情况。酒后吐真言，我想，他喝醉了，就会将自己的一切毫无保留地告诉我们的。等我们了解他的情况以后，想怎么对付他，就怎么对付他。他的那种行为是有目的的。我猜想，他如今这样仗义疏财，不惜重金取得我们的信任，并大肆收买人心，最终他会把陛下的江山夺走。若事情到了这一步，就不好收拾了。"

"你说得对。"国王同意宰相的说法，并决定明天照他的计策行事。

当天晚上，国王带着复杂的心情熬过了一夜。第二天，他刚从梦中醒来，就听见外面的嘈杂声，于是起身出来察看。仆人和马夫们惊惶失措，嚷成一团。

他问道："你们这是怎么了？"

"启禀皇上，昨天来的那些骡马，本来都关在马房里，今早我们去照料，却都不见了，赶马的那些奴仆，也一个个都消失了。至于他们为什么要溜走，我们就不清楚了。"

国王听了这个的消息，感到很惊奇。他哪里知道那些奴仆和骡马都是鬼神变的，于是非常生气地骂道："你们这些没有用的家伙！一千多匹骡马和五百多奴仆一夜间就不见了，你们却连一点动静都不知道，真是些没用的饭桶！都给我滚出去，待会儿驸马醒来，再告诉他吧。"

仆人们听从命令，退了出去，等候向迈尔鲁夫报告消息，想着如何来推卸责任。正当他们像热锅上的蚂蚁坐立不安的时候，迈尔鲁夫走了出来，见他们愁眉苦脸地在那里，便问他们："出什么事了？为何一个个都哭丧着脸？"

仆人们向他报告了骡马失踪的消息。

他听了，说道："这点小事也值得大惊小怪吗？好了，没事了，你们去做别的事吧！"

丢失了大批牲口，迈尔鲁夫却没有任何反应。国王见到此种情景，非常惊讶，悄悄地对宰相说："他这种不把钱财当一回事的表现，使我越来越觉得不敢相信。"

国王和宰相陪迈尔鲁夫谈了一会，随即转向正题，说道："贤婿，我打算约宰相陪你去花园里走走，你愿意去吗？"

"非常愿意。"迈尔鲁夫接受了国王的邀请。

国王、宰相和迈尔鲁夫三人并肩漫步御花园，站在果实累累的大树下，眼看淙淙的清流，耳听清脆的鸟语，顿觉心旷神怡，陶醉在大自然的怀抱里。他们欣赏了美景，欢度了良辰，然后在万花丛中的凉亭里坐下，谈古论今，听宰相讲那些动听的故事和令人捧腹的笑话。

不知不觉，吃午饭的时候了，宰相命人摆出酒肴，并自告奋勇地起身敬酒。他斟了一杯，请国王喝了，接着斟第二杯，双手递给迈尔鲁夫，说道："我代表所有人，敬你这杯酒。"

"这是什么酒？"迈尔鲁夫问。

"这是处女酒，是陈年的美酒，它会给你快乐的。"宰相笑着说。

他一再向迈尔鲁夫劝酒，说酒的好处，列举诗中的赞词为证，迈尔鲁夫听了，心悦诚服，并未起疑心，兴高采烈地开怀畅饮，越喝越起劲。宰相一杯接一杯地斟给他，终于把他灌醉了。

见迈尔鲁夫喝得酩酊大醉，宰相这才大胆地对他说："富商迈尔鲁夫！向真主起誓，你所做的事情真让人奇怪！你所拥有的那些珠宝就连波斯国王也没有，到底是从哪儿弄来的？我们从来没有见过做生意人中有谁像你这样有钱的，也没有谁像你这样豪爽的。这显然不是商人的作风，而是帝王的派头啊。我们非常想了解这一切，请把实情告诉我，别让我们蒙在鼓里吧。"

迈尔鲁夫在迷迷糊糊中，经受不起宰相的引诱欺哄，果然酒醉吐真言，说道："我并不是商人，也不是富翁……"

他把自己的情况，从头到尾，说了一遍。

"我们的迈尔鲁夫，你所说的这一切，很难让我们相信啊！我们向真主起誓，能把戒指给我们看一看，以证实你所讲的事实吗？"

迈尔鲁夫脱下戒指，抛给宰相，说道："接着，拿去看吧！"

宰相接住戒指，翻弄着看了一会儿，问道："我擦它，那个神王会出现吗？"

"不错，你一擦，他就出现了。"

宰相果然一擦戒指，便有人对他说："主人，我来了。你要什么，无论是捣毁城市，要另建城市，还是要消灭哪个王国，无论你要什么，我都遵命满足你。"

宰相突然伸手指着迈尔鲁夫吩咐道："把这个讨厌可恶的家伙送到最荒凉的偏僻地方，让他无声无息地饿死在那里吧。"

戒指神遵从命令，抓住迈尔鲁夫，飞向空中。

迈尔鲁夫经冷风一吹，酒已醒了一半，感到大祸临头，惊慌地问道："艾比·塞尔多图，你打算把我带到什么地方去？"

"我要把你抛到荒无人烟的偏僻地带，你这个无知的笨蛋！你也不想想，拥有这个宝贝的人，可以随便把它给人看吗？要不是怕真主惩罚，我一定把你从六千尺以上的高空摔下去，叫你还未着陆就被大风撕个粉碎。"

迈尔鲁夫挨了一顿臭骂，惭愧得无地自容，大气也不敢出。

他被带到一处荒无人烟的偏僻地方。戒指神把他扔在那里，然后从容归去。

宰相夺了迈尔鲁夫的戒指，傲慢地对国王说："我告诉您他是个大骗子，您还不以为然，现在怎么样？"

"你的分析是对的，爱卿！愿真主保佑你。现在能把戒指给我看一看吗？"

宰相立刻原形毕露。他怒瞪着国王，向他脸上唾了一口，骂道："你这个头脑简单的家伙！你也不想想，我怎么可能把它给你？现在我是主人了，当然不会再伺候你，并且，我也不准备让你再生存下去。"他骂着，擦了一下戒指，唤来戒指神，道："把这个愚蠢的家伙放到他女婿身边去！"

戒指神遵从命令，带国王飞到空中，向着抛弃迈尔鲁夫的那个地方飞去。

"你这位由主宰所创造的生灵啊！能否告诉我，我犯了什么罪过，要受到如此惩罚？"国王问戒指神。

"你犯下什么罪，我不需要知道，我只需要服从主人的命令。对于我来说，谁拥有戒指，谁就是我的主人，我就得服从他，不敢违背。"戒指神边飞边回答，一直飞到迈尔鲁夫被抛弃的地方后，才将国王也抛在那里，从容归去。

国王被抛弃在荒无人烟的偏僻地带，忽听见迈尔鲁夫凄惨的哭泣声，便顺着哭声来到他面前，把自己的遭遇告诉女婿了。两人抱头痛哭，从此两个人同病相怜，在饥饿线上等待死亡。

宰相处理了迈尔鲁夫和国王后，就马上奔到宫中，召集朝臣、文武百官，告诉他们迈尔鲁夫和国王的下场及戒指的作用。最后他对众人说："假若你们对我当国王有意见，我就命令戒指神把你们全都抛在荒无人烟的偏僻地方，让你们饿死在那里。"

"我们愿意选您当国王，绝对不违背您的命令，可别处罚我们呀。"

在宰相的威逼下，文武百官只好苦苦哀求，被迫承认他为新国王。

宰相篡夺了王位，对公主还是没有死心，派人去告诉公主，让她好好准备一下，他要与公主成亲。

公主听了噩耗便大哭，为了稳住宰相，她派仆人回复，求宰相宽限几天，待她守满丧期，再写婚书，正式结婚。宰相不同意她的建议，派人对公主说，他不管这些，今天晚上就立即成亲。公主被逼无奈，只好假装同意，找机会再想办法对付他，便回复，他既然急于要成亲，那就以他的意思行事，今晚就操办，她非常欢迎。

听说公主已同意，宰相高兴得心花怒放，欢喜异常，因为他早就对公主仰慕已久，直到今天才算了却心愿。于是，他马上下令备办宴席，在大庭广众中宣布：

"大家痛痛快快地尽情吃喝吧！这是喜酒啊。"

"目前你跟她结婚是违反教规的，必须等她守满丧期，然后正式订婚，再成亲不迟。"教长严肃地向他提出建议。

"我不管什么丧期不丧期，你少说废话！"

教长怕惹出祸事，不敢再坚持意见，但他悄悄地对身边的官员说："他是个异教徒，不懂得我们的宗教法规。"

这天晚上，宰相以新郎身份大摇大摆地走进洞房。公主穿戴着最华丽的衣服首饰，打扮得花枝招展，仙女般美丽可爱，她眉开眼笑地迎接宰相，对他说："今天可是吉利的日子。要是你当时就杀死国王和迈尔鲁夫，就再好不过了。"

"我想，他们离死期也不远了。"宰相得意忘形地回答公主。

公主让宰相坐下，亲切热情地与他攀谈，眉目间堆满了笑，言语中流露出柔情蜜意。宰相获得公主垂青非常高兴。突然，公主喊叫起来："哟！我的老爷啊！你看那里有人在窥探我们呀！向真主起誓，你快遮住我吧！你为什么要让生人来看我呀？"

"在哪里？在哪里？"宰相发火了。

"喏！在这个戒指里。他伸出头来，呆呆地瞪着我呢。"

宰相以为是戒指神在看公主，笑了一笑，说："你别怕！这是戒指神，他是听我指挥的。"

"但不管怎么样，我很害怕，你最好脱下戒指，把它放远些吧。"

宰相果然脱下戒指，塞在枕头下面。

宰相满以为公主是真心的，便嬉皮笑脸地开始调戏她。可是，公主早有准备，趁他不备，猛然一脚踢在他的胸膛上，宰相顿时痛得昏倒过去。原来这是公主早就想好的办法。她见宰相躺在地上不再动弹，便大声呼喊，四十个婢仆闻声赶到，把宰相逮捕起来。公主着急地取出枕下的戒指，擦了一下，戒指神就出现在她的面前，说道："我来了，我的主人！您有什么吩咐？"

"把这个异教徒上好镣铐，拘禁起来，然后速来听我的吩咐。"

戒指神迅速按要求将宰相用铁镣锁住，并将其拘禁起来，然后回到公主面前，说道："犯人已被我拘禁起来了，还有什么吩咐？"

"你把国王和驸马带到什么地方去了？"

"他们被抛弃在荒无人烟的偏僻地方。"

"那我命令你，把他们立刻找回来。"

"明白了，立即照办。"戒指神应诺着，随即消失，向着抛弃国王和迈尔鲁夫的地方飞去，不一会儿便到了那里，见国王和迈尔鲁夫正在那里相对而泣，痛不欲生。戒指神立刻向二人报告喜讯："你们的苦难到头了，现在无需再发愁。"于是，他叙述了宰相的罪行，以及公主战胜他的经过，最后说："我奉公主的命令，亲手把他拘禁起来。现在我又奉公主之命，前来搭救你们。"

国王和迈尔鲁夫听了喜讯，欢喜若狂。

戒指神随即带着他们飞回宫中，公主忙起身迎接，问候他们，让他们坐下，为他们安排饮食吃喝，然后各自安歇。

第二天，公主拿出衣冠给国王和迈尔鲁夫穿戴起来，然后对国王说道："父王，请您复职，继续执掌国家大权，并立即上朝对文武百官宣布事件始末，然后提审宰相，并处他极刑，以告天下。对于像他这样的异教徒，绝不能心慈手软。至于驸马，他可任宰相一职，并希望您另眼看待他，多多关照他。"

"儿啊，你的建议非常好，就照此办理吧。现在，你能把戒指给我，或者还给你丈夫吗？"

"不，这个戒指，您和驸马都不宜使用它，暂且由我保管吧。因为戒指放在我这里比放在任何一人手中都好。你们一旦需要什么，只管告诉我，我会直接吩咐戒指神按你们的要求行事的。我在世期间，你们尽管放心，不必顾虑。如我去世，会将戒指交给你们的，那时候你们再自行处理好了。"

"我想，这样也好。"国王同意公主的办法。

之后，国王带着驸马入朝听政，重理国事。

宰相强娶公主的消息传出后，朝中文武百官无不感到痛恨，他们更恨他篡夺王位和对付迈尔鲁夫的残暴行为。大家忧心忡忡，因为他们发觉宰相是个异教徒，怕伊斯兰的传统和规矩被他彻底毁掉。第二天，他们聚在宫中商讨挽救办法，埋怨教长不想法制止宰相强娶公主、破坏教规的罪恶行径，而教长老成持重地规劝他们：

"他是个异教徒，靠的是那个威力无比的戒指窃夺王位，对于他无法无天的行为，我与你们一样无能为力，没有办法制止。大家目前还得暂时忍耐着，不要硬拿鸡蛋碰石头，招来杀身之祸。我坚信他的不法行为总有一天会招致真主的惩罚。"

就在教长规劝文武百官暂且忍耐的时候，国王和迈尔鲁夫突然来到宫中。文武百官简直不相信自己的眼睛，待真相大白时，他们高兴不已，都跪下去吻地面，一边感谢真主，一边祝福国王和驸马。国王面带笑容从容登殿，坐在宝座上，先把脱险的过程告诉文武百官，然后下令举国同庆，并同时提审宰相。文武百官看着宰相狼狈的形象，都指着骂他大逆不道。国王将宰相的罪行定夺后，命手下将他处以死刑，并焚毁其尸体。

执法后，文武百官都拍手称快。

平乱后，国王重新执掌大权，并宣布委任迈尔鲁夫为新任宰相。从此翁婿携手合作，共同治理朝政，王国上下一派繁荣，百姓安居乐业。

日子过得真快，不知不觉五年过去了。到了第六年，国王不幸卧病不起，不久便驾崩了。宰相迈尔鲁夫在全体臣民的拥戴下继承了王位，王后也为他生了一个聪明可爱的儿子。国王迈尔鲁夫视他为宝贝一般，为自己有了继承人而欢喜，花费了大量的精力教育他，希望他长大成人，继承王位。但就在太子五岁那年，王后生病卧床不起，眼见病情越来越重，有一天她将迈尔鲁夫叫到床前，含泪对他说道：

"我恐怕没有痊愈的希望了。"

"亲爱的，你的病会好的。"迈尔鲁夫安慰她。

"在我离开人世前，有一件事我必须叮嘱你，你一定要保管这个戒指，千万别让它再落到坏人手里。"

"夫人请放心，在真主保佑下的人是不会出差错的。"

王后把手上的戒指脱下来，递给迈尔鲁夫，再次交代清楚。第二天王后便离去了。

迈尔鲁夫含泪葬了王后，忍着悲痛去上朝，终因悲痛万分无心上朝而提前下朝，独自一人来到屋中。他的亲密随从为安慰他，便来到后宫，陪他谈心聊天，一直玩到深夜才走。迈尔鲁夫回寝室安歇。宫女替他换好睡衣，扶他躺下，替他捏腿按摩，待他睡熟了才离去。

迈尔鲁夫在睡梦中忽然被响声惊醒，睁眼一看，身旁站着一个丑恶可怕的女人。

"你是何人？要干什么？"他惊恐地问道。

"你别害怕，我是你的老婆伐特维麦。"

他仔细打量一番，从她的丑恶面目和突出的牙齿上辨认出，果然就是自己的原配夫人伐特维麦，于是问道："你是怎么蹿进宫来的？是谁带你到这个地方的？"

"这里是什么城市呀？"

"这里是无诈城。你是何时离开埃及的？"

"我刚离开埃及不久。"

"到底是怎么一回事？你能否讲清楚些？"

"你要知道，自从那年跟你吵架，并受魔鬼的怂恿去告发你，而你为躲避差役远走他乡后，我的境遇随即变得很糟糕。现在想来，我当初真不该跟你吵闹，更不应该去告你。请容我慢慢告诉你这些年来我的境遇吧。"伐特维麦继续说，"从你走后，我坐着哭了几昼夜，手里没有钱买吃的，为了生存下去，只有乞讨一条路。于是，我开始过上卑微、下贱的乞丐生活。我低声下气地看人家的脸色行事，希望能讨些残汤剩饭，生活悲惨到了极点。想起我们以前在一起的幸福日子，以及如今这种惨痛的境遇，我只得以泪洗面，整夜地伤心哭泣……"

她叙述着她的遭遇。迈尔鲁夫听了，惊得目瞪口呆。最后她说："昨天我奔波了一整天，什么也没有讨到手，我每次伸手向人乞讨，总是挨人咒骂，谁也不肯施舍给我。夜里没有吃的，饿得我五脏都燃烧起来，我忍受不住，又大声哭泣起来，突然眼前出现一个巨人，问道：

'你这女人！为什么在此哭泣？'

我说：'我原本有个丈夫，靠他养活我，可他已失踪很久了，一直不知道他的去向。今天我没有乞讨到任何食物，实在受不了冻饿的摧残，所以才在这里伤心哭泣。'

'你丈夫是谁？叫什么名字？'

'叫迈尔鲁夫。'

'哦，我知道他。'巨人说，'告诉你吧，你丈夫如今已是一

个王国的国王了。要是你愿意，我可将你送到他身边。'

我说：'如果能送我去，那你是救了我，我将感激不尽。'

他便带我飞腾起来，最后落到这幢宫殿里。他吩咐道：'你进房就可见到你丈夫正睡在床上。'我进得房来，果然见你安睡在床上，看得出你如今已是大富翁了。我们是结发夫妻，压根儿没想到你会遗弃我。赞美安拉，如今他让我们夫妻再次重逢。"

听了伐特维麦的诉苦，迈尔鲁夫想起从前的苦难日子就怒火中烧，埋怨道："到底是我遗弃你，还是你不念夫妻之情，当时你老虐待我，并三番五次告到法庭，最后还叫艾彼·特伯格前来逮捕我，逼我出走。"他以事实质问老婆一番后，才心平气和地对她讲述了自己出走后的遭遇，以及和公主结婚、做国王，王后去世，遗下五岁的太子等整个过程。

他老婆听了，十分感动，向他承认自己错了，说道："以前发生的事是我不好，就让它过去吧。现在我诚心忏悔，前来投奔你，求你庇护，你就当救济穷人一样地收留我吧。"

她的忏悔打动了迈尔鲁夫的慈悲心肠，使他忘了从前所受的虐待和种种磨难，欣然说道："你若能悔改，我会善待你的，毕竟我们夫妻一场。若你不改邪归正，再要为非作歹，那我会毫不客气地立刻杀了你。你要知道，我身为国王，掌握国家的生杀大权，现在人人怕我，除了真主，我是谁也不怕的。因为我有一个万能的戒指，只要我擦它一下，戒指神便会出现在我面前，听候我的吩咐，并满足我的一切愿望。现在你是什么意思？如果你想回埃及，我会立即派人送你回去，并给你一辈子都享用不尽的财富。你要是愿意跟我一起生活，我会准备一幢豪华的宫殿供你居住，并派二十个婢仆侍候你，把你当王后对待。是留下来还是回去，你现在选择吧。"

"我愿意跟你一起生活下去。"她毫不犹豫地说，并当即吻他的手，表示诚心悔过。

迈尔鲁夫相信了她，立刻命人腾出一幢宫殿供她居住，并派婢女和太监伺候她。从此她一步登天，变为王后。

太子逐渐长大，他知书答礼，经常来往于国王与王后之间，成为迈尔鲁夫与伐特维麦双方感情的联系者，但伐特维麦因为太子不是自己亲生的，所以不喜欢他。太子聪明伶俐，发现王后对他没有好感，同时也看不惯她的言行，便逐渐鄙弃她，不再那么亲近她。迈尔鲁夫呢，看见伐特维麦已经变成老太婆，奇丑无比，像从地狱里出来的鬼怪，尤其她平时恶毒成性，所以想疏远她，不想再理睬她，只是还以慈善之心对待她，一直供养着她。

伐特维麦也感觉到迈尔鲁夫在逐渐疏远她，尤其他成天沉醉于漂亮的妃子当中，因而醋意大发，非常恨他。最后她心一横，决心报复。于是想去偷戒指，杀死他们父子，然后自称女王。

主意已定，她便开始行动。

这天夜里，她偷偷摸摸地离开自己的宫殿，趁着夜色溜到丈夫迈尔鲁夫睡觉的行宫里。因为经过长期观察，她知道迈尔鲁夫的习惯。他一向重视那个戒指，尤其重视刻在戒指上的符咒，所以每次睡觉必先脱下戒指，摆在枕头下面，醒来后，必先沐浴熏香后，才戴上它。为保全戒指不发生意外，他睡觉时，不许婢仆在他寝宫中逗留，沐浴时必亲手关锁寝室。他一向戒备森严。

现在伐特维麦为达到她那罪恶的目的，要趁迈尔鲁夫熟睡时去偷戒指。

当天夜里，太子还未睡觉，发现王后没有在自己的宫中安歇却跑进父王的行宫来，顿觉奇怪，暗自道："深更半夜，这个妖精离开自己的宫殿跑到父王的行宫里来干什么？哼！这里面一定有鬼怪。"他就跟踪着她。

太子经常随身携带的心爱之物就是那把镶宝石的短剑，国王见他随时都佩着短剑，从不离身，便取笑他说："我的儿啊！你这柄剑是不错，但你总不至于带着它上战场去杀人啊！"

"不，父王！有朝一日，我会用它砍掉犯死罪者的脑袋。"太子爽快地回答国王，其豪言壮语当时就博得国王的称赞。

那天夜里，太子跟踪王后，拔出短剑，直追到国王寝室门前，仔细窥探她的行径，见她在寻找着什么，听她低声说："他把戒指放在哪儿呢？"

这时候太子才知道她是为偷戒指而来的，于是抑制着满腔的愤怒，冷静地等待着。这时王后找到了戒指，低声说："喏！它在这儿呢。"接着把戒指拿到手，拔脚就走。太子隐在门后，待她跨出门槛，就要擦戒指召唤神灵的那一刹那，他举起握剑的手，对准她的脖子刺了一剑。

这个泼妇一声尖叫,栽倒在地,死在血泊里。

迈尔鲁夫被尖叫声惊醒,一骨碌爬起来,见王后倒在门前,身下一片血泊,同时见太子手中握着血淋淋的短剑,凛然站在尸体旁边。他这一惊非同小可,问道:

"儿啊!这是怎么一回事?"

"父王,多少次你曾取笑过我的这柄短剑,如今让你亲眼见到了它的威力!喏!现在我用它除了一害。"于是,太子把事情的前因后果详细地叙说一遍。

迈尔鲁夫听了叙述,惊喜交集,立刻掀起枕头寻找,不见了戒指的踪影。接着他检查老婆的尸体,发现戒指还紧紧地捏在她的手里,他取回戒指,眉开眼笑地说:"我的好儿子,毫无疑问,像你维护我的安全这样,真主会维护你的一生和来世的安全。这个肮脏的家伙,如今她咎由自取,死有余辜。"

迈尔鲁夫镇定了一下情绪,然后唤来仆从,随即把王后图谋不轨的行径当众宣布,吩咐暂且抬走尸体,预备装殓埋葬。

最后他说:"她不惜千里奔波,从埃及跋涉到这儿,只是为了寻找葬身之地。诗人说得好:

人的生命早已被注定,

因而只能按步遵循。

无论他乡的山水怎样,

都不会有你的葬身之城。

经过这么多的风波之后，迈尔鲁夫越来越向往于安静生活，希望平平静静地安度晚年。又因为他是个重感情的人，因而派人把逃难期间在田里款待他的那个农夫接到宫中，并委他为宰相，共谋国家大事。他将其视为最知心的朋友，当上宾对待，共享荣华富贵。从此，他同农夫之间，在君臣的关系上，又增加了一重友情。

日子过得很快，流年似水，转眼间就过了几个年头了。太子逐渐长大成人。此时迈尔鲁夫抱孙心切，便留心给儿子物色对象，替他建立了美满家庭。于是，他和儿子、儿媳一起，一直过着美满、幸福、舒适、愉快的生活。

智者盲老人
的故事

古时候有位很有钱的商人，经常在外经营生意。一次，他又打算前往异地的某城市去做生意，为了保险起见，出行前，他向一个刚来此地的当地人打听那里的情况。

"不知道贵地做什么生意最好？"他问。

"檀香在当地卖的价钱最高。"那人告诉他。

于是，商人把所有的积蓄都用来购买檀香，准备带到那里去卖。一切都准备好后，他就上路了。快到那里时，天已经黑了，这时他遇到一个放羊的老妇人，便与她攀谈起来。那老妇人问他："你不是本地人，来这里做什么呢？"

"我是异乡人，来此做生意。"

"你可要当心此地的人，他们就以欺骗抢劫外乡人，来谋生。你千万别把我对你的警告当耳边风啊。"

说罢，老妇人赶着羊群走了。

商人也带着满腹疑虑来到城里，找好一家旅店住下。第二天有个本地人来见他，问道："先生，你是什么地方的人，来此做什么？"

商人说明来意，此人赶快又问："你带了些什么货物？"

"听说此地檀香行情好，因此我带了大量的檀香来。"

"你被人骗了。其实我们这儿檀香的价值与木柴一样，当地人只是用它来烧火煮饭。"

听了那人的话，商人感到十分后悔，只得天天用檀香烧火做饭吃。这情况被那个本地人知道后，又来找他，并对他说："见你被人骗了，我非常同情你。这样吧，我随便任你选一种东西作为售价，买下你全部的檀香，你看行吗？"

"我非常愿意。"正感到走投无路的商人立刻答应了。

生意成交后，那个本地人便把檀香搬走了，说次日付款。

第二天商人离开旅店，到约定地去收款，不想途中碰到一个瞎了一只眼的人，因为他们二人都是蓝眼睛，他莫名其妙地被无理纠缠。独眼人诬陷他，说商人弄瞎了他一只眼自己安上，非要他赔偿，否则不准离开。商人当然不会承认，两人便争吵起来。人越来越多，有的在看热闹，有的从中调解，商人无可奈何，只得答应独眼人的无理要求，并答应明天赔偿。商人在请了保人后，独眼人才放他离开。

商人虽然恢复了自由，但他的鞋底由于与独眼人拽扯，被人踩断了。他来到一家补鞋店，对店主说："请帮我把鞋修补好吧。修好后，我会让你满意的。"

离开补鞋店后，他继续向前走，见前方有一群人围在一起。上前一看，见他们在赌博。他就坐了下来，在赌徒们的说劝下稀里糊涂地赌了一阵，最终输得一败涂地。赌徒们问他要钱，并为他指定两条路，任其选择，要么付清全部欠款，要么喝海水。

"我明天答复你们吧。"在征得赌徒们的同意后，他离开了赌场，漫无目的地走着。想到自己目前的遭遇和今后的发展，商人心情不免一沉，觉得前途一片渺茫。就在这时，一个老妇人从他面前经过，见他愁眉苦脸的样子，不觉产生了好奇心，便上前问道：

"你愁眉不展，心情沉重，大概受人欺负了吧，能不能告诉我发生了什么事？"

商人把自己的遭遇告诉了老妇人。

老妇人听后对他说道："外乡人到这里受骗和被欺负是常有的事，不要难过了。不过，现在我替你想个办法来弥补你的损失。你今晚到城门附近去，那儿住着一个盲老人，知识渊博、才智过人。遇到疑难问题的人都去向他请教，尤其到了夜深人静的时候，一些贼人、骗子就聚在他那儿，听他分析各种疑难问题。你今晚上那儿去，躲在可以听到他们说话而又不会被他们看见的地方，静听盲老人指示他们怎样行事，便可掌握摆脱那些骗子的诀窍。"

　　商人听从老妇人的指示，趁夜来到盲老人居住的地方，选择了一个非常隐秘的地方躲藏起来。

　　一会儿，前来请教老人的人们就赶到，彼此寒暄 后，分别上前问候盲老人，然后围坐在他的周围。商人在暗处四处打量，发现那四个人都在场。他们一个个把当天自己招摇撞骗的情况告诉老人，想听听他的意见。那个骗买檀香的家伙说他买了一批檀香，没有肯定价格，只是说好以卖主喜爱的物品作为售价。老人听了，对他说：

　　"你的敌手可以轻易战胜你。"

　　"他怎么战胜我呢？"

　　"要是他说他要一升金子或一升银子，你是否答应？"

　　"我当然答应给他，因为这样还是我划算啊。"

　　"但若他要一升跳蚤，并且其中有半升公的，半升母的，你也答应他吗？"

　　老人一语道出破绽，骗买檀香的人一时无言以答，知道自己输了。

　　接着独眼人报告说："老人家，今天我碰到一个外乡人，他也长着蓝眼睛，我缠着他，诬陷他弄瞎了我一只眼，非要他赔偿不可。他已答应明天赔偿，并有保人作保。"

　　"如果他要胜过你，那他肯定能成功。"

　　"他如何胜我呢？"

　　"他只需说：'让我们各挖出一只眼，放在秤上称一称，如果两只眼重量相等，那么就可以赔偿你。'这样你将成为盲人，而他只是瞎了一只眼而已。"

老人指出破绽，独眼人知道对方能用这样的方法战胜自己，想必自己是输定了。

接着补鞋匠说："今天有人找我给他补鞋，我问他：'你给多少工钱？'他说：'你给我补好吧，我会满足你的愿望，让你满意的。'"

"如果他要拿走自己的鞋子，可以不给你一文钱，也能达到目的。"

"如果他对你说：'国王消灭了他的敌人，削弱了反对势力，国王的子孙以及拥戴他的军队壮大起来了，你对这样的事情满意吗？'若你回答：'满意。'他可拿走鞋子，如果你回答'不满意'，那你可知道其结果会怎样？"

补鞋匠知道自己注定是失败，只得垂头丧气地坐在一边不再吭声了。

接着赌徒说："老人家，今天我与人赌博，结果我赢了，我让他选择，要么付清赌债，要么去喝海水，并讲好他若喝了海水，我便把口袋里的钱全给他。"

"那他是有机会战胜你的。"

"他怎么胜过我呢？"

"他只要说：'我选择喝海水，但请你提着海嘴，送到我口边，我肯定会喝的。'而你不能捏住海嘴啊。"

商人躲在那里将老人与骗子们的谈话听得清清楚楚，知道了对付敌人的方法后，便悄悄地溜走，回到旅店。第二天，赌徒来到旅

大家围坐在盲老人身边

店要商人履约，商人说："好的，我选择喝海水，请你给我捏住海嘴，我会开怀畅饮的。"赌徒无言对答，只得承认失败，并给了商人一百金币，失败而归。

接着补鞋匠来了，要商人履约。商人对他说："国王打败了他的敌人，消灭了反对势力，他的子孙及军队也壮大起来了，这样的事情你肯定会满意吧！"

"当然，我满意。"

于是，商人收下鞋子，一文钱也未付给对方。

补鞋匠耷拉着脑袋走了，独眼人就来了，要商人赔偿他。商人说："我是守约的，只是现在需要我们两人都各自挖出一只眼睛，过过秤，若两只眼睛一样重，我一定赔偿你。"

"让我考虑考虑吧。"独眼人犹豫起来。他当然不敢再挖出自己另一只眼睛。最后，只好与商人谈和，只能付出一百金币，才脱身离去。

最后，买檀香的家伙来到旅店，对商人说："我给你送买檀香的钱来了，请你收下吧。"

"你给我什么呢？"

"当初我们议定的是以一升物品为售价，现在你想要什么？金子？银子？你随便挑吧。"

"我既不要金子，也不要银子，只要一升跳蚤，半升公的，半升母的。"

"这我可就付不起了。"

"那你看怎么解决？"

商人占了上风，对方无法抵赖，只得将檀香原物归还，并付了一百金币的赔偿金。商人按市价卖了全部檀香，然后高高兴兴地满载而归。

女王祖白绿和
糖饭桌子的故事

以前，在虎拉萨这个地方，有一个商人叫麦顿廷。麦顿廷是那一带最富有的人，他享受着人间最美的生活。然而上天是不会让人一帆风顺的，他已经到了不惑之年，身边却没个一儿半女。每每想到自己一生拥有这么多的财富，没有人继承，会落入别人之手，他就难过不已。这难题在他六十岁生日的时候居然发生了改变，也许是他的善良感动了真主，赐了个儿子给他。

麦顿廷因自己老来得子而非常高兴，设宴款待亲戚朋友们吃了好几天，他给孩子取名阿里·萨，将他视为掌上明珠。阿里·萨长得眉目清秀，就像圆月那样美丽可爱，十分讨人喜欢。由于家庭富裕，还有父母对他细致入微的照顾，他健康地成长着。随着时间的推移，他在慢慢长大，知识水平和道德修养也在不断增加。现在阿里·萨已经是一个风度翩翩、知书达理的少年。可是，麦顿廷已是越来越老，长年卧病不起。

一天，麦顿廷把儿子阿里·萨叫到床前，说："儿啊，我快要不行了。在我临终之前，我想对你说点心里话。"

阿里·萨点点头，明白父亲的意思："您有什么话就说吧。"

"在交友的时候，不要把所有人都当做真心朋友，要学会有所选择。要做到防人之心不可无，害人之心不可有。要是你不注意，就会招来横祸。千万不要和那些作恶多端的人来往，接近那些人即使不会学坏，也会有被传染的可能。"父亲说。

父亲又说："要想获得真正的友谊，并不是那么容易的。在你没有遇到灾难的时候，很难分出真正的朋友。人的心机都是藏在内心里的，要想真正了解对方，就要不断观察，才能发现其人的真实面目，所以在你没有了解前，千万不要与之接近。交际场中的人是没有正行的，你在那里不会学到任何东西。只有真正地探讨和交流学问，你才能学会修身养性。人的言行是不一致的，我深有体会。所谓的友谊都是不真实的，人们都是为了一定的目的才和你接近。这是我一生的经验，你一定要铭记在心。"

阿里·萨对父亲说："是，父亲，这些我都记在心里了。"

"要一心向善，待人要和气，要学会尊重别人，只有这样，你才能得到别人的尊重。"

阿里·萨非常认真地听着父亲的教诲："是的，父亲，我一定牢记在心。"

"我的儿啊，把真主时刻放在心中，才能得到他的保佑和庇护。要懂得节省钱财，不要把钱财一下挥霍完，再去求人可怜，到那时没有人可怜你。你要记住，钱财决定一个人的命运和地位。"

阿里·萨真诚地说："是的，父亲，我一定牢记在心。"

"我的儿啊，做事情一定要多考虑，不要在冲动下做事情。要多向年长的人请教，毕竟他们见多识广。不要把自己看得太高了，要知道天外有天、人外有人。你要是想让高贵的人爱戴你，就要学会怎么爱戴渺小的人。真主时刻都在你身边看着你，你一定不要欺负弱小，否则真主会惩罚你的。

"古人曾说过：一个好汉三个帮。所以，在遇到事情的时候一定要与人商议，多听取别人意见。自己是不会看清自己的，只有借助别人，才能看清自己的真实面目。

"酒是不可以贪杯的，它会影响你的健康，把你的思维打乱，让你做出自己都不敢想象的事情，所以你应禁绝。古人曾经这样讲：只有远离酒，灵魂与肉体才能得到保全，意识与语言才能协调。我从不喝酒，也不会因酒误事，更不会和酒鬼成为朋友，因为酒会让人变得不是自己。

"今天我告诉你的这些都是我人生的经验，也是人生的诤言。希望你能牢记在心。"说完，麦顿廷便昏厥过去。

过了好长一会儿，他慢慢地苏醒过来，喘息一番，然后做了一番祷告："我相信真主是时刻存在的，我深信穆罕默德是他的使徒。"祷告完，麦顿廷便与世长辞了。

看着父亲离世，阿里·萨悲痛万分，泪流满面。还好他是一个坚强和有主见的人，最后他强忍悲痛，为父亲料理后事。因为麦顿廷是一个善良的人，所以当人们知道他去世的消息，都很怀念这个忠厚长者，不管什么身份的人，都来参加他的葬礼。阿里·萨在大家的帮助下，为老父举行了隆重的葬礼。

阿里·萨把父亲安葬后，一起和前来吊唁的人们诵念《古兰经》，以求真主保佑父亲在那边安康。

丧事完毕后，阿里·萨按照风俗习惯，在家里为父亲守孝。他悲痛万分，非常感激父亲对他的养育之恩。母亲因为思念父亲而终日闷闷不乐，伤心过度而一病不起，不久也离开了人世。

阿里·萨面临着双重打击，心中难过不已，但他还是很坚强，像父亲下葬时一样为母亲隆重地办理完后事。阿里·萨经历了这么多的变故，变得更加成熟。他在家中一个人度过了漫长的守孝日子。守完孝后，阿里·萨继承了父亲的事业，经营着父亲留下来的的商店。他很听话，完全按照父亲临终前的嘱咐，不轻易与人交往，每日只是做好买卖。

这样的日子过了一年多，阿里·萨一直没有忘记父亲临终前的遗言，每天按部就班，一心只想把买卖做好。他从不出去交际，过着勤劳的生活。然而这样的好景没过多长时间，阿里·萨就被附近那帮游手好闲的人迷惑，而那帮人想尽一切办法是为了从他身上获得好处。

阿里·萨做了一年多的生意，对于生意上的事情和社会经验都非常精通了，渐渐地把父亲的话一点点忘记了。他终于忍受不了那帮人的引诱，经常和他们在一起，几乎每天都出入酒馆茶铺，赌博、酗酒这些场所。这时的阿里·萨已经不是一年前的他了，他不知悔改地说："我们现在还很年轻，不要浪费了大好时光。现在不享受，那什么时候来享受呢？我们一定要抓住现在的大好时光。"

阿里·萨就这样成天同那帮狐朋狗友一起过着纸醉金迷的生活。没多久，他就把自己所有财产都挥霍一空。手上已经没有了钱，但阿里·萨还是没有悔改，他便把房子、商店给卖掉了，用这些钱和他的那帮朋友一起挥霍。

家业已经让他败完了。有一天，阿里·萨终于发现自己什么也没有了，仅剩下一套衣服。这时他才清醒过来，但已经晚了。想起以前自己的所作所为，他后悔莫及、十分难过。从此，他过着吃了上顿没下顿的日子。一天，阿里·萨一口饭都没有吃，感到饥饿难忍，便想起以前一起吃喝的朋友，希望那些人能帮助他，让他吃上一顿饭。

于是，阿里·萨信心十足地去找那些曾经交往过的酒肉朋友。他走遍全城，找遍所有人，竟然没有一个人答理他，他们现在知道他没有钱了，都不愿意见他。这时的阿里·萨第一次想起父亲曾经跟他说过的话，世间没有真正的友谊。无奈之下，他只好忍着饿漫无目的地走着。不知不觉中走到了集市，他看见人们围在那里，很是热闹。见到这种情形，阿里·萨觉得很奇怪，心想："发生了什么事？为什么这么多人围着？"

他非常好奇要走过去看个究竟。他拼命地挤进人群，原来是一个美貌的少女被人带到集市上来出卖。这个少女从面容到体态都是那么完美，完全是天女下凡。

阿里·萨看着那么美的容貌，心中顿时流露出无限爱意。他一定要看看是谁这么有福气买走这个姑娘，同时他也想知道她的身价到底能值多少。

他在人群中等待到最后。因为人们都知道阿里·萨的父亲是个商人，以为他也是来做买卖的。

等到围观的人多起来的时候，一个经纪人说：

"各位老爷！这位漂亮的姑娘名叫祖白绿。她长得就像一块无瑕的美玉，简直无法用语言来形容，她的美是每个男人心目中最美的象征。我今天想把这位美丽的姑娘卖掉。各位老爷，我们的买卖是公平自由的。不论出价多少，我们谁也不会埋怨第一个出价的。现在，请大家出价吧！"

这个经纪人还没有说完，一个人便说出了价格："我出五百块金币。"

又有一个人说："我出五百一十块。"

一个长得难看而且猥琐的人说："我出六百块！"这个人就是拉施顿，这个老头加了九十块。

人们还在不断地抬高价格！有人出"六百一十块"。

有人要出"一千块！"这么高的价格，这个人就是拉施顿，他打算以此来打败其他商人。果然，没有人出更高的价钱了。

经纪人跟姑娘主人说，是否愿意以一千块钱卖掉她，姑娘的主人说："我曾经答应她，怎么卖和卖给谁都要让她同意，我不能失信于她。"

"这位大爷愿意出一千块钱买你，你的意思呢？"经纪人对祖白绿说。

祖白绿看见拉施顿长得那么猥琐，顿时反感得不行，于是很坚定地说："虽然他出的价格很高，但是，他犹如一棵死树，而且我们年龄相差那么大，我相当于守活寡呢，我不同意。"

听了祖白绿的话，经纪人也觉得很委屈她，对她很同情，于是说："她说得很有道理，我们应该理解他。我觉得她是无价的，一千块太少了，根本没办法买下她。"他跟祖白绿的主人说明她不愿意跟那个老头的缘故。主人听了，吩咐道：

"那我们就再找个新主人吧。"

拉施顿的计划破灭了。这时，又来了一个商人跟经纪人说："我也出一千块买她。请问问她的意见，是否愿意。"

祖白绿看了一眼那个人，一下识破了这个道貌岸然、行为卑鄙的家伙，原来还是刚才那个长得非常猥琐的拉施顿。经纪人又问祖白绿此人如何，祖白绿把识破拉施顿的事情告诉了经纪人。

经纪人把祖白绿的话告诉大家，并解释了一番，老头的谎言又

美丽的祖白绿

一次被识破。这时，又来了一个人要以同样的价格来买祖白绿，经纪人过来问祖白绿的意见。

祖白绿看了一眼，那个人居然是个瞎子，令她很是失望："一般独眼龙不是奸诈之人就是强盗，不是什么好人，我不会同意的。"

祖白绿又一次对这个人不满意，最后经纪人说："人群中有一个胡须垂到腰间、个子矮小的人想买你，你觉得呢？"

祖白绿看见这个身材矮小的人长得还那么丑陋，不由得觉得恶心，心中顿时不满，也不同意。

经纪人很难过，觉得根本没有人能符合她的心意，于是对她说："姑娘，如果实在不行，那你就自己选一个。如果有合适的，我们就和他谈谈。"

祖白绿环顾四周，没有合自己意的。但突然她眼前一亮，看见了站在人群中的阿里·萨，她觉得这个人一表人才，文质彬彬，很有涵养，顿时她心潮澎湃。她对经纪人说："那个年轻的小伙子不错。我愿意和他谈谈，我觉得，他才是我心中的王子。"

经纪人一听祖白绿对阿里·萨的赞美，心中高兴，心想这次一定能够成功，赶紧做成这笔交易。他把祖白绿的意思转达给阿里·萨。

反过来祖白绿的主人也对祖白绿进行了一番夸奖，说："她能歌善舞，琴棋书画样样精通。还有，她擅长做绣花的手艺，从她手里绣出来的门帘能卖五十个金币呢！"

"你要是能拥有她，一定会非常幸福的。"经纪人说。

虽然阿里·萨也很想得到祖白绿，但他现在的境况，连自己的饭都没有怎么养活她？更别提那么多的钱能把她买回去了。他很是难过，就没有说话。

祖白绿见阿里·萨没有任何反应，着急地对经纪人说："请您把我扶过去，我一定要他把我买下来，我不能落到别人的手里。"

祖白绿看见阿里·萨一副落魄的样子，就知道他没有钱。于是说："你跟我来，我给你出个主意。"她把阿里·萨带到一边。

阿里·萨和她一起来到路边。祖白绿掏出一个钱袋，交给阿里·萨，说："这里是一千块金币。你把九百块给我的经纪人作为我的赎金，剩下的一百块暂时存在你那儿。以后的生活还用得着。"

阿里·萨照她所说，把祖白绿买下，带着她回到家里。

祖白绿非常高兴地跟着阿里·萨回家了。看见他家一贫如洗，她只好又拿出一些钱给阿里·萨，说："你到集上买块帷幕大小的绸布，一些金线、银线和刺绣用的七彩丝线。我要做些门帘来。"

阿里·萨来到集市，把她要的东西都买回来了。这样，他俩开始过着幸福美满的生活。一起享受着快乐和痛苦，彼此很开心，阿里·萨每天带着祖白绿织好的门帘到集上去卖，日子也过得有滋有味。

阿里·萨受骗

清晨，祖白绿把一些绸布剪裁成门帘子，用金线、银线和彩色线把各种飞禽走兽和奇花异草绣下来。八天以后，一个美丽绝伦的绣花门帘子就织好了。上面花草虫鸟跟真的一样，让人爱不释手。她把帘子收好，递给阿里·萨，说：

"这个门帘子可以卖到五十个金币，但有一点你一定要注意，不要和路上的行人搭讪。你要多加小心那些奸人，现在有很多人都嫉恨我们的手艺，要是你不注意，我们就有分离的可能。"

阿里·萨满口答应，表示一定会按照她的话去做。于是，他把绣花门帘以五十金的价钱，卖给商户。然后又买了绸料、彩线和生活必需品，并把多余的钱交给祖白绿保管。就这样，阿里·萨和祖白绿夫妻相依为命，过着自给自足的生活。

然而事情总是不如人愿。到了第二年，阿里·萨还是像以前一样去集市上去卖门帘，突然出来一个信奉基督教的顾客，愿以六十金买下门帘，但阿里·萨没有答应。

这个顾客见到此情景，就把价钱抬高了到一百金，并用十倍的价格贿赂经纪人。经纪人见钱眼开，就使劲地劝服阿里·萨让他把门帘卖给基督徒。经纪人对他说："你不必担心基督教徒，他是不会伤害你的。"

站在一旁边的人们也鼓动他，觉得这笔买卖很合适。

因为大家都在劝说，阿里·萨心中也有所动，就把门帘卖给了

基督教徒。他拿着钱，心里非常不安地离开了市场。那个基督教徒
一直尾随着阿里·萨来到他们家门口。

祖白绿看见他回来了，问道：

"门帘卖了没有？"

"卖了。"阿里·萨回答。

"你卖给什么人了？我突然感觉心中不安，觉得我们好像有离
散的兆头出现。"

"我从来都不和过路人来往，自然把门帘卖给生意人了。"

"你可别瞒我，这样我才有防备。我问你，你把这杯水端到哪
儿去，做什么用？"

"中间人渴了，是拿去给他喝的。"

"完了完了！"祖白绿叹道。

祖白绿的恐惧和难过阿里·萨居然没有感觉到，他把水端到
外面给那个基督教徒，基督教徒喝完水，还想让阿里·萨给他买
点吃的。

阿里·萨听了基督教徒的话，心想："这个基督教徒肯定是个
疯子。不过倒可以随便买点什么给他，顺便也好把他打发走了。"
他主意已定，便答应了，说道：

"既然这样，您先在这儿等一会儿。我把门锁上，就去市场给
你买东西吧。"

"好的，我等你就是。"基督教徒非常高兴。

阿里·萨到集市上去买了乳酪、蜂蜜、香蕉和面饼之类的东西

递给那个基督教徒，满足他的愿望。

基督教徒奸笑着说："我一个人吃不了，你要不和我一块儿吃吧。"

阿里·萨说："我不饿，你自己吃吧。"断然拒绝。

"现在我们既然以宾主相称，一定要在一起吃才对啊。"基督教徒用"激将法"，让阿里·萨陪他吃喝。

阿里·萨听了，也不好再拒绝他，就坐下随便吃了点什么。这时候，基督教徒起了坏心眼，他拿起一根香蕉剥了皮，掰成两半，悄悄地把鸦片塞进一截香蕉里，再抹上蜂蜜遮掩好，递给阿里·萨，说道：

"少爷，你尝一尝这个吧。"

阿里·萨见基督教徒那么友好，也不好意思拒绝，只好接过去，随便嚼一嚼就咽下肚去。

一会儿，药性发作，阿里·萨倒在地上，像死猪一样睡过去了。

祖白绿的劫难

基督教徒看见阿里·萨已经睡得不省人事，终于露出邪恶的真面目。他很高兴自己胜利了。然后，他从阿里·萨身上把钥匙搞到了手，撇下阿里·萨，扬长而去。

这个人为什么会用尽心计要干这种勾当呢？

原来他哥哥就是那个老头子拉施顿。一年前，他想出一千金的高价买祖白绿，不仅没有成功，反而被臭骂一顿，因此一直怀恨在心，并老跟他弟弟贝尔苏说感到自己很委屈。贝尔苏听到他哥哥那么不高兴，就要替他哥哥报仇。他安慰他哥哥说：

"别再难过了，我会把她搞到手。"

于是，贝尔苏做出这样一系列的事情。这时候，他飞快地赶回哥哥拉施顿的家中，把事情告诉了哥哥。

老头子拉施顿听后非常高兴，立即骑上一头骡子，带着一群奴仆随从及弟弟贝尔苏，奔向阿里·萨的家。贝尔苏用钥匙打开房门进去，经过他们的威逼，祖白绿被他们绑架了。他们把门锁好带着祖白绿，扔下钥匙就跑了。

拉施顿带人抢回了祖白绿，为了报复侮辱她，把她视为奴婢。拉施顿经过威逼利诱居然没有把祖白绿吓到。

见祖白绿毫无惧色，还敢顶撞他，拉施顿非常生气地说："你们把她给我推倒，我要亲自收拾她。"

奴仆们照着吩咐，把祖白绿推倒，强按在地上，压住她的手脚。拉施顿拿起皮鞭狠狠地抽在她身上。皮鞭像雨点般落在祖白绿身上，顿时她身上出现了片片血斑。不管她怎么喊叫，没有一个人替她主持公道。她现在唯一的希望就是真主了。

她终于因为支持不住而昏了过去。

拉施顿见祖白绿被折磨得不成人样了，这才满意，于是说："你们把她拖到厨房去，锁起来，不许给她吃的。"

拉施顿说完，自己也累了，就回去睡觉了。

第二天一大早，他想起来了，又开始折磨祖白绿。把她拖出来，用鞭子抽打她，直到把她打得遍体鳞伤，又一次昏过去，这才甘心。

祖白绿浑身疼痛地蜷缩在厨房的角落里，呻吟着，喃喃自语："我相信真主一定会帮助我的。"

阿里·萨解救祖白绿

到第二天，阿里·萨药力才消，苏醒过来，一醒过来就呼喊他的妻子，可是没有人答应他。

他奔到屋里，见屋内静悄悄的，这才恍然大悟，自己上当了。他气得咬牙切齿，凄哀地哭了。

阿里·萨很是难过没有把祖白绿的嘱咐当回事。可是后悔也没有用，他非常着急祖白绿的安危，气得只能捶打自己的胸。他从早寻到晚，一直都没有祖白绿的消息，很是难过。

他就这样跑了一天，祖白绿依然一点音讯也没有。

第二天早晨，他好容易醒来，继续在城中打听妻子的消息。直至天黑时分，他才拖着疲惫不堪的身体，摇摇晃晃地回到自己家门前。这时候，一位善良的老太婆，见他那副狼狈不堪的模样，关怀地问道：

"我的孩子啊，你怎么突然变成这样了，发生了什么事？"

于是，阿里·萨把基督教徒贝尔苏如何使他上当受骗的事，从头到尾地讲了一遍。老大娘听了他的遭遇，也为他落下伤心的眼泪，安慰他说："我的孩子，你不要难过了。"

老大娘打算帮助阿里·萨找回爱人。她想出一个办法，对阿里·萨说："你去买个银匠用的那种竹笼子，我扮成小商贩的模样，可以到各处去打听祖白绿的下落。如果真主显灵，说不定会有她的消息。"

阿里·萨听老大娘一说，立刻跑到集市中，把老大娘所要的篾笼和一些簪环首饰一股脑儿地买下，带回来交给老大娘。

邻居老大娘找出一件满是补丁的衣服穿上，头上围着乳黄的面纱，装扮成一个贩卖首饰的小贩，到处打听祖白绿的下落。她走街串巷，连个角落也不放过。

真是老天有眼。一天，她走到那个叫做拉施顿的老家伙门前，听见屋子里有人哭得非常凄惨。她觉得奇怪，就走上前去敲门。

一个丫头听见敲门声，走出来问："老大娘，您干吗？"

老大娘连忙说："我是来卖首饰珠环的。你们家里有没有要买首饰的？"

"有呀，请进来吧。"说着，丫头把老大娘引到屋子里。

老大娘看着她们挑得那么高兴，就故意把首饰的价钱压低，让她们多占些便宜，好让她们开心，博得她们的好感。然后她在丫头们专心选首饰的时候，一边不停地交谈，一边向发出呻吟声的地方看去。

她定睛一看，在那个角落里蜷缩的人是祖白绿，样子十分可怜。她难过地流下了泪，故意指着祖白绿问丫头们：

"孩子们，你们为什么要把她捆起来呀？"

丫头们争着把祖白绿的遭遇讲给她听，最后她们自我安慰说："这样对她，我们也不愿意，但这是老爷的意思，我们也不敢啊。不过，这几天儿老爷出门旅行去了。"

"孩子们，既然他不在家，你们还是可怜一下这个姑娘，先让她喘口气。等你们老爷快回家时，再把她捆绑起来也不迟。这样你们也在积阴德，真主会赐福你们呢。"

丫头们听从了老大娘的建议，为祖白绿松了绑，并给她拿了些吃的。

老大娘见她们给祖白绿松了绑，心里感到很高兴，可她掩饰着欢喜的心情，故意装出可怜祖白绿的模样，说：

"我实在不想看见这种伤天害理、灭绝人性的悲惨事情！"

她叹息着，走到祖白绿面前，低声说道："我的孩子，你很快就会脱离虎口的。"接着她告诉祖白绿，她是受阿里·萨之托来打听她的下落、准备救助她脱险的，叫她晚上多观察外面的动静，夜里准备逃走。

最后老大娘说道："今天半夜，阿里·萨会到这儿来救你。到时候，你听见吹口哨的声音，就是他了，你也同样吹口哨回应他。然后你从窗户上逃出去，他就可以带你逃出虎口了。"

老大娘偷偷给祖白绿交代清楚了，就收拾好东西，急急忙忙地回到阿里·萨家中，告诉他已经找到了祖白绿，并详细叙述了她现在的处境和已经安排好逃走之计策，还把拉施顿家所在的位置和周围的环境状况详细讲解明白，以及接头的暗号告诉了她。

阿里·萨有了祖白绿的消息，非常感谢老大娘。他焦急地等到日落天黑，天一黑就要出去。

他穿过大街小巷，来到拉施顿家的住所。他悄悄地溜到走廊下，倚在墙壁上，等着时机到时，便吹口哨救人。

人生总是不遂人愿。由于连日来的劳累，他体力不支，想休息一会儿，一会儿好救妻子，但不知不觉中，他渐渐进入梦乡，睡得像头死猪。

祖白绿二次遭劫

就在营救祖白绿的那个晚上，有一个盗贼在拉施顿屋子周围转来转去，找了半天也没有找到一个合适的地方爬进去。正当他无可奈何，无意间发现阿里·萨睡在门前的墙壁边，他便悄悄扯下了阿里·萨的缠头，正要溜走的时候，看见了一个身影，是祖白绿。

祖白绿按照邻居老大娘的嘱咐把一切准备就绪，等待阿里·萨来救他，顺便还带了一袋子钱在身上。深夜的时候，她着急地等待着，打开窗户探头一看，恰巧看见那个匪徒的身影，还以为他就是阿里·萨，于是吹响了口哨，毫不犹豫地顺着绳子从窗户里滑了下来。

匪徒不顾一切地冲了过去，把刚落地的祖白绿连同她带出的一袋金币一起扛起来，头也不回地跑了。

让祖白绿没有想到的是，从虎窝出来居然又到狼窝。她以为是阿里·萨，高兴地说道："亲爱的！听邻居老大娘说，从我失踪后，害得你心力交瘁、身体虚弱，可现在看你这样健康，我也很高兴，看来你基本上都恢复了。"

匪徒没说话，只是扛着祖白绿没命地奔跑。

祖白绿见他不说话，觉得很是奇怪，伸手一摸，发觉这个人不是她的丈夫。这个人满腮胡子，硬得都有些扎手。这下她急了，问道：

"你是什么人？"

匪徒说："告诉你，我叫库迪，是戴孚的手下。我们共有四十个弟兄，主要依靠偷窃维持生计。今天有幸把你抢到手，你得好好陪陪我们这帮兄弟了。"

祖白绿听了库迪的话，知道自己还是没有摆脱悲惨的命运。她哭泣着，过了一会儿，她觉得自己不能这样逆来顺受。于是冷静下来，决心让真主来安排一切。

祖白绿被匪徒库迪抢到山洞中，交给他妈妈看管。

次日清晨，她觉得既然已经落到这步田地，哭也没有用，于是振作起来，暗自道："现在得想办法脱离虎口、挽救自己。我不能

祖白绿逃了出去

在这儿等他们回来啊，等他们回来，我就全完了。"她灵机一动，
要把库迪他妈给骗好，于是亲切地说道：

"老大娘，我们出去坐坐，让我替您梳一梳头发吧。"

"好，我的孩子！我也该梳一下头发了。我那个不争气的儿子
每天带我跑这儿跑那儿的，都不能有个安定的地方住。我已经好长
时间没洗澡理发了。这个头跟杂草似的。"

匪徒库迪他妈一点防备都没有，她接受了祖白绿的建议，坐在
地上晒太阳。祖白绿想尽一切办法讨好老太婆，并且把她头发梳得
光溜溜的，还给她掐死头上的虱子。这老婆子享受着祖白绿的服
侍，感觉很舒服，不知不觉睡熟了。

祖白绿乘着老太婆睡熟的空，赶紧带上自己偷出来的财物，换
上衣服，骑上一匹快马逃出洞外。

在归途中，祖白绿本想回家，但又怕给家人带来危险，只好调
转马头，远走他乡，到外面去躲避一时。

祖白绿登上王位

祖白绿终于逃离虎口，心中很是高兴。

她从山洞出来一直走了十天，每天风餐露宿，饿了吃野果，渴
了饮泉水。她走了十天，路上却一个人也没有看见，连一个村庄也没
有。直到第十一天，不久，她发现了一片世外桃源般的美丽国度。有

一座城市映入眼帘。此时正值仲春时节，大地上流水潺潺，各色奇花
竞相争艳，枝头上鸟语花香，她立刻陶醉在这美丽的景象里。

她像发现新大陆似的，一口气奔到城下。只见城中的文武官
员、士兵和老百姓都聚集在城门外面，焦急地等待着什么。他感
到很奇怪，人们为什么都站在城外呢？于是，她大着胆子走向人
群中。

没想到的是，那些士兵们都跪地欢呼道："国王万岁！"文武
官员也列队排成两行，异口同声地念道："陛下驾临，给穆斯林带
来福惠和光明！"

祖白绿很奇怪，心想他们一定认错了人，因而问道："各位官
绅！各位父老们！你们这样欢迎我，究竟是怎么一回事？"

一位朝臣回答："我们国内有一种传统习俗：如果国王没有子
嗣，当他驾崩后，满朝文武必须率领士兵、黎民，在城外等候三
天，静候真主替我们安排王位继承人。在三天期限内，第一个到达
城门口的不论是谁，我们都得把他做当做我们的国王。能让您这样
的聪明人当我们的国王，实在是太好了。说实话，如果来的是个不
如您的人，我们还得让他当国王。"

祖白绿非常聪明，她听了朝臣的解释，知道了事情的原因，就
做了个顺水人情，愿意当这个国王。但是，她没有把自己的身份告
诉他们，只说自己出身于名门望族，这次来到这里是出来游玩。

人们听了都当真了，更加尊敬爱戴她，她也表示一定更爱护
人民。

随后，文武官员和士兵们把祖白绿带进了城，前呼后拥挤地扶着她进宫，让她坐在宝座上，人们都跪下行礼，表示绝对听命于她。

祖白绿因祸得福，一下掌握了一国的杀伐大权。自她执政后，百姓们安居乐业，男女老幼生活都有着落，她的名望权力也日渐显赫。只是她经常因想念阿里·萨而默默哭泣，总是暗暗祈祷，让她能和阿里·萨重逢。

她每天到了晚上就会想起自己的丈夫，一想到他，心中就会隐隐作痛，不免会泪流满面，这一哭就不可收拾。但是，她突然感到这种怨天尤人是没用的，必须理智地生活下去。于是，她决心改变生活态度和方式。她给宫中的婢仆制定了津贴标准，布置了各人职责，命令他们各司其职，并宣布她要在闲暇之余闭门修行悟道，不准任何人妨碍打扰她的清修。

自从那以后，当没有事情的时候，她就会独自一人在一间僻静的侧室里面静静地斋戒、祷告，身边只留两个仆人服侍。她一方面利用这种办法潜心悟道，一方面耐心打听阿里·萨的消息。她的这种品行举止，使得满朝文武交口称赞。

糖饭桌子的故事之一

时光流逝，祖白绿已当权执政了两年。整整两年，不但没有阿里·萨的下落，简直是杳无音讯，因此她成日忧心忡忡。

她想了一个办法，就召集宰相和大臣，让他们物色一批工程师和建筑工人，在王宫前面开辟一个宽大的广场。命令下达后，大臣就开始招募工程师和工人。国王祖白绿亲临现场指挥，要修建一座圆顶礼台，摆上御用的椅凳，供国王和臣子们用。

竣工之日，国王祖白绿盛情款待文武百官，当大家正要离席的时候，她向大家宣布说：

"以后我要在这里和大家一起共欢乐，每个月月初我要与民同饮，让所有的人都来，谁要是不来，就绞死在城门前。"

从此以后，这个习俗就一直延续下去。

每到新月初升之日，王宫便预先备好各种丰富的食物，通知城中的居民前来参加国王的宴会。老百姓们成群结队地欣然前往赴宴。国王祖白绿坐在礼台的首席座位上，指挥群臣招待百姓，并且吩咐道：

"你们尽量吃喝好，你们吃的喝的越多，国王就越欢喜。"

时间一晃而过，又是一次聚宴了。

到了新月初升的那天，广场中摆满丰盛的食物。国王祖白绿照例驾临，坐在礼台的首席。她一边指挥群臣热情款待八方来客，一边打量察看每个来客的言谈举止。全城的老百姓接到邀请，也都纷纷响应，并按照先后顺序入席，围着桌子坐下，开始吃喝起来。

正当人们吃喝尽兴的时候，国王祖白绿一下子看到一个人。

她定睛一看，一下子就认出是那个劫持她的贝尔苏。心中暗喜："这是一件好事啊！我的愿望总算要实现了！"

贝尔苏不知道自己的灾难将要来临了，还在那狼吞虎咽地吃着。从他的吃相就能显示出他那贪婪的一面。宴席上原有一盘糖饭，上面抹着白白的糖粉，一看便知一定香甜可口。贝尔苏望着那盘糖饭馋得直流口水，但那盘饭摆在他的对面，他怎么也吃不上。于是他把同桌的人推开，把那盘糖饭挪到自己跟前，自己独自占有它。人们都很反感他的行为，觉得他这个人太无耻了，贝尔苏却一点也不觉得。

贝尔苏还在那里大嚼，把饭整个儿地吞进肚里，接着伸出手抓糖吃。就在这时，国王祖白绿对侍从说："你们快去阻止那个吃糖饭的人，别让他再吃下去！"

卫士立刻跑到贝尔苏的面前，打翻他手中的糖饭，七手八脚地把他拖到礼台上。

宴席上突然发生了这样的事，人们马上停止吃喝，纷纷议论起来。大家伸长了脖子想看个明白。那些和贝尔苏同桌的人知道得比较多，便议论道："是他太贪婪太无耻惹的祸。"

又有人说："我只要喝点自己面前的麦片粥就满足了。"

接着有个大烟鬼说道："本来我还想吃那盘糖饭呢，谁知他才吃了一口就出事了。幸亏我没吃，否则我也会同他一样的。"

人们说道："我们先别说了，看看怎么处置他吧。"

贝尔苏被卫士押到礼台下面，国王祖白绿狠狠地瞪了他一眼，厉声喝道："该死的蓝眼人！你是谁？到我的王国来干什么？"

贝尔苏因为缠了头，又是阿拉伯人的穿着打扮，便不肯从实招来，胡诌道："我叫阿里，以织布为生。为了做买卖，我才来到这座城市。"

国王祖白绿不想跟他多说，就吩咐侍从："去取沙盘、铜笔来。"

侍从取来一个沙盘和一支铜笔。国王祖白绿拿起沙盘、铜笔，装模作样地在沙盘上画了一个猴子模样的图形，然后抬起头来，仔细打量了贝尔苏一番，才厉声喝道："狗东西！你胆敢欺骗国王！"祖白绿就把贝尔苏的身世及来历说得一清二楚。国王说出来的话让贝尔苏目瞪口呆。在场的人都佩服国王的本领，赞美她这般本事无可匹敌。

国王厉声喝道："快点给我招来，否则我就要你的狗命！"

终于在国王的严厉审讯下，贝尔苏如实交代了自己来这里的目的。

真相大白后，在场的大臣和宾客对国王更加钦佩，把她当做神一样崇拜。

国王祖白绿终于要报仇雪恨了，判处贝尔苏遭受刀剐的极刑，并把尸体悬挂广场前，同时吩咐在城外挖个坑，把他的内脏、腐肉抛进坑里烧成灰烬。当差按照国王的命令，即刻带走贝尔苏，对他处以极刑。

人们看到贝尔苏的可悲下场，纷纷议论："为了贪吃一口东西，送上自己的命，真是可悲呀！"又有人说："我再也不要吃糖饭了。"尤其是那个大烟鬼十分侥幸地感叹道："赞美真主！幸亏我没有吃那碗饭，否则就是我落得这样的下场了。"

从那以后，人们便把糖饭看成了不吉利的象征，看见它就会避而远之。

糖饭桌子的故事之二

又一个月的月初到来，又该设宴款待百姓的日子。群臣照例准备了极其丰富的筵席，摆在广场，并按时请来百姓参加宴会。

那天，国王祖白绿坐在礼台的首席座位，指挥大臣招待来宾。参加宴会的老百姓络绎不绝，很快就按顺序围着桌子坐下来。大家这次谁都不敢靠近那碗糖饭了，怕遭杀身之祸。宾客中的许多亲朋好友坐在一起，一见面就互相关切地说："记住，千万不要碰那碗糖饭！"

宴会开始了，人们都吃着自己喜爱的食物。国王祖白绿看见人吃得香甜，专注地观察每个人的举止行为。就在这个时候，一个不速之客闯入了广场，国王祖白绿定睛一看，立刻认出此人就是那个盗贼库迪。

匪徒库迪在广场突然出现，祖白绿暗喜，他是自掘坟墓。自从那次祖白绿从洞中逃跑后，匪徒库迪就被同伙排挤，他发誓要找到祖白绿，以解心头之恨。

匪徒库迪不辞辛劳，从一个地方辗转到另一个地方，不断地奔波，走遍城乡僻野，最后来到祖白绿执掌政权的这个王国里。他进城那天，正是国王宴请大家的时候，城中连个人影也没有。他寻找了半天，才看到一个站在窗户边的妇女，便向她打听城中的人们都去哪里了。那妇女告诉他，国王今天款待庶民百姓，所以人们都前去赴宴了，还指给他宴会的地点，于是他想混入城中大吃一顿。

他跑进广场，看见宴席上只剩下贝尔苏曾坐过的那张桌子有一个靠近糖饭的座位还空着，于是他毫不客气地坐了下去，伸手去抓糖饭，狼吞虎咽地吃了起来。

在座的人都尖叫起来，让他不要吃。

库迪不相信大家的话，还说："我要吃这盘糖饭填饱肚子呢。"

有人说："谁要是吃了这种东西，准会惹来杀身之祸。"

库迪说："闭上你们的乌鸦嘴，不要在这儿胡说。"他干脆把糖饭挪到自己面前来吃。

坐在他身旁的那个大烟鬼一见他把糖饭抓到面前，就惊慌失措地跳了起来，远远地离开座位。

他抓饭的那只手掌伸出盘子后，立刻就变得骆驼蹄子一般，同桌的人对他的粗俗鲁莽很反感，个个又惊又怕。顷刻间，那个糖饭团子被他一扫而光，人们都为他捏着一把汗。看到他这种情景，人们眼前一下出现了一具被绞死的尸体。

正当库迪第二次去盘中抓糖饭、正要往嘴里送的时候，国王祖白绿立刻命令侍从："快去把那个吃糖饭的家伙给我逮起来，不要让他再吃了。"

侍从遵命，大步冲了过去，把这个还对着糖饭"虎视眈眈"的匪徒拎了起来，带到国王面前。这会儿，人们一下子谈论开了。人们说："谁叫他不听劝呢？他落得这个下场，真是咎由自取！"

国王祖白绿开始审问库迪："你是谁？是干哪行的？到我国来有何企图？"

匪徒库迪忙撒谎，企图蒙骗过关。他谎称自己是一个养花的人，到此地是来买花种的。

国王祖白绿又吩咐把沙盘和铜笔拿来。

于是，国王祖白绿拿起铜笔，在沙盘中鼓捣了一阵后，装腔作势地察看，然后大怒道："你这个该死的家伙！居然敢在本王面前信口开河，你不想活了啊！

国王祖白绿当场把库迪的真实情况说了出来，怒喝道："你这头蠢猪！谎话连篇，平时作恶多端，今天我非要割下你的猪头来。"

库迪听了吓得面无血色，浑身战栗，知道事情已经到了无法掩饰的地步了。他希望从实招来，国王能给自己一个活的机会。库迪想到这儿，就老老实实地坦白道："国王陛下所说的千真万确，罪民确实是无恶不作、罪该万死。不过，现在我已经改邪归正了，还求陛下饶恕我以前的罪行。"

"像你这样的瘟疫，有今天这样的下场，是你罪有应得，我不能让你再在世间作恶了。"国王祖白绿随即吩咐侍从，"赶快给我拖下去，按照上次处置贝尔苏那样对待他。"

侍从谨遵其命，立刻拖走匪徒库迪。

人们看到此种情况都惊呆了，都无心吃饭。特别是那个大烟鬼对此深有感触，他对糖饭又厌烦又仇恨，更感到一种莫名的恐惧。他转过身去背对着糖饭，说道：

"从今以后，我再也不要看糖饭一眼了！"

匪徒库迪被拖走后判处死刑，一场风波才告平息。

宴会直至大家酒足饭饱、兴离去，国王祖白绿也率领群臣和侍卫，回到宫中歇息。

糖饭桌子的故事之三

时间很快过去了，不知不觉又过了一个月。

这个月初，朝中上下照例置办筵席，如期设宴邀请城中百姓前聚会。人们成群结队地依次来到广场中，等待国王驾临。开饭时间一到，国王祖白绿如约来到广场，坐在礼台的首席位上，热情款待宾客。她宣布宴会开始后，人们便大吃大喝起来。国王祖白绿坐在礼台中央，可以看清广场的整个形势。无意之间，她发现先前贝尔苏及库迪坐过的那桌筵席，在摆糖饭的那一方有足足可以容纳四个客人的空位无人落座，心里很是奇怪。

就在这个时候，有个冒冒失失的人朝那个没人敢坐的空位坐下去，伸手便去抓食物，想好好地吃上一顿。国王祖白绿一下子就认出，这个不速之客就是那个拉施顿。国王祖白绿发现大仇人来到眼前，不禁心中大喜，暗自盘算道：

"这个万恶不赦的异教徒终于送上门来了，真是老天有眼！"

拉施顿那次因事出了一趟远门，等他回到家里，发现祖白绿连同家里的一袋金银都不见了。他听了这个消息，捶胸顿足，一定要把失踪的钱财找回来。于是，他让弟弟贝尔苏出去寻找祖白绿的下落，可贝尔苏有去无回，他实在等不及了，就自己出来打听贝尔苏的去向和祖白绿的下落。他走街串巷，不知不觉就到了祖白绿统治的这个王国里。

他进城那天，也是遇到库迪进城一样的情况，于是他找到一个妇女问明了情况，径直来到宴会现场。

他闯进广场后，抬眼望去，只见每桌都座无虚席，毫无立足之地，只有靠近糖饭的位子还空无一人。他便冲了过去，一屁股坐下，立即吃喝起来。国王祖白绿不假思索地对左右喝令道：

"你们快去把那个不知死活的人给我抓过来！"

侍从们一听就知道是要对付拉施顿，立刻冲过去把他拖了上去。

国王祖白绿开始审问道："你是做什么的，到我们国家有什么企图？"

拉施顿企图瞒天过海，欺骗国王。

但国王祖白绿不跟他啰唆，依旧吩咐侍从："给我把沙盘和铜笔拿来。"

于是，国王祖白绿拿起笔，神情自若地在沙盘上写写画画，又装模作样地潜心占卜，盯着沙盘细心观察着，突然抬起头来，直视拉施顿，说道："你叫拉施顿，是个冒充穆斯林的异教徒，专门以拐骗穆斯林妇女为生。今天你的死期到了，想要逃脱罪责是不可能的！"

拉施顿听了国王的话，无法抵赖，只得低头认罪，结结巴巴地说道："回禀国王陛下，您的断言句句是实，小的实在是罪该万死。"

国王祖白绿毫不迟疑地吩咐侍从将拉施顿按倒，当场罚他每条大腿各挨一百大板，又加上鞭刑一千，之后判处死刑，又像处置贝尔苏和库迪那样，用同样的做法处置他的尸体。

判刑结束，罪犯被拖走执法了。

国王祖白绿让朝臣们好生招待老百姓，叫他们安心吃喝，不必顾虑。于是，宴会继续下去，人们重新泰然自若地开怀畅饮，直至酒足饭饱、尽兴而散。

糖饭桌子的故事之四

经过这么多事，国王祖白绿一下子又回想到过去她和阿里·萨之间的分分离离，不由得触景伤情，大声痛哭，宣泄胸中郁积的痛苦。于是，她虔诚地祈祷，恳求真主宽恕、帮助她："主啊，万能的真主啊，无所不能的主，您是最了解、最疼爱您仆人的了！在这段时间，求您再施恩泽，让我和阿里·萨在这里重逢相见。"

她加官晋爵地赞美真主，又无比虔诚地向真主祈求宽恕、帮助。她深信每一件事情都会有始有终，有因有果，因而等待命运给她作最后的安排。

祖白绿白天处理国事、发号施令，夜里修身养性，不断向主祷告祈求，并沉陷在思念阿里·萨的悲痛之中。在这种情况下，她又熬过了一个月。到了月初，她吩咐满朝文武照例准备筵席，邀请城中居民前来参加宴会。

到了宴会那一天，人们如约来到广场中，围着桌子坐下，静候国王宣布宴会开始。

国王祖白绿坐在礼台的首席座位，居高临下，广场上坐在席间等候开餐的宾客一览无余，尤其是摆糖饭的那个地方，因为还空着没人去坐，显得特别引人注目。有时候她把视线移向大门，一边观察走进来的每一个客人，一边中暗暗祈祷："您是最伟大的，无所不能的，恳求您施恩惠于我，让阿里·萨快来到我的跟前吧！恳求您答应我的要求吧！"

她边祈祷，边注视依次入席的宾客。就在这时，一个帅气的小伙子走进广场大门。他生得标致漂亮、温文尔雅，而且举止大方得体，在人群中，犹如鹤立鸡群，但有一点遗憾，他面容憔悴、身体瘦弱，好像大病初愈。他从容大度地走到席前，见到处坐满了客人，便走到摆糖饭的那张桌子的空位上坐了下来。

祖白绿乍一看那个小伙子，觉得有些面熟，顿时心弦都拉紧
了。待小伙子坐定，国王仔细打量一番，突然看清了，原来那个人
正是阿里·萨。祖白绿高兴地几乎要叫出来了。为了不让自己失
态，她忍住了狂跳的心情，把自身的真情完全隐藏起来。

阿里·萨在宴会上突然出现，说来话长。

自从那天去救祖白绿在拉施顿家墙外睡着了，发生了头巾和祖白
绿被库迪劫持等不幸事件，他一直为此懊悔不已。

阿里·萨沮无路可走，只好去敲响了邻居的大门，大娘赶忙来
开门。阿里·萨一见老大娘，眼泪不由得流了下来。他把事情讲述
了一遍。老大娘对他非常失望，骂他太粗心，没有把祖白绿的安危
放在心上。

哭着哭着，阿里·萨就昏了过去，过了一会儿，他慢慢醒来，
看见老大娘正在为自己伤心。

老大娘可怜阿里·萨，决定再帮他一次。她对阿里·萨说：
"你在这儿等着，我出去替你打听一下消息，一会儿就回来。"

阿里·萨泪眼婆娑，把希望都寄托在老大娘的身上。

老大娘从早上一直到晌午才回家。她见到阿里·萨，非常失望
地说道："唉，阿里！今天早晨，那个异教徒家里的人发现他家朝
花园那个方向的窗户被弄破了，祖白绿也不知被人劫到哪里去了，
据说还有一袋金银也失窃了。我上那儿去打听的时候，正好有一群
差吏在他家门前查办这件事呢。事情既已到了这般地步，谁也没有
办法了，只盼伟大的真主拯救了。"

阿里·萨听完老大娘的叙述，悲观绝望到极点，一下子害了场大病，整整卧床一年。幸亏老大娘心肠好，把他当儿子一样伺候着，这一年来不说吃喝，就是端药喂药，都是大娘亲自照顾他，这样才把他救过来。

阿里·萨渐渐恢复以后，邻居老大娘对他说："你这样消沉下去，你妻子也回不来，不如到其他地方去找找，也许有机会打听到她的下落，能和她重逢呢。"

就这样，在大娘的悉心照顾下，又经过一个月的精心调理，阿里·萨终于恢复了健康。他听从老大娘的指示，从此开始浪迹天涯的生活。

阿里·萨抱着一定要找到祖白绿的决心，不辞辛劳，走街串巷，终于来到祖白绿执掌政权的这个王国里。他来京城的那天，也是国王宴请城中百姓，便不请自到，来到了宴会的广场。

他走进广场，找到那个唯一的空位坐下，由于饥饿难耐，他拿起面前的糖饭就吃。人们都为他的安危担心说：

"小伙子，不要吃这盘糖饭吧！这碗糖饭会给你带来杀身之祸的。"

阿里·萨不听别人的劝阻："杀就杀吧，反正我也活得不耐烦了，与其这样活，还不如死了痛快呢。"他不顾一切地吃着糖饭。

阿里·萨吃第一口的时候，国王祖白绿就想把他叫过来，但看见他那个样子，心想他一定饿坏了："先让他吃吧，等他吃饱了再说吧。"

阿里·萨狼吞虎咽地吃着糖饭。同席的人都被他的举动给吓呆了，人们等待着他那悲惨的结局。等他吃得差不多了，国王祖白绿才命令侍从：

"你们把那个吃糖饭的人叫上来！记住！不要太鲁莽了要好好跟他说话。"

侍从们来到阿里·萨身边，彬彬有礼，非常和气地说："客人，国王有话要对您说，请随我们去见国王吧。"

阿里·萨来到国王祖白绿面前，先问了好，再跪下去吻了地面。国王亲切地回礼，向他致意，然后打听他的情况，问道：

"你是谁？是干什么的？到这儿来有何贵干？"

"回禀陛下，在下是阿里·萨。"他把自己的身世和自己为了寻找妻子不远千里地来到这里，知道今天国王宴请百姓们，也就混进来了的情况说了。他一想到妻子就伤心得不行，泣不成声，由于过于伤心，他一下子就昏过去了。

国王祖白绿赶紧拿来玫瑰水洒在他脸上，把他救醒过来。她吩咐侍从拿来沙盘和铜笔，然后执笔在沙盘中又写又画起来。左右反复察看之后，她抬头对阿里·萨说："你所说的句句属实。你一定会找到她的，不要再难过了。"

国王祖白绿安抚了阿里·萨一会儿，就吩咐侍从为他准备洗澡，又让侍从备好华丽的宫服给他穿，并在当天晚上带他进宫去安息。

侍从立即带走了阿里·萨。这时候，人们把这桩新鲜事当做饭后谈资，不停地说着。人们的主张、看法不同，各抒己见，一时议论纷纷，直到大家吃饱喝足、尽兴而去。

国王祖白绿在宴会上和阿里·萨相遇后，心中非常高兴。她从未奢望过还会有这么一天能和心爱的人重新邂逅，促膝交谈，而且今夜就要跟他团圆相聚，她怎能不激动呢？好不容易熬到天黑，她装出一副疲倦的样子，提前来到卧室里，准备在那里和阿里·萨见面。她把卧室打扮得漂漂亮亮，把所有的灯都点上，卧室有如白昼，一切准备就绪后，这才打发仆人去请阿里·萨。

宫中的人听见国王召见阿里·萨，都十分惊讶，因为这是他们从未见过的事情，人们很奇怪，不知道国王是怎么想的。

阿里·萨来到国王祖白绿的寝宫，跪下去吻了地面，替她祈福祈寿。国王祖白绿心想："先不告诉他真实情形，我得戏弄他一番。"于是，她问阿里·萨："阿里，你上澡堂洗过澡了吗？"

"是的，陛下，洗过了。"阿里·萨如实回答。

"你累了吧？我这儿有鸡鸭鱼肉和各种鲜浓的果露，你先享用吧。等你吃饱喝足，我们来谈谈心吧。"

"是！遵命。"阿里·萨回答着，来到桌前，独自吃喝起来。直至吃饱喝足，才重新回到祖白绿的床前。

"你到床上来，先替我按摩按摩我的腿肚子吧！"国王祖白绿吩咐阿里。

阿里·萨难为情地坐上床去，开始替她按摩。他一下感觉到国王那丝绸般光滑的皮肤。

"你从下至上替我按摩全身吧！"国王祖白绿又吩咐阿里·萨。

阿里·萨恳求国王收回成命："我不敢冒犯国王！膝下已经是不敬了，我怎么敢再往上呢？"

"你要是不想活了，就不要按照我的意思去做。"国王对阿里·萨软硬兼施，随即引诱他说，"我不仅要你从上至下替我按摩一回，还要让你与我同床共枕、共度良宵，这就是我要你按摩的用意。你要这么做了，我一定给你加官进爵，担任朝廷命官。"

"回禀陛下，这类事我是不会去做的。现在恳求陛下饶恕我，并收回那些贵重衣物等赏赐吧。求您放我一条生路，让我走吧。"阿里·萨婉言拒绝了国王的要求，表示誓死不从的决心。同时他感觉处境不妙，进退两难，不由得唉声叹气起来。

国王祖白绿看见阿里·萨宁死不屈的样子，不禁大笑起来。说道："阿里呀，你把我都忘到九霄云外去了。我跟你这么面对面地说了半天，戏弄了你半天，你居然还没认出我来？"

"陛下，您是……"阿里·萨很奇怪。

国王脱口而出："我是你的丫头祖白绿呀。"。

阿里·萨定睛一看，站在他面前的国王就是他日日思念的祖白绿。这下子，他再也忍不住思念的心情猛地冲了上去，把她紧紧搂在怀里，痛吻不休。

就这样，阿里·萨和祖白绿终于夫妻团圆。欣喜之余，他们彼此诉说了自己的相思之苦，然后，高高兴兴地过了一夜。

第二天清晨，国王祖白绿上朝处理国事的时候，向满朝文武宣布："我要随这个青年去他家乡旅行一次。在此期间，由你们推选一人来代理我执掌政权吧。"

"是！遵命。"文武百官齐声回答，并表示一定听从国王的命令。

国王祖白绿决定好，就赶忙准备行李，又用驼、骡带了粮食和金银财宝，同阿里·萨一起踏上归程，爬山越岭，不辞辛劳地回到家乡。

从此夫妻养儿育女，慷慨仁慈地接济他人，争做好事，过着幸福美满的生活。

阿拉丁和
神灯的故事

　　从前，在中国西部的一个城市中，住着一户贫穷的人家，他们的主要是以给人家做衣服为生。家中老两口和一个儿子三人相依为命，男主人叫穆司塔发，儿子叫阿拉丁。

　　阿拉丁天性贪玩，是当地有名的淘气鬼。因为家境贫穷，没有多余的钱让阿拉丁去读书和去学习手艺，更没有资本让他去做生意，父亲只好让他继承父业，多学点缝纫的技术活，以此来维持生计。

　　但阿拉丁贪玩成性，根本无法安心在店中缝纫，成天出去鬼混。无论老两口用尽什么样的方法，对阿拉丁来说都没用。他每天什么也不愿意做，只愿意这样混日子，父母为他的前途很担心。

穆司塔法对儿子这样的行为非常失望，终因忧郁而成疾，一病不起，不久就离开了人世。可是，阿拉丁对父亲的死一点也没有难过和自责的意思，反而觉得这回没人管教自己了，自己的生活将会更美好。

他母亲看到儿子这样，一点儿办法也没有，但还得维持生活啊！她只好把裁缝铺里的东西都卖掉了，以纺线为生。母亲不辞辛苦地起早贪黑，把儿子一直拉扯到十五岁。

一天，阿拉丁和往常一样和那帮不务正业的孩子们一起玩耍，一个看上去像是修道士模样的外地人站在他们身边，看着这群孩子。那个人把目光集中在阿拉丁的身上，经过仔细观察后，他心想："这个孩子就是我要找的人。"

这个人是非洲的摩尔人，是一个精通魔术并且擅长占卜星术的人。他一直学着这类歪门邪道，已经到了炉火纯青的地步，终于成为一位有名的魔法师。他现在背井离乡，来到这里是有目的的。

魔法师向旁边的孩子打听完阿拉丁的情况后，便走到阿拉丁身旁，说：

"你是穆司塔发的儿子吗？"

阿拉丁回答："是的，但他已经去世五年了。"

魔法师听后，装腔作势地大哭起来。阿拉丁被这个人的举动弄得不知道发生了什么事情，纳闷地问道：

"老爷，您哭什么啊！"

魔法师说："孩子啊！我和你父亲是同母异父兄弟。我长期在外面流浪，一直想和你父亲见面。没想到回来后发生了这样的事情！你和你父亲长得很像，我一直没见过你，却能一眼看出你是我们家的人。"

他说着，把阿拉丁搂入怀中："好在你父亲给我留下了你，我现在也已经是快入土的人了，所以我们家族就靠你传下去了。"

魔法师从腰里掏出十枚金币给阿拉丁，接着问道："你和你母亲住什么地方？"

阿拉丁把自己的住处指给魔法师。

魔法师吩咐道："快回家吧，并代我向你母亲问好，我明天去拜访她。"

阿拉丁第一次在没有开饭的时候回家了，他高兴地跑回家去，刚到门口就喊："娘，一个在外多年流浪的伯父回来了！他还让我问候你，说明天过来拜访你。"

"儿啊，你说什么胡话呢，怎么会有一个伯父出来了呢？"

"娘，您这是怎么了，我刚才在街上见到一个和父亲差不多岁数的人，他说是父亲的哥哥。"

母亲很纳闷地说："儿啊，你以前是有一个伯父，但他已经去世了啊。"

第二天一大早，魔法师就着急地去找阿拉丁。他一天不见阿拉丁，心里就有点不安，他看见一群淘气的孩子，便上前把他拉到身边，递给他两枚金币，说：

"你带我去看一看去你们家的路线，并跟你妈说我晚上去吃饭。"

阿拉丁带着他走到了他家的门前，二人才分手。

阿拉丁高兴地跑回家，把两枚金币给母亲说："娘，今天晚上伯父要来我们家，这是他给我的饭钱。"

阿拉丁的母亲很是高兴，到市上买了各种蔬菜，精心地做起饭菜来，等待魔法师的到来。母亲怕魔法师不认识道路，就让阿拉丁到外面等去。

阿拉丁正要出去接客的时候，突然听见敲门声。他开门一看，见魔法师带着一个仆人，携带酒和糕点水果站在门口。阿拉丁高兴地迎接他们。

魔法师带着仆人进到屋里，把仆人打发走了，与阿拉丁的母亲交谈了半天，然后他突然问道："我兄弟生前经常在哪儿起坐？"

阿拉丁的母亲指了指摆在那里的那条长椅子，魔法师随即走到长椅边上边吻地板边喃喃祈祷，痛哭流涕地说道："我的兄弟，哥哥连最后一面都不能见你，难道你我真的是没有这个缘分啊？"不管是任何一个人看到了此种情景，都会感动的。

阿拉丁的母亲还真被此人的真情所动，真相信了。于是，她走上前去，把魔法师从地上扶了起来，安慰道："不要太难过了，要是他能知道你这么想念他，他一定会高兴的。"

魔法师坐在席前，渐渐地平复了自己的心情。

待他心情恢复后，他说道："弟媳啊！我离开这里已经有四十年了，当初我走的时候你和我弟弟还没有成亲呢。你对我的情况是一点也不知道吧。我离开了这里，从此过着流浪生活。我从印度、信德，来到文明古国埃及，并在那里待了很长一段时间。最后我离开那里，到了遥远的非洲西部，在摩洛哥定居了三十年。

"现在，我独自坐在家里，经常会想起家乡，想起我的兄弟，也不知他现在怎么样了。所以，我无法控制自己思念家乡的心情，就回来了。我也流浪了这么多年，不想再过流浪的生活，应该回到故乡和自己的亲人团聚。世态炎凉，要是有一天自己客死他乡，到时候连个亲人也没有，自己会遗憾终身的。再说，我这些年在外面也有点积蓄，也好回来帮一下兄弟；如果他富裕，也该前去祝贺才是。想到这里，我就立即开始准备回国。一路上历经千辛万苦，吃尽各种苦头，我总算平安回到家乡来了。一到这里，我就四下打听你们的下落。昨天，我无意间碰见侄子阿拉丁，由于天然的血缘关系，一见到他，我就觉得和他很亲近。因此在见到他的那一刻，我非常高兴。阿拉丁把我们的情况都跟你说了吧。唯一遗憾的是没有见到我的兄弟，但使我感到欣慰的是，穆司塔法为家族留下了唯一的后代。"

魔法师说完，便把视线移到阿拉丁身上。

他发现自己的话已深深打动了阿拉丁的母亲。魔法师给她这些慰藉，主要是想让他的行骗计划顺利进行。于是，他问阿拉丁："你现在有什么特长和能力来养活你的母亲呢？"

阿拉丁一时无语，满脸通红地站在那里。

这时候，阿拉丁的母亲把儿子怎么不听话，每天和一些游手好闲的孩子在一起，还有他父亲是因为担心成疾而死的，自己每天靠纺线来维持生计的情况说了。她说："他每天不到吃饭的时间是不会回来的。我正在想不让他回家，让他到外面去谋生，自己养活自己。因为我已经老了，怕我有一天不在了他无法生活呢。"

魔法师听了阿拉丁母亲的话，装出一副同情的样子，对阿拉丁说："孩子啊！你已经不小了，不能再靠你母亲了，你看看周围那些人是怎么生活的？你应该靠自己的双手来养活自己和你的母亲。你应该学一门手艺，等学成了就可以养活自己了。伯父有个建议，如果你不喜欢你父亲的裁缝手艺，就可以选择自己理想的手艺，让伯父帮助你吧！我一定会支持你的。"

别有用心地讲完后，魔法师看见这个孩子没有任何反应，觉得这个孩子生性懒惰，已经不可救药，但为达目的，他还是耐心地对他说："孩子，你能理解我的意思吗？如果你不想学习手艺，我就给你开间铺子，给你提供一切货物，让你成为最富有的商人。"

阿拉丁被"成为富有的商人"这句话说动了。因为他也想出人头地，做个有身份、有地位、有金钱的人。他抬头望着魔法师微笑了一下，露出满意的神情。

魔法师看见阿拉丁脸上露出的笑容，知道这件事情打动了他，于是继续引诱他说："我的孩子，看来你愿意做生意，这说明一定能成大事的，只是苦于没有机会。那好，我明天带你到集上去置办一件像样的衣服，把你打扮一下，再给你物色一家店铺，让你成为最富有的商人。

　　阿拉丁的母亲本来对这个摩洛哥人存有怀疑，但是，听他答应为自己的儿子出本钱办货、开铺子，心中的疑惑随即消失了。她现在完全相信此人是自己丈夫的亲哥哥，不然，一个非亲非故的外地人，是绝不会为自己的儿子做这种好事的。她觉得要是儿子能改邪归正就心满意足了。

　　阿拉丁的母亲这样教训了儿子，然后摆起餐桌，端出饭菜，请魔法师坐首席，母子二人陪他一起吃晚饭。

　　魔法师边吃喝，边跟阿拉丁谈做生意的事。他的谈话使阿拉丁听得出神，兴奋得脸上发光、毫无睡意。

　　魔法师见自己的苦心没有白费，便津津有味地放心吃了起来，他开怀畅饮，喝得大醉，直到夜深才起身告辞。临行，他嘱咐说："明天我来带阿拉丁去买商人们穿用的衣服，按计划行事。"

　　次日清晨，魔法师果然来到阿拉丁家。他没有进屋，一直站在门口等待阿拉丁收拾完毕，便领着他来到市场。在一家服装商店里，他指着那些衣服对阿拉丁说："我的孩子，你喜欢什么样式的，自己挑选吧。"

　　阿拉丁开心地选择自己喜爱的衣服。

　　魔法师给阿拉丁买了衣服后，又带他去洗了澡，从澡堂出来后，到集市上转悠了一下，来到一个交易市场中对阿拉丁说："你以后要多结识这里面的人，要多和他们学习一些本领，从而掌握一些经营的技巧。他们现在做的就是你以后要做的。"

魔法师带着他逛了城中名胜古迹，尽情地游玩了一天，让他多开开眼界，以使让他想成为富商的决心更加坚定。

最后，魔法师带着阿拉丁来到一家专为外地人开设的旅馆中，并邀请了一些生意人和他们一起吃饭，向大家说明阿拉丁是他的侄子。天快黑的时候他把阿拉丁送回家。

阿拉丁的母亲看见儿子完全变成一个帅气的小伙子，心中非常激动，非常感谢魔法师。魔法师和阿拉丁的母亲说了会儿话，并说会好好照顾他。

阿拉丁这一天见识到那么多的新奇事情，高兴得一夜都没有睡着。

第二天早上，阿拉丁听到敲门声，飞一般地从床上爬起来去开门。见到魔法师，就紧紧地拥抱着他，魔法师说："我今天要带你去一个好玩的地方，让你见识一下外面的世界。"说着两人就向城外的方向走去。一路上魔法师为了阿拉丁介绍着各种名胜古迹。走累了他们就坐下来吃饭，休息了会儿，就继续往前走，他们走啊走，也不知道走过多少座花园，也不知道有多长时间，最后走到一座高山脚下。

阿拉丁从没走过这么多的路，感到体力有点支持不住了，就问魔法师说："伯父，我们这是去什么地方啊！我们到这荒芜的地方干什么？如果我们还要继续往前走，我受不了。

我们还是乘着天不黑回家吧！"

魔法师说："我们现在还不能回去，今天并不是以逛花园为主，我们要做的是一件大事情，是一件证明你已经长大的事情。"

他这样说，使这个没见过世面的小家伙信心更足了。

魔法师带着阿拉丁来到了目的地，心里暗暗高兴。因为他的计划马上就可以实现了。他抑制住内心的兴奋，继续安慰阿拉丁说："侄儿，我们想要到达的地方到了，先休息一会儿，待会儿将会有意想不到的事情发生。"阿拉丁听后更加兴奋，希望快点见证这个事情。阿拉丁不断地催促伯父，让他快点开始，于是魔法师吩咐说："孩子，你去捡一些碎木屑、干树枝好让我们点火，点燃后你就知道里面的奥秘了。"

阿拉丁按照魔法师的吩咐拾来了碎木屑和干树枝。魔法师把树枝点燃后，从怀中掏出一个非常精致的小匣子，从里面拿出了乳香撒在火焰中，魔法师对着烟雾念叨了一会儿，阿拉丁一点儿也不明白他做什么呢。紧接着一声巨响，地面上出现了一道裂痕。阿拉丁被这一幕吓呆了，拔腿就跑。

魔法师见状，心想一定不能让这个孩子走掉，否则要盗窃墓地宝藏的计划就前功尽弃了。于是，他举起手，打了阿拉丁一巴掌，一下子把他打晕过去了。

当阿拉丁醒过来的时候，很委屈地说："您为什么要打我？！我犯了什么错？！"阿拉丁大哭起来。

魔法师说："孩子，我是希望你能成才，你要听我的安排。我是你伯父，我把你当自己的孩子一样看待，只要按照我的意思去做，对你非常有好处。"

魔法师说："你看到那块长方形的云石中间系着一个铜环吗？

那下面有一个宝库，如果你能做到我要你办的事情，你将会成为一个比帝王都富裕的人。但你要往外跑，你说你的行为可笑吗？我打你有错吗？你知道吗，里面的宝物是以你的名义藏起来的，只有你才能开启这个宝库。你现在要做的就是握住石板上的那个铜环，然后把石板揭起来。你进去一定要按照我教你的方法去做，不要不听我的。好了，你先把那个石板给揭起来吧。"

阿拉丁很痛苦地说："伯父，那石板那么重，我怎么能把它弄起来呢？让我们一起来弄吧。"

魔法师说："不行，这个宝藏只有你自己能开启，别人是不能碰的。你不要害怕，只要握着铜环一揭，石板就会开启。你揭的时候，要不停地叫着自己和你父母的名字，不用费什么劲，石板就会打开的。"

阿拉丁按照魔法师说的去做，果然，那个石板没费什么力气打开了。里面是一个地道口，下面有十二级台阶，一直通向地下。

魔法师对阿拉丁说："孩子你快进去吧，一定要多加小心。一直沿着台阶走下去，底层有很多间房子，每个房子里面有四个黄金或白银坛子，坛子里面装有很多的珠宝，但要注意，一定不能碰那些东西，要是碰了，你就会变成一块石头。在你到达第四间房子时，会出现一道紧闭的门。接着你只要喊你父母的名字去开启就可以了，然后你会到一座花园中，不要留恋里面的奇花异草和美丽的风景，只要不断地往前走就好了。大约走五十步的路程，会出现一个漂亮的大厅，天花板上有一盏油灯，厅中有一架三十层的阶梯，你登上梯子去取下油灯，把灯里面的油倒掉，把那盏灯装回来，一旦有了这盏灯，你就掌握了整个宝藏。"说完，魔法师摘下一枚戒指交给阿拉丁，让他戴在食指上说："孩子去吧，这个戒指是保护你的，任何困难都不会把你难住。你只要勇敢地走下去，一定会成为最富有的人。"

阿拉丁依照魔法师的吩咐走了下去，他果然看见了魔法师刚才叙述的一切。他现在已经不害怕了，从容地走到花园中。他看到那些耀眼的光芒有些动心，于是，他采摘了一些装满整个围巾和腰间，他想带出去玩。毕竟他还小，根本不知道这些东西的价值，他只把它们当做普通的玻璃制品。

阿拉丁突然想到伯父会责骂他，赶紧跑到目的地把油灯拿回来了。当返回台阶口的时候，最后一阶比其他的要高，他自己无法攀登上去，于是对魔法师说：

"伯父，我自己上不去，您能把我拉上去吗？"

魔法师说："孩子，看你拿那么多的东西一定很沉的吧，你先把灯给我。"

"伯父，我的东西并不多，只是台阶太高了，我无法攀登上去。您把我拉上去，我就会给您油灯。"

魔法师一听立刻眼睛凶光外露，他一想自己不远千里从摩洛哥来到中国就是想得到这盏油灯，费尽心机讨好阿拉丁也是这个目的，阿拉丁却不愿意把灯给他，便咒骂起来。愤怒的他失去了理智，就施法把那块石板又滑进了地道口，把宝库的地道口封住了，就这样，阿拉丁被埋在了宝库中。

原来魔法师是一个非洲西部的摩尔人，从小就痴迷于巫术，他不断地结交各种派别，终于经过四十年的刻苦钻研，成为巫术界的一代高手。

一天，他的魔力有了感应，让他发现在中国的卡拉斯山脚下，有一座宝库，里面的那盏神灯是最有价值的。一旦拥有了它，地位、财富、权利都将会拥有，神灯的威力是世上一切东西都无法比拟的。他测算出一个出生在一个贫穷家庭的孩子，名叫阿拉丁，能开启这个宝库。他把一切都准备就绪了，就动身来到中国，并且很快找到了阿拉丁，然后就开始施行骗术。

一切都如他想象的顺利进行着，就在马上得到神灯的时候受到了挫折，结果什么也没有得到，他只好失望而归了。他就怕阿拉丁把神灯带出去，于是施法将地道的门封死了，让阿拉丁慢慢死去。

阿拉丁用尽全身力气呼喊着，希望能得到救助，可是不管怎么喊，都没有人回应他。他一下子醒悟了，这人并不是他的伯父，而是一个惯于行骗的妖道。

他非常伤心，知道没有活命的可能，现在就是指望老天能救他了，由于宝库被石板封起来了，里面伸手不见五指，他只好摸索着台阶，但是一点用也没有，他开始大哭起来，最后只好坐在地上等待死亡了。

就当阿拉丁绝望的时候，他不小心搓动了一下手指上的戒指，一下出现了一个威风凛凛的巨人，并且说：

"主人，您有什么吩咐吗？"

原来，魔法师给他的那枚戒指是一枚神的戒指。但是，阿拉丁对眼前这个人很害怕，一句话也不敢说。

那个巨人说："不用害怕，我现在是您的仆人，您手上的那个戒指是我主人的，现在你戴着，说明您就是我的主人了，我会听您的话。"

阿拉丁才回过神来，他一下想起魔法师对他的嘱咐，便高兴地说："快把我带到地面去。"

刹那间大地裂开了，阿拉丁还没有反应过来，就已经在地面上了。

一下子看到强烈的光线，阿拉丁很不适应，只好慢慢地睁开眼睛。

此时看到眼前的一切让他很是惊奇，先前开启宝库的大门已经不见踪影了，不过地面上倒是没有变化，先前的东西还是存在的，他突然想起来这里是原来魔法师做法的地方，他根本就没有离开过原地。

他观察了一下四周，知道了自己走过的那条道路。因为老天给他重生的希望他非常感激，已经忘却了自己三天前的遭遇。他一口气跑回城中，径自回到家中，死里逃生的心情让他忘记了惊吓、磨难和饥渴，见到母亲的时候，他因为体力消耗殆尽，一下子昏倒在地。

儿子离家好几天了一直没有消息，母亲很是担心，每天以泪洗面煎熬地度过每一天，看到阿拉丁的时候高兴极了，却没有想到儿子一下昏倒了，母亲赶忙起来急救，还向邻居借来了香料熏他，过

阿拉丁遇到神灯神

了一会儿，他慢慢地苏醒过来了。

阿拉丁醒过来，就对母亲说：

"娘，我饿了，我三天没有吃饭了。"

他母亲忙端来食物说："儿啊，你先好好吃饭，什么也不要去想，等你好了再说。"

阿拉丁按照母亲说的话吃喝了，感觉好点了，才对母亲说："我要跟您说说这三天来我受的苦，没想到那个自称是伯父的人竟然是一个骗子，为达目的不择手段，他想置我于死地。可是老天爷帮忙，我们母子才能见面。"

阿拉丁迫不及待地把在郊外发生的事情告诉母亲，以及郊外的那个宝库里获得神灯，他是如何获救的，他还诅咒说："那个披着羊皮的狼，老天爷一定会惩罚他的。"

母亲听完儿子的叙述说："孩子，会的，老天一定会惩罚那个利用巫术骗人的恶魔的，幸亏你没有事。"

由于三天没有睡觉，现在阿拉丁很是疲倦，想立刻休息一会儿。

母亲很可怜孩子，就让他休息了。

阿拉丁一下子就睡到第二天中午。他一醒来就觉得饿的不行就要吃的。母亲很为难地说："儿啊，现在我们家没什么吃的了，等会儿我把棉纱拿到市上卖了再给你买吃的啊。"

"娘啊！你的纺线还是留着吧，把我带回来的这个灯卖掉吧，肯定比你那个值钱。"

母亲同意了他的意见，她见那个灯有点脏，就说："拿来，我给你擦一擦，干净了能卖更好的价钱。"

于是，她擦了起来，刚一擦，眼前就出现一个巨人，那个巨人又高又大，有种凶神恶煞的感觉。他对阿拉丁的母亲说：

"您要我做什么呢?我是这盏灯的仆人，也是您的仆人，我会听您的命令做事的。"

阿拉丁的母亲看到这种情况，吓得一下子晕过去了。

看见母亲一下子晕过去了，阿拉丁赶紧跑过来把灯拿在手中，因为他经过这种情况，所以一点也不害怕，对眼前的巨人说：

"你去给我弄点可口的食物吧。"

他刚说完，那个巨人突然就不见了。

没一会儿工夫，那个巨人就端着丰盛的饭菜来到阿拉丁的面前，摆好饭菜，巨人就不见了。

阿拉丁按照母亲救他那样的方法，让母亲慢慢地苏醒过来。说："娘，老天爷可怜我们，给我们送饭来了，您看丰盛吗? 我们一起吃吧。"

母亲看到这么丰盛的饭菜说："儿啊，谁这么大方给我们送来这么丰盛的饭菜啊! 真不知道该怎么感谢他了。"

"娘，先别说了，我们先吃饭吧! 我都快饿死了，"他把母亲扶到席前，一起吃喝了起来。

由于长期的饥饿，他们母子平时根本就没有吃过这么好吃的东西，饭量比平时要大了很多。

但是，阿拉丁和母亲怎么吃也吃不完。

他们把剩下的饭菜留作晚饭，估计还够第二天吃。母子坐下来后，母亲突然想起刚才的那个巨人，问儿子："儿啊，刚才发生什么事情了，那个巨人是怎么对待你的？感谢老天爷！我们以后生活有着落了，再也不用为吃饭发愁了。"

阿拉丁回答了母亲的话，把刚才的情况跟母亲说了一遍。

她听后十分惊奇地说："我听人家说过鬼神，却没有见过，现在我相信了。儿啊！这个巨人是不是救你从宝库中出来的那个？"

"不是的，您见到的这个巨人是神灯的仆从，救我的那个是戒指中的仆人。"

"哦，我明白了，那个巨人在我眼前一现身就不见了，把我吓个半死，的确和这盏灯有关系。儿啊！我们把这盏灯和这个戒指扔了吧，留在我们身边会出事的。我不愿我们有事，况且人鬼殊途，这样是犯禁的行为。"

"娘，你说得有道理，但我不想丢弃神灯和戒指！因为当我们需要的时候，他们就能为我做好一切。再说，魔法师开启宝库的时候，并不是为了那些金银财宝。他想要的无非是这盏神灯，他一定知道神灯的作用，只是不知道其中的奥秘。他的目的没有达到，便想把我置于死地，这就充分说明了这盏灯对他的重要性。无论如何我们也不能把它扔了，并且要好好保护它。咱们今后的生活就靠它了，它会让我们吃喝无忧。至于这个戒指，我也不会丢弃，我会天天戴着它。没有这个戒指，我就不会活着回到您的身边。万一哪天遇到灾难了，我们还要让它保护我们呢。我能理解您的心情，我以后会把它收好的，绝不会让危险的事情再发生了。"

母亲听到儿子的解释，想想也是这么个道理，就没有坚持，于是说："儿啊！你觉得对就做吧，我不拦着你，只是希望不要再看见那么恐怖的面孔了。"

母子靠神灯拿来的食物过日子。

食物吃完后，阿拉丁就拿了一个盘子到集市上卖，他居然不知道那是纯金的。

在集市上有一个卑鄙的犹太人非要买他这个盘子。那个犹太人心想他只是一个毛孩子，根本不懂这些，于是对阿拉丁说：

"我的小主人，你这个盘子要卖多少钱啊？"

"它的价值，您应该清楚吧。"

这样的口气让犹太人心里没底。他本来打算想花几个小钱就买下来呢，但怕阿拉丁真知道这个盘子的价格而没有办法做成这笔买卖。最后他还存着侥幸心理想：

"这孩子可能是假充内行，不一定知道盘子的价钱。"

他犹豫着从衣袋里掏出一枚金币。

阿拉丁看到金币很满意，拿上就匆匆回家了。犹太人很后悔，他觉得自己本来可以用更少的金币买到的。

阿拉丁卖完盘子就去面包房买了面包，到了家，把面包和钱交给母亲。

母亲拿着钱到集市上买了点日用品，欢天喜地地回家去了。没过几天，卖盘子的钱就用光了，他只好又拿一个去卖给了那个犹太人。一个金盘一枚金币，已经没有人这么傻了，但犹太人还是那么贪婪不想给他，又一想，上次是这么多的钱买的，要是不给阿拉丁这么多，他卖给别人，那就失去赚钱的机会了，于是犹太人又买下了金盘。

现在阿拉丁和母亲依靠卖盘子过活，只能再卖那个银托盘了。由于盘子又大又沉，没办法带到集市上，他就把犹太人带到家里。犹太人看完货，又以金币买下来了。

就这样，阿拉丁母子的生活暂时丰衣足食，不用发愁了。没多久，阿拉丁眼看手中的钱又没有了，只好趁母亲不在的时候把神灯拿出来，擦了一下，面前又出现了那个巨人。

"主人，您有什么吩咐呢？"

"我要你按照上次再给我准备一桌丰盛的饭菜。"

转眼间，那个巨人又像上次一样端来了十二个精致的盘子，满是丰盛的菜肴，另外还有一些面包和酒。

过了一会儿母亲回来了，看见桌子上的各种菜肴，知道这一定是神灯干的，很害怕。阿拉丁看出母亲的心思说："娘，不要害怕，您看神灯给我们带来多少好处啊！因此，我们绝不能丢弃它。"

"儿啊！我很感谢神灯。但是，我真的害怕它来到我面前，你应该理解。"

说完之后，他们娘俩就开始享用丰盛的饭菜，吃饱喝足后把剩下的饭菜存起来。

饭菜吃光了，只好再去卖盘子了。于是他拿着一个盘子塞到衣服下面就出门了，准备去找那个犹太人把盘子卖给他。正当他路过一家珠宝店的时候，被一个珠宝商看见了，他叫住阿拉丁说：

"孩子，见你老和那个犹太人来往，是不是再做什么买卖啊！今天又是去找他吧？能说说你们在做什么吗？孩子，你可知道那个犹太人可不是什么好人，是一个会玩手段、贱买贵卖的奸商，已经有很多人吃亏了。见你老和他打交道，我怕你上当。孩子，如果你要卖给他东西，不妨先让我给你看看。不要害怕，我不会骗你的，我是怕你不知道行情给他骗了。因此，你要是愿意，我会出个公平的价格买你的东西，不会让你吃亏的。"

阿拉丁看见珠宝商那么诚恳，便掏出盘子让他看了，商人打量后又在秤上称了一下重量问："你卖给那个犹太人的盘子，与这个是一套吧？"

"是的。"

"他买下这个盘子给你多少钱呢？"

"一枚金币。"

珠宝店老板听后大惊，骂道："这个该死的犹太人，竟用一枚金币换取几十枚金币的纯金盘！孩子，这个在市场上能卖七十金币，你要是愿意的话，我想买下来，怎么样？"

他说完见阿拉丁同意了，就如数给他七十金币。

阿拉丁高兴地谢过珠宝店老板，并对他的公道由衷地敬佩，同时诅咒那个犹太人的不择手段的卑鄙行径，以后再也不会上当了。

阿拉丁母子知道自己有花不完的钱财，但仍然非常节俭。因此，他们除了正常的开支还有富余，又把富余的钱攒起来。阿拉丁现在已经长成一个懂事的大人了，也改掉以前的那些坏毛病，也不和那些不三不四的人来往了，开始和一些生意场上的商人接触，不断地向他们学习做生意的诀窍、如何提高利润。

他还经常与一些珠宝商和金银商学习鉴别珠宝的能力，专心留意那些经营生意的方式方法。随着时间和经验的积累，鉴别珠宝的经验和阅历不断地增长，他已经知道那次从园中载的果实不是玻璃而是名贵的珠宝。因此，他感到自己是一个非常富有的人。这些珠宝店中的东西跟自己的简直无法相比，自己家中的最小的也比他们最大的值钱。

阿拉丁用一切机会向生意人学习，逐渐在生意场上立了足。

一天，阿拉丁穿戴整齐，去了市场。

他正在街上的时候，忽然听到差役宣布说："奉皇上旨意，今日白狄奴·卜多鲁公主要去沐浴熏香，为了避免打扰，城中所有的商铺都要停业，居民家中闭户一天，任何人不得外出，违者将处以绞刑。"

皇宫传出来的旨意引起了阿拉丁的兴趣，他想要看看皇帝的女儿白狄奴·卜多鲁公主的芳容。心中想："朝中官员都说公主美丽可爱，我一定要利用这次机会看看。"

阿拉丁打定主意后，决定去澡堂。于是，他躲在澡堂后面等白狄奴·卜多鲁公主的到来。

白狄奴·卜多鲁在奴婢、卫士的搀扶下，在城中的主要街道四处漫游，很是开心，最后才来到澡堂。她一进大门，就把面纱取了下来。阿拉丁看到公主简直惊呆了，她是那么的美丽，简直是仙女下凡。

阿拉丁心想："果然名不虚传。"

从见到白狄奴·卜多鲁的那一刻起，阿拉丁心里就像有只小兔子在四处乱撞，时常出现公主的形象，像似丢了魂似的。早上吃饭的时候，母亲看见儿子心事重重就问："儿啊！你最近怎么了，有什么不顺心的事情吗？你快跟娘说说，看你这样娘很难受啊！"

以前阿拉丁一直认为女人都像母亲一样平凡，没有什么可以称道的地方，也听人们说起白狄奴·卜多鲁是如何的美丽，但也没有觉得什么是美丽什么是爱情。自从见到公主，他就不能自拔了，一头陷入爱情的河中。因此，母亲问他苦恼的理由，他便不耐烦地说：

"您不要管了。"

做母亲的不免心疼儿子，看到儿子对什么也没有兴趣，还经常失眠，母亲很是困惑，最后心疼地说：

"儿啊！你是不是得什么病了？你要是感觉不舒服，我就找个大夫过来看看吧。听说这几天来了个阿拉伯大夫，他医术很高明，还给皇上看过病呢，要不我请他来看看？"

一听要看病，阿拉丁忙把事情的真相告诉了母亲。他把自己见到白狄奴·卜多鲁公主和自己如何陷入情网说了一遍。说："要想治好我的病，除非把白狄奴·卜多鲁公主娶回来。"

阿拉丁母亲听了，觉得儿子一定是疯掉了，怎么能有如此的想法呢？她说："儿啊！你是不是失去理智了，怎么能想出这么荒唐的事情呢？"

"亲爱的母亲大人，我并没有失去理智，是白狄奴·卜多鲁公主太美了，使我无法平静下来，只有娶到她，我才能平静下来。我现在打算去向皇帝求亲呢。"

"儿啊！你这样做会让人们觉得很可笑，大家肯定以为你疯了。这样的事情是我们这种人想都不敢想的，更不要说去做了。再说，就算可以，谁去替你做媒呢？总不会你自己去吧？"

"娘，我可不要别人给我提亲。对我来说，还有谁比您去替我提亲更合适呢？"

"儿啊！你不要让我也一样和你失去理智好吗？你快不要想了，别忘记你出生在一个裁缝家中啊，像我们这样的穷人，怎么能娶皇帝的女儿呢？你应该清楚，皇帝的女儿是和帝王将相结亲的。"

"娘，我知道您最疼我，我也知道这个道理，可我就是喜欢公主。要是没有她，我这一生就毁了，因为不能和心爱的人在一起，我就无法生活。所以，我把全部的希望都寄托在您的身上了，求求您帮我啊！"

阿拉丁的母亲听后，很是可怜自己的儿子，哭泣着说："儿啊！你说得对，你是我的唯一，为了你我什么都愿意去做。我愿意

为你去做这件事情，我很担心，人家要是问我你有多少家产、有什
么手艺养家糊口等简单的问题，我都不知道怎么回答，就是一般人
我也无法回答，更别说皇帝了。现在和高傲的皇帝去攀亲，即使我
不要这张老脸，冒着生命危险去见他，但我怎么能问得到呢？即使
见到了，我又拿什么献给他？我们有什么礼物可献给皇帝呢？我们
要是拿不出什么像样的礼物，怎么能让皇帝感兴趣，更别说去和公
主求亲了。"

"娘，我钟情于公主，已经到了无法自拔的地步，不把她娶回
来，我就无法活下去了。至于您说的贡礼，我们有的是。您还记得
我装在袋子中的那些玻璃球吗？那些东西中的一个也比皇帝见过的
要珍贵得多，都是无价之宝。若是把这些献上了，一定会使皇帝满
意的。你去用一个钵盂装上，献上去再适合不过。"

阿拉丁的母亲取来钵盂，心想："他的话是真的吗？怎么证实呢？"

阿拉丁精心地挑选着那些宝石，将钵盂装满。母亲看到那宝石
发出的光芒刺得眼睛都睁不开，她想应该是真的。

"娘，这些礼物一定会让皇帝喜欢的，因此不要犹豫了，赶紧
去吧。"

"儿啊！看得出来，这礼物的确不错，也正是你说的宝中之宝。
但我也无法张口跟他说娶公主的事情，更怕他提出来的问题。"

"娘，我相信皇帝会被宝物吸引，哪还有时间想别的事情？只
要您献上了宝物，就可以大胆地向白狄奴·卜多鲁公主求婚了。我
们有神灯给我们提供一切，什么也不用担心，就是还要研究一下如

何应付皇上提出来的问题。"

当天夜里，母子俩商量好了如何办这件事。

第二天早上，母亲虽然一晚上没有休息，但还是很自信地去宫里了。她想到有了神灯，能为他们提供一切，一定能完成这件大事。

阿拉丁在母亲走前，嘱咐说："娘，神灯是咱家的宝物，它的价值和用途千万不能让别人知道，否则那些不法分子就会偷取他的。我们失去神灯，就等于一切都没有了，什么理想都没有了。

"儿啊！这个我知道，你放心吧！"说完，母亲带着盛宝石的钵盂去皇宫了。

阿拉丁母亲来到皇宫门前，见早朝的将相官吏们都纷纷进入皇宫。他们行礼，待皇帝示意后，他们才各自就位，接着开始上奏，并等皇帝决断。

早朝完毕后，皇帝进入后宫，其他群臣都退下了。

阿拉丁的母亲站在一旁等待。直至早朝完毕后，官员们各自去办事了，见皇帝没有召见她的意思，她也闷闷不乐地回家去了。

阿拉丁见母亲拿着东西回来，就知道没有办成，也不问原因了。

母亲叙述了一番："儿啊！今天我本来信心很足的，等着见皇帝，也做好充分的准备怎么回答他的提问。但是，今天的人太多了，我都没机会见到皇帝。明天一定会有结果的。"

阿拉丁听完母亲的话，并没有失望。虽然他很爱白狄奴·卜多鲁公主，很想跟他结婚，但是事情也没有想的那么顺利，只好耐心等待了。

第二天早上，阿拉丁的母亲又来到皇宫。见接待厅大门紧闭，她一打听才知道每周接待百姓三次，她只好失望而归，等待接待日再来。

到了接待的日子，阿拉丁的母亲带着礼物，又一次来到皇宫。

这天求见的人也很多，每次只能一个人进去，其余的人要在外面等着，由于有时间限制，还没有轮到她就结束了。

阿拉丁的母亲一连跑了一个月，每次都是这种情况，到了月底了也没有轮到她。主要还是因为她每次都很犹豫，就在犹豫的时候，厅门就关上了。

这一天，皇帝准备离开接待厅去后宫。他突然看见阿拉丁的母亲，她好像每次都来，却从不进来。因此，国王对宰相说："爱卿，那个老太婆怎么最近几次接待时都能看见啊？她老是很胆怯地站在那里，手里还拿着一包东西，你知道她是什么情况吗？"

"陛下，像她这种人能有什么事，不外乎就是家长里短。"

皇帝对宰相的说法很不满意，他说："未必。下次她来了，就直接让她来见我吧。"

"遵命。"宰相回答。

阿拉丁的母亲在接待日的时候都来，都会在厅门前等候。

为了替儿子求亲，老太太吃尽了苦头，但她还是坚持不懈地努力着，一点怨言也没有。这天，她又来等待接见了，皇帝一下子看到了她，就对宰相说：

"快去把那天我跟你提到过的那个老太婆带来，我想了解一下她到底有什么事情。"

宰相立刻把阿拉丁的母亲带到皇上面前。

阿拉丁母亲向皇上行了君臣之礼，并祝福皇上万寿无疆，跪在地上等待皇上的吩咐。

"老人家，见您很多日子都在大厅外面等候，好像有什么话要说。你想说什么，就告诉我吧，我会满足你的要求。"

"是的，我一直盼望着能够见到皇上。不过，在我说之前，恳求皇上给予安全的保障，并允许我一个人跟皇上讲明。"

皇帝急于想听，就满足了她的要求，让旁人都退下，说：

"好了，您讲吧。"

"如果我有什么说错的地方，还恳请您饶恕。"她再次强调。

"会的，老天爷会宽恕您的。"

"陛下，我有个儿子叫阿拉丁。因为那次公主到澡堂沐浴，他听后非常好奇，人们一直都说公主是多么漂亮，他就想借那次机会看一下公主的芳容。没想到见到公主后，他满心欢喜，喜欢上了公主，而且从那天起他就闷闷不乐，非要我来向陛下求亲。希望您能理解一个做母亲的苦衷。他对我说："娘，要是不能和公主成亲，我就活不下去了。就这样，我来了。"

皇帝听后大笑起来，最后仔细打量着阿拉丁的母亲问：

"您手里拿的是什么啊？"

阿拉丁母亲心想："不管怎么样，先把宝石献上再说。"就把帕子打开了。皇帝一下看到光芒四射的宝石，就情不自禁地从座位上跳起来说："这样的稀世珍宝，我从来也没见过！"接着问宰相，"爱卿，你见过如此稀奇的宝石吗？"

"陛下，您都没有见过，我怎么能见过呢？据我所知，恐怕我们仓库里任何一颗都比不上钵盂中的最小一颗。"

"按你说的，贡献这些宝石的人就可以娶公主了。"

宰相很难受，因为皇帝答应将公主许配给他的儿子。他愣了一下说："陛下，当初您不是答应把公主许配给我的儿子吗？如今您要反悔，那就让我冒昧进言，看在臣的面子上，给我儿子三个月的期限，以便让他筹备一些稀奇聘礼献给陛下。"

皇帝知道他的这些皇宫大臣当中没有一个人能做到这件事。出于宽容，他接受了宰相的要求，给了三个月的期限，同时对阿拉丁的母亲说："回去告诉您儿子，就说我答应把公主嫁给他了，让他等待三个月并且准备好一份聘礼。"

阿拉丁的母亲听后，赶快磕头谢过，愉快地回家去了。

阿拉丁见母亲春风得意地回来，手里的宝石也没有了，就知道事情一定很顺利，于是问："娘，看您的神情，一定是有好消息吧。是不是皇帝接受了我们的请求？"

母亲把怎么进去的以及皇帝看到那些珍贵的宝石时的惊奇表情和宰相的观感，从头到尾地说了一遍，然后说："皇帝答应把公主嫁给你了。不过要等三个月，当初皇上把公主许配给宰相的儿子，因此，在宰相的恳求下，皇上为了应付他，答应三个月后替你完婚。不过，我们要提防宰相从中破坏这桩婚事。"

阿拉丁得知皇帝答应了，尽管要等三个月，但心里还很高兴。

他很感谢母亲的奔波："娘，感谢您把我从墓中解救出来，我是世间最幸福的人。"

于是，阿拉丁按照皇帝的旨意，等待着与公主成亲那一天的到来。

不料，等到两个月的时候，事情突然发生了变化。

一天晚上，阿拉丁母亲上市场去买油，见店铺都关了门，街上热闹非凡，官吏骑着高头大马在街上巡逻。她看到这种反常的景象很是惊奇，就走进一家油铺打听消息：

"大叔，今天这是干什么呢？怎么到处都张灯结彩的啊？"

"老大娘，您不是本城人吧？"

"我是啊。"

"既然如此，您怎么能不知道呢？今天晚上是皇帝的女儿白狄奴·卜多鲁公主同宰相的儿子结婚的日子。宰相的儿子正在沐浴熏香呢，那些官兵是站岗巡逻的，等完事后就进宫迎娶公主了。"

阿拉丁的母亲听后，一下子六神无主，赶紧跑回家对那个充满希望、忍受着度日如年的痛苦等待期限到来的孩子说：

"儿啊！告诉你一个不幸的消息，你一定要挺住啊。"

"是什么消息啊！快说啊！"

"皇帝食言了，准备把公主许配给宰相的儿子，定在今天晚上完婚。"

"不会吧，是从那里知道的？"

阿拉丁的母亲把街上发生的事情说了一遍。

阿拉丁顿时怒火中烧，但他让自己冷静下来。突然振奋起精神说："娘，您快做饭，吃完饭让我休息一会儿。别以为宰相的儿子会如愿以偿，我一定要把公主娶到手。您放心，这件事一定会有个好结果。"

阿拉丁按计划行事，吃过饭把门关上，然后取出神灯一擦。巨人出现在他面前说：

"您有什么吩咐？"

"我曾向皇帝求亲，他答应把公主许配给我，而且收下我的聘礼，结果不守信用，竟把公主许配给宰相的儿子，我很生气。因此，我要你今晚去宫中，待新郎和新娘进入洞房的时候，把他俩连床带人一起搬到我这儿来，你能做到吗？"

"没有问题，还有别的事情吗？"

"目前没有了。"阿拉丁说。

他走到寝室跟母亲聊了起来。过了一会儿，估计事情已经办完，便起身出去了。果然灯神将这对新人连床一起搬过来了。阿拉丁很高兴，接着吩咐灯神说：

"把这个可恶的家伙给我送进厕所，让他在那儿过夜。"

灯神立即把新郎扔进了厕所，同时给他喷了一股冷气，冻得他直打哆嗦，然后问阿拉丁："还有别的事情吗？"

"明天早上再把他们送回宫中。"

"遵命。"神灯悄然隐退了。

阿拉丁站起身来，眼看事情如此顺利，心里别提多高兴了。他看见美丽的公主，心情非常激动，但尽量控制自己，因为直到目前，他爱恋公主、敬重她，丝毫没有因为等待的痛苦而想伤害她。他关切地说："公主，不要害怕，我绝不是想毁坏你的名声，因为这是上天的安排。我做这些都是为了保护你，防止你被坏人玩弄。您的父亲曾经许诺要把你许配给我。现在你什么也不用想，只要休息就行了。"

白狄奴·卜多鲁公主因为惊吓过度，一句话也说不出来，神志完全陷入迷离中。

阿拉丁从容脱掉衣服，躺在公主的身旁，他并不是一个放荡的人，不想亵渎他心中的天使。知道公主现在还是清白的，并没有和宰相的儿子有什么。对于她来说，今天也许是最难熬的一夜了。当然宰相儿子的遭遇更糟，这个公子哥根本就没有受过如此多的折磨。

第二天清晨，阿拉丁还没来得及擦灯，灯神便来到来到面前说："主人，您要我做的事我都做了。"

"你先把那个新郎带到这儿来，然后让他们一起回宫去吧。"

灯神听完吩咐，转眼间就把他们送到了宫中，并把他们放进了洞房。公主和宰相的儿子知道又回到了宫中，不禁互相看了一眼，因为惊喜过度，两人一起昏了过去。

灯神完成任务后就走了。

过了一会儿，皇帝就来看望公主。宰相的儿子从昏迷中苏醒过来，听到皇帝来了，想下床去请安，但由于手脚麻木无法动弹，只好继续躺着。

皇帝来到公主面前，吻了公主的额头，并问了她对婚事是否满意。但女儿眼中闪着愤怒的光，也不回答。皇帝一再问话，可公主就是不肯说话，也不愿意把昨天晚上的内情说出去。皇帝只得无奈地离开女儿，然后，跑到皇后那里告诉她。

皇后怕皇上怪罪，便说："这对所有的姑娘来说都是一样的，主要是她害羞吧，过几天就会好了，皇上您应该谅解她。我去看看是怎么回事。"

于是，皇后匆匆来到公主的洞房。她看着女儿眼中含着泪，也不说话，心想："一定发生什么事情了，要不然不会这个样子。"她问："女儿啊！发生什么事情了，快告诉母亲，母亲一定会为你做主的。"

"母后，原谅我吧。"白狄奴·卜多鲁公主抬头望着母亲，开口说了话："谢谢母后来看女儿，我应该恭恭敬敬地迎接您，不过，您要是听了我讲的事情，就会理解我了。"见母亲点了头，她开始说："昨晚我和夫君正要就寝的时候，房间里突然出现一个可怕的巨人，他什么也不说就将床和我们二人一起移到了一处阴森的地方。接着夫君被带走了，只留下我一个人在，不一会儿，出现了一个很有礼貌的青年代替夫君睡到我的身旁。"公主最后说："直到今天早上才把我们送回来了。当父王到来的时候，我们还没有从惊恐中摆脱出来呢，当时也无法回答他的问话，所以很失礼，可能伤害到父王了。因此，希望您把我的境遇跟父王说一下，让他原谅我。"

皇后听完公主的叙述，安慰道："女儿啊！你先好好休息，把这一切都忘记，不要到处宣扬，否则人们会认为你丧失理智了。你没有和父王讲是对的，以后更要小心。"

"母后，我现在身体好多了，神志也清醒了。我说的都是事实，你要是不信可以问我的丈夫。"

"女儿啊！你快把昨天的梦给忘记吧，今天我们还要去参加婚宴。在美妙的音乐声中，尽情地欣赏艺人的歌舞，这样你会感到精神放松的。现在所有的人都在为你庆祝婚礼，为你祝福呢。"

皇后说完，便召唤熟练的宫女为公主梳妆打扮，准备参加婚宴，她又赶忙来到皇帝面前解释公主昨天受到梦的折磨，身体不舒服，才会失态的，最后说："还望皇上原谅她。"

随后皇后召见宰相的儿子打听："公主说的是不是真的？"

宰相的儿子怕说出来会拆散这桩婚姻，就说："回禀母后，我什么也不知道啊。"

皇后听后，便知道那是公主做了一个梦，于是她就放心了，高兴地陪公主出席婚宴，庆祝他们的婚礼。宴会上歌舞升平的，锣鼓喧天，格外热闹，到处是一片喜气洋洋的景象，到处都充满着快乐的气氛。皇后和宰相父子也都想尽各种办法来讨公主欢心，想让她忘记昨天的事情，但无论他们怎么做，公主就是愁眉不展，坐在那里发呆，始终不能走出昨晚的困境。

而宰相的儿子虽然昨天受到了更多的苦，但是只能装作若无其事的样子，他要是说出去，将会影响他的婚姻大事，还会对自己的地位有所损害，更怕失去心爱的公主。

当天阿拉丁也来凑热闹了。看到人们为他们祝福，他心想："你们这些无知的人，要是知道他们昨夜遭受过什么，就不会羡慕和赞美他们了。"

阿拉丁像没事人似的回到家中。快要休息的时候，他进入房间把神灯擦了一下，灯神又出现在面前了，于是他吩咐灯神："还是像上次一样，在他们欢聚时给我弄来。"

灯神走了没一会儿，就把他们两人带到了阿拉丁的面前，依然是那样让宰相的儿子睡到厕所里，让他受苦。

阿拉丁看灯神完成任务，自己也倒在公主身旁睡下了。

第二天早上，灯神依然早早地来到阿拉丁家中，把他们两人一起送回宫中。

皇帝从梦中醒来，就想去看自己的女儿，看看他是否恢复了常态。于是，他下床整理了一下衣冠，匆匆来到公主房中。

宰相的儿子吃了一夜的苦头，听到皇上的喊声，只好挣扎着下床，随仆人回相府去了。

皇帝走进去看见女儿，向她问好，询问一些情况。结果她愁眉不展，一句话也不说，还露出可怜又可怕的神请。

皇帝眼看这种情形一下子生气了，知道一定发生什么事情了，抽出腰刀愤怒地说："快说，到底怎么回事？再不说我就杀了你，你这种不理不睬的表示是尊敬我吗？"

公主看到父王抽出腰刀生气的样子，知道他因为误会而产生了愤怒，这种愤怒已经到了发狂的地步，于是决定把事情都告诉父王，因此说道：

"父王，不要生气了，要是您知道了发生什么事，您就不会怪我了。"于是，公主把两夜来所碰到的事情从头到尾地说了一遍，最后说，"父王如果你不相信，可以问我丈夫。但他被带到什么地方我就不清楚了，你问他，他一定会告诉你实情的。"

皇帝听后，着急地又掉眼泪又难过，把刀收回去，对公主说："女儿啊！你为什么昨天不说？你要是和我说了，我会让人保护你，不会让你再受到惊吓和虐待了。今晚我会派人保护你。"

皇帝说完就匆匆回到寝室，马上召见宰相进宫，着急地问道："爱卿，令郎一定把实情都告诉你了吧？公主和令郎遭遇到同样的事情，你是怎么看得？"

"陛下，臣从昨天到现在还没有见到儿子呢!"

皇帝只得把公主的遭遇叙述一遍："你马上去了解一下情况，但我相信公主的话。"

宰相立刻回到府中，找来儿子问明情况到底是真是假。

在宰相的追问下，他的儿子不敢隐瞒了，他老老实实地说："爹，公主所说的都是事实，我们本来是该新婚之夜的快乐，可没想到让灾难破坏了。我是最惨的，不但没有和新娘在一起，还被关

一千零一夜

The Arabian Nights

242

在黑暗、阴冷发臭的地方，冻得我差点送命。"

他最后说："父亲，您跟皇上说解除我们的婚约吧。我也很想娶公主，也希望能为她牺牲。但是，我已经受不了每天晚上的那种痛苦了。"

宰相听了儿子的叙述很失望，因为他想借助这次联姻登上皇帝的宝座。现在儿子这样说，一旦解除婚约他的目的就无法达到，而他是不会这么轻易放弃。于是，宰相说：

"儿啊！你先忍耐一下，今晚我会派人保护你的。要知道，你今天获得的这些荣誉，有多少人羡慕你、尊敬你呢！不要轻易放弃啊！"

宰相说完，匆匆来到皇宫，跟皇上说明，公主说的一切都是事实。

皇帝果断地说："事情到了这种地步，我马上宣布解除婚约，停止一切庆典活动。"

人们看到宰相父子那种狼狈不堪的样子，就互相打听："到底发生什么事情了，怎么突然解除了婚约？"当然，这件事情只有阿拉丁知道，外人是不会知道的，因此，只有他一个人从心底里在笑。

皇上解除了公主和宰相儿子的婚约，但是，他也把答应阿拉丁的事情忘到九霄云外了。阿拉丁只好等待皇帝规定的期限去正式提亲。

三个月的时间到了，阿拉丁让母亲去见皇帝，恳求皇帝履行诺言。

他母亲果然按照计划去宫中等待皇帝的接见。皇帝来到接见厅，看到了阿拉丁的母亲，一下子想起曾经答应她的事情了，于是对宰相说："爱卿，这是我曾经答应给他三个月期限就安排公主和她儿子完婚的老太婆，今天期限到了，你请她进来吧。"

宰相听后，立刻让阿拉丁的母亲进厅拜见皇帝。

阿拉丁母亲向皇帝请安后，并说了些祝福的话。

皇帝看起来很高兴，问她前来有什么要求。

阿拉丁母亲趁机说："皇上，您规定的日子已经到了。现在是让我儿子和公主成亲的时候了吧。"

皇上陷入了为难的境地。他对阿拉丁母亲那副穷酸的样子实在是看不惯，上次答应她，是因为她那份礼物实在是太名贵了。于是，他向宰相讨主意：

"你有什么办法对付这个场面吗？我确实说过这个话，但是，让我女儿嫁给那么贫穷的人家怎么行呢？"

宰相心中本来就因为儿子的婚约受挫而不快，也一直记恨阿拉丁，他心想："我的儿子不能做驸马，你一个穷小子还想有如此的待遇？"于是他在皇上耳边说，"陛下，要想摆脱这种没有一技之长、地位低下的臣民，您就不该考虑把公主许配给他。"

皇帝不知道他在说什么。他说："那现在怎么办？当初我许下的诺言，不能失信于民啊！"

"皇上，您只要在聘礼上提高条件，让他无法实现，不就拒绝了吗。比如说，要四十个纯金制的大盘，盛满上次那样的宝石，再要四十名白肤色的婢女端着，四十名黑皮肤的太监护送。这样他就办不到，不就知难而退了吗？"

皇帝听了宰相出的点子，高兴地说："爱卿，你的建议非常好，现在主动权掌握在我们手中了。"

皇帝和宰相商量后，对阿拉丁的母亲说："您去告诉你儿子，我说的话绝对算数，就是要加一些聘礼，要四十个纯金制的大盘，盛满上次那样的宝石，再要四十名白肤色的婢女端着，四十名黑皮肤的太监护送。如果您儿子能做到，我就会把公主嫁给他。"

阿拉丁的母亲听后很失望。在回家的路上，她叹气道："我可怜的孩子，到哪儿去弄这些宝石呢？要是再去地道里去取，那多危险啊！即使弄到了，去哪儿找那些白肤色婢女和黑皮肤太监呢？"

她回到家中，便跟儿子说："儿啊!凭你的能力是无法娶到公主的，还是放弃吧，他们的条件太苛刻了。"

阿拉丁着急地说："母亲您快说说，什么条件？"

"儿啊！这次皇帝是抱有慈悲的态度的，只是那个宰相太阴险了，他和我们是冤家对头，就出主意整我们。当我向皇上提出要求，皇上要征求宰相的意见，宰相就悄悄地在皇上耳边嘀咕了一阵，随即皇上就说出了这些要求。"

阿拉丁听后大笑着说："娘，不要为难，这不算什么。我有办法应付他们。咱们先吃饭吧，到时候我会让您满意的。皇帝提出这样的要求是想让我知难而退、打消娶公主的念头。他要的还是不多，比我想象的要少多了。待我准备好了，您再去皇宫回话。"

阿拉丁趁母亲买菜的时候回到屋中，取出神灯擦了一下，灯神就出来了："主人! 您要我做什么？"

　　"我要娶皇上的女儿，需要置办一些聘礼。分别是四十个纯金制的大盘，盛满上次那样的宝石，再要四十名白肤色的婢女端着，四十名黑皮肤的太监护送，你能准备齐全吗？"

　　"没问题，您只管放心。"灯神走了。

　　估计过了一个小时，灯神就出现了，按照吩咐一样不少地办齐了。他对阿拉丁说：

　　"一切都准备好了，还要什么吗？"

　　"暂时不需要了。"阿拉丁高兴地说着。

　　一会儿母亲回来了，进门就看到黑人和白人，高兴地喊道："感谢老天爷，这一定是灯神的功劳！"

　　阿拉丁赶紧对母亲说："娘，趁皇帝现在还没有回后宫，赶快让奴婢们把这些东西送去，让他们知道我是什么都能办到的，也让他明白宰相欺骗了他。另外，让他们知道别想为难我。"

　　在阿拉丁母亲的带领下，送礼的队伍浩浩荡荡地来到宫中。人们都被这样的景观震住了。婢女们穿的都是镶金嵌玉、价值千金的绫罗绸缎。尤其那些装有宝石的金盘子，尽管用绣花手帕盖着，但还是光芒四射。

　　宫中那些人也都被这种景象震撼了，护卫官如梦醒，赶快去禀报。

　　皇帝也惊呆了，立刻吩咐接见。阿拉丁母亲率领奴婢们给皇帝行礼，并同时祝他世代荣华富贵、万寿无疆。婢女们把盛满宝石的金盘子拿下来，放到皇帝的脚下，并把丝帕掀掉，听候吩咐。

　　皇帝看着那些花容月貌的婢女们有些发狂，又看到那光芒四射的宝石，更是神志不清了。

皇帝收下了聘礼，并吩咐婢女把礼品送进后宫，献给公主。

阿拉丁母亲对皇帝毕恭毕敬地说："皇上，我的儿阿拉丁献上的这份薄礼，和公主的高贵体面比是算不上什么的，再多点儿也不为过。"

皇帝听了老太婆的谦虚之词，问宰相："爱卿，你怎么看待这件事？能在这么短的时间内筹到这么多彩礼，是有资格做我的驸马的。"

宰相也被这壮观的景象惊呆了，但他要陷害阿拉丁的心更加膨胀了。当看到皇帝满足于彩礼，婚姻已经成为定局，他便不好正面干涉，只得含糊地说："不管怎么样，都是不合适的。"最后他决定以最卑鄙的手段来阻止阿拉丁和公主的婚事，于是说：

"陛下，就算是宇宙间所有的宝物，都不能换回公主的一片指甲，陛下不能过于重视聘礼而忽视公主的本身价值。"

皇帝听后，明白宰相这种行为是出于嫉妒，所以就没有理会。他对阿拉丁母亲说："老人家，你回去告诉令郎，我收下聘礼了，并且同意选他为驸马，今晚就让他和公主完婚。"

阿拉丁母亲欣喜万分，回到家，把这件好事告诉儿子，儿子终于如愿以偿了。

皇帝打发走阿拉丁的母亲后，立即在侍从的护送下来到公主房中，并吩咐奴婢们让公主过目聘礼。

公主看到这些聘礼，非常震惊地说："这些都是世间罕见的珍宝。"她看着身边这些苗条、活泼可爱的婢女们，心里很是高兴，

阿拉丁的母亲带领迎娶公主的队伍入宫

知道这些宝石知道是那个深爱着自己的人送的，便觉得心情愉快。虽然婚姻遭到挫折，但公主并不为此感到痛苦，现在她已经从痛苦中解脱出来了。

看到公主精神大好，皇帝的顾虑也消失了，高兴地说："女儿啊！这些聘礼合你意吗?今日向你求婚的这个人比宰相的儿子更适合你，你以后一定会幸福的。"

阿拉丁看见母亲兴高采烈地回来，觉得一定是好兆头，于是说："娘，看您那高兴劲，一定是事情办成了！"

"儿啊！是的，你的愿望实现了，皇上收下了你的聘礼，他很高兴，并嘱咐我叫你立即进宫，今晚就让你和公主完婚。儿啊！你的事情我已经尽力了，以后就看你的了。"

阿拉丁高兴得跳起来亲吻着母亲的手，非常感谢母亲。

他走进寝室，取出神灯一擦，灯神出现了，阿拉丁说："你赶快把我带到一座人间罕有的澡堂，让我沐浴熏香，再给我准备一套古今帝王都罕见的御用衣冠。"

灯神答应了，把他带到一座波斯国王也没有见过的澡堂中。无比华丽的澡堂四周用花岗石红玉石建成，金碧辉煌。大厅墙上用宝石镶成，真像天堂一样。澡堂非常安静，只有一个神仆来伺候阿拉丁，给他擦背冲洗。

阿拉丁沐浴完来到大厅，灯神按照他的要求把东西都准备好了，神仆拿来一些水果和浓香的咖啡供他享用。等他吃完了、休息好了，服侍他穿衣整冠。这时候的阿拉丁已经是一个仪表出众的人物了，人们再也不敢说他是一个穷裁缝的儿子了。

阿拉丁穿戴好了，灯神来到他面前说："主人还有什么吩咐？"

"你听好了，我要四十八名仆人做我的卫队，一半是前卫，一半是后卫，并且每人身上要携带一千枚金币，共四万八千枚金币。还要一匹适合帝王身份人骑的高头大马，并且马鞍上镶有珠宝。另外预备十二个美如天仙的婢女，以便陪同老人家进宫。"

"明白了。"灯神走了。

一会儿，灯神出现了，按照阿拉丁的要求把东西都准备齐全了。

阿拉丁骑着高头大马，卫队排成整齐的两部分，浩浩荡荡地进宫去了。街上的行人无不投来羡慕的眼光，阿拉丁举止得体，相貌英俊，那派头和气势就是一般王孙公子也无法相比。一路上，侍卫们不断地把金币撒向人群。虽然有人知道阿拉丁出自贫穷的裁缝人家，但人们都不嫉恨他，相反，人们说这是上天的安排，他就该这样，并替他祈福。

阿拉丁在卫队的护送下来到皇宫门前，准备下马进宫，一位迎接他的大臣上前说："主人！皇上说了，让您骑马进去，直到殿前再下马。"

此刻，皇宫门前等候的文武百官都按照身份地位的高低依次排列好，等待新郎的到来。他们见阿拉丁到了，都争先恐后地前来搀扶。

早已等候的皇帝立即来到阿拉丁面前，不让他行礼，给他一个深深的吻，随后安排阿拉丁在右边坐下，并与他攀谈起来。

阿拉丁的言谈举止都符合王宫的礼仪，他向皇帝行礼说：

"皇上，由于陛下的慷慨赏赐，让我如愿以偿地能与公主结为夫妻，成为天下最幸福的人。我现在无法用语言来形容。在此祝愿陛下万寿无疆、国泰民安。我想恳请皇上赏我一块地，让我替公主盖一座适合她居住的地方，以此来表示我对她的爱慕之情。"

皇帝看了阿拉丁的穿着，而且他有张英俊的脸，随身有威武的卫队伺候，感到很不一般，因而很满意。同样看到阿拉丁母亲与以前完全不一样了，还有十二名美若天仙的婢女，也是赞叹不已。阿拉丁口齿伶俐，表达得体，给皇帝留下了深刻的印象。因此，不仅皇帝本人，在场的所有人都非常看好他，只有一个人嫉恨阿拉丁，那就是宰相。

皇帝非常高兴地把阿拉丁拥入怀中，吻着说道："孩子，你的言谈举止大方得体，很令我开心，我还是生平第一次体会到。"

皇帝亲切地拉着阿拉丁的手，脸上露出了幸福的神情，与阿拉丁一起步入宴会的大厅，皇帝让阿拉丁在右边坐下，并让文武百官依次坐好。

在热闹的锣鼓声中，一场声势浩大的婚宴大典开始了。

皇帝与阿拉丁亲切地交谈着。

阿拉丁有问必答，他回答得那么得体，完全不像是一个从农村出来的人，完全是一个从小就在皇宫里长大的孩子。皇帝觉得，把他当做驸马当之无愧。

宴会后，皇上马上请来法官和证婚人，准备举行婚礼仪式。突然看见阿拉丁往外走，皇帝立即奇怪地问："我的孩子，马上就要开始了，你要去哪儿啊！婚礼马上就开始了。"

"启禀皇上，我有一件非常重要的事情要马上完成。那就是为我心爱的公主建一座适合她身份的尊贵居室，以此来表示我对她深深的爱意。在我没有完成答应她的事情之前，我是不能与她见面的。为了公主的幸福，我做什么都是应该的。"

"我的孩子，你的心意完全能够理解。"皇帝说，"这样吧，皇宫前面有一块空旷的空地，你去看看那里怎么样?"

"那好啊！正合我的心意，能在皇宫附近盖是最好不过了。"阿拉丁说完，便告辞了，骑上坐骑，离开了皇宫。

回到家中，阿拉丁立刻进入卧室。

他取出神灯说："我要你以最快的速度，在皇宫前面的空地上，建立一座美丽宏伟的宫殿。里面一切都有，还有名贵的御用之物。"

"明白了，一定照办。"灯神应诺着，悄然隐退。

第二天一大早，灯神来到阿拉丁面前说："主人，宫殿已经按您说的弄好了。现在您可以去看看了，看是否满意。"

于是，灯神驮着阿拉丁来到盖宫殿的地方。

这个宫内的装饰和陈设的东西真是美得不行。一间布置的美轮美奂的寝室内，摆放着富丽的装饰品。进入餐厅，那些餐具非金即银。最后他们来到马棚，那里的高头骏马远比帝王拥有的好得多。另外还有大批官宦、奴仆以及婢女。

看到这么美的宫殿，阿拉丁很高兴，也很满意。

走着走着，阿拉丁突然对神灯说："我忘记一件事情。"

"什么事，您吩咐吧。"

"不能让公主的脚着地，要给我准备一张纯金丝编的地毯，从这里一直到皇宫。"

灯神领完命令赶紧去办，一会儿就回来了说："办好了，主人。"于是，阿拉丁随灯神一起出来看了看铺在两宫之间的地毯，很满意。

第二天早上皇帝一醒来，起身一看，眼前出现了一座富丽堂皇的宫殿。他简直不敢相信自己的眼睛，使劲地眨了一下才确定是真的。他对眼前那块两宫之间的地毯更是惊得目瞪口呆。

宰相进宫时，在皇宫前停住脚步了，他也被眼前这一切惊呆了，半天才回过神来，便着急地去见皇帝。君臣二人议论起这不可思议的话题，皇上得意扬扬地对宰相说：

"你现在应该不那么想阿拉丁了吧，我说他是有能力做我的女婿的。"

宰相还是很嫉恨阿拉丁，对皇帝说："陛下，这么巍峨的建筑能在一夜间建起来，并不是一般人能做到的啊！就是最有钱和最有权势的人也做不到，一定是使用了什么魔法。"

"你这是诽谤，你一直都在嫉妒他，从阿拉丁打算和我要地建宫殿，到他实现诺言，整个过程你是都知道的，怎么能怀疑一个连帝王都没有的名贵聘礼的人不能建成一幢宫殿呢？"

经过一番说辞，宰相知道了皇帝很爱阿拉丁，这让他更加嫉妒。但这也没有办法啊！他只能忍气吞声地跟在皇上身后等待公主婚礼的到来。

阿拉丁一醒来，立即从床上爬起来，擦了一下神灯，灯神出现了：

"主人，有什么事，请吩咐。"

"我一会儿要去皇宫举行婚礼，你给我弄一万金币，我一会儿要用。"

灯神马上弄来了一万金币。

阿拉丁带着金币，在卫士的护送下，立刻进宫。一路上，他不断地向街上撒钱，充分显示了自己的慷慨，人们无不投来羡慕的眼光。

阿拉丁来到宫门前，文武百官赶忙前来迎接。传令官立即向皇帝报告，皇帝立刻离开宝座前来迎接阿拉丁，相拥后，一起步入客厅，让他坐在自己身边，皇宫上下都是一片欢乐的气氛，全城上下欢声不断，到了中午才吩咐摆宴。皇帝与阿拉丁、朝中文武百官、富商以及名流等都依次入席，人们都在尽情地吃喝着。

宴会上人们谈笑风生，很是高兴。皇宫和阿拉丁刚建的宫殿内外人来人往，到处都沉浸在一片欢乐之中。皇帝更想到阿拉丁母亲一开始那副寒酸的模样，现在跟以前判若两人。

宴会结束后，阿拉丁向皇上告辞，回到自己的宫殿，准备参加下面的活动。

他到达新宫殿门前，在侍从的恭候下进入殿中。奴婢们端来果汁，阿拉丁一饮而尽，随即吩咐宫中的奴婢、官宦和各色人等，准备迎娶公主。

过了中午，太阳逐渐西斜，皇帝在大臣们的陪同下，来到广场观看骑术和武艺表演。

同样，阿拉丁也骑着高头大马，来参加这场表演，并且在竞技场中表演了自己高超的骑术和精湛的武艺。

此时公主在闺房的阳台上，看见了英俊的阿拉丁那矫健的身姿，抑制不住自己内心的激动，冲到阳台向他挥手致意。

参加表演骑术武艺的人都各显身手，尽情地表演后，便归队听候裁判的评比。结果，阿拉丁被公认为骑术和武艺最出色。表演完，他们都回宫去了。

黄昏时分，皇帝和大臣们都陪同阿拉丁前往皇家澡堂进行沐浴熏香，穿戴好，骑上骏马，左右由四名持有宝剑的官兵护送，浩浩荡荡地向新宫殿走去。

阿拉丁请陪同他的官吏、贵族来到客厅，给他们送上了果子、饮料等招待他们，也款待了前来的人群。宫殿里里外外都挤满了人。阿拉丁看到眼前这种情景，无比高兴，忙拿金币撒向人群，表示感谢。

皇帝从广场回来，立刻安排送亲的队伍，先在宫中举行了传统的礼节和仪式，然后热热闹闹地送公主前往新宫殿举行典礼。皇帝的好多亲信也前来送亲，还有宫娥彩女和官宦婢仆手持蜡烛走在最前面，接着是文武百官、大公、贵人和他们的妻妾，最后是阿拉丁派去的那些宫女们。新娘穿戴好，来到堂上行礼，新郎新娘在人们

的欢呼声中，开始拜天地，正式结为夫妻。阿拉丁的母亲一直站在
新娘身旁，当新郎揭下新娘的面纱时，她才确信自己的儿媳妇是个
绝世美女。

公主看着眼前的一切，简直不敢相信，一直以为自己住的是世
界上最好的房子，没想到自己以后的房子是如此美丽。

宴会一直持续到半夜三更，人们才尽兴而归。

阿拉丁和公主等宾客散去，也双双进入洞房，一起共度了鱼水
之欢。

阿拉丁第二天早早起来去向皇上请安，皇上急忙迎接阿拉丁，
像对待亲生儿子一样，让他坐在自己右边。阿拉丁让皇上去自己的
宫殿看看。皇上高兴地接受阿拉丁的邀请，和文武百官一起前往阿
拉丁和女儿的住处。

皇上来到阿拉丁为女儿建造的宫殿里，简直惊呆了。转头问宰
相说："你觉得怎么样？"

"皇上，像这样的房子，即使集中全人类的力量也不可能在一
夜之间盖好，一定是用了什么魔法。"

皇上非常清楚宰相对阿拉丁的嫉妒，于是对宰相说："你在想
什么，我心里很清楚，希望你不要再发表你的谬论了。"

阿拉丁带着皇帝在宫殿内转了一圈，皇上有些飘飘然，犹如在
仙境一般，他都不敢相信自己的眼睛了。

阿拉丁新婚后与公主过着幸福安定的生活。他每次去城中游
玩，都会借机做一些好事，总是把大量的金币撒给街道两旁的人

群，用这样的方法来救济穷人。

公主活泼可爱，喜欢热闹，也爱玩耍。她每次看到阿拉丁骑着高头大马在广场中驰骋，就充满了爱慕之情。阿拉丁一直保持着以前的生活习惯，还是和以往的朋友交往密切。在朝中他很受爱戴和信任，在老百姓心目中也受到敬仰和拥戴。

一天，突然从边境传来消息说有敌人入侵。皇帝立即调兵遣将，并且让阿拉丁挂帅出去迎战。

阿拉丁接到命令，立刻日夜兼程地赶赴战场。在战场中，阿拉丁显出了自己勇猛的一面，很快把敌人制伏，杀得敌人落荒而逃。

阿拉丁胜利凯旋，还带回来许多战利品。

阿拉丁大胜敌人的消息马上传遍了全城。当阿拉丁回城的时候，皇帝都亲自出城迎接他。由于他胜利凯旋，从此在朝野上下、百姓心中都博得了欢迎。

说到这里，再说一下魔法师。自从那次回到故乡后，他一直不甘心失败，还是怀恨在心，他还想知道神灯的下落，想得到神灯。

于是，魔法师重振旗鼓，又取出沙盘，准备占卜一下阿拉丁的下场以及神灯的去向。他聚精会神地占卜起来，结果毫无反应。又进行第二次的占卜，仍然不知道神灯和阿拉丁的去向。这使他很失望，心中不由得生气。接着第三次占卜，他终于算到了，并且知道阿拉丁并没有死！这使他非常惊讶，更加愤怒了。阿拉丁居然还活在人间，而且成为神灯的主人，他不由得想到自己悲惨的命运，不禁说："为了寻找神灯我吃尽了苦头，这个该死的小杂种却不劳而获，还成为世上无比富有的人！"

魔法师气得只想把阿拉丁碎尸万段才解恨，但他强压住怒火，继续赶往中国。

魔法师就这样风尘仆仆地再次来到中国，并且住进了阿拉丁所在的那个京城。他来到一家店中，就听到人们在议论一个名叫阿拉丁的人是多么的富有、多么的仁慈。

他听到人们说那幢富丽堂皇的宫殿，就跟人们了解情况说："听你们这么一说，我倒是很想见识一下，能劳驾带我去看一下吗？"

人们很热情地带他去了。

魔法师到了那里，一看就明白，那一定是神灯的作用，他简直气愤到了极点。

回到旅馆，魔法师又开始占卜，寻找神灯的去处。当他发现神灯不在阿拉丁身边，而是放在宫殿时，便大喜说："现在我有办法了。阿拉丁，你死定了，神灯我一定要弄到手！"

魔法师打定主意后，便走出旅店，来到一个打铁的店铺中，对店主说："帮我打几盏油灯，我愿意付你双倍的价钱，赶快做吧。"

店主正愁没有生意呢，一听就马上动手，夜以继日地埋头苦干，很快把灯做出来了。

魔法师就提着一个个油灯，走街串巷地高喊："拿旧油灯换新油灯了！"人们很是奇怪："这一定是个疯子，不然怎么用新的换旧的呢？"因此人们老是嘲笑他。魔法师却满不在乎地一个劲往前走，终于到了阿拉丁的宫殿前。

正好，公主在望景亭看风景，听到嘈杂声便，打发仆人下去看看什么情况。

女仆就下楼去看个究竟，刚到门口就听见有人喊："谁有旧油灯？我愿意拿新的换。"

女仆听后，赶紧回去告诉公主，都觉得很搞笑，于是说："我觉得这个人所说的，一定不是真的。"

"公主，我看见主人房中有一盏旧油灯。"另一个婢女说："干脆我们就拿去与他换，看他说的是不是真话。"由于阿拉丁的疏忽，竟然让婢女看见了那个神灯。

神灯的秘密公主一点也不知道，当然也不知道阿拉丁能一步登天同她结婚是神灯的功劳。因此，她同意了婢女们的建议："好的，那就去和他换。"

就这样，她们为了证实这句话，居然去换了。

奴婢们把神灯拿来，递给公主。公主根本不知道这是魔法师的阴谋，不一会儿就把灯换回来了，还在那儿大笑呢。

魔法师见阴谋得逞，赶紧跑掉，一直跑到郊外才停住脚步。在一个荒无人烟的地方，等到夜幕降临，他掏出神灯一擦，灯神一下子出现在眼前说：

"主人，您有什么吩咐？"

魔法师对灯神说："你把阿拉丁连同那幢宫殿、里面的人和物都给我带回非洲去。"

"明白。"神灯一会儿就把公主连同宫殿一起带到非洲。而阿

魔法师骗取了神灯

拉丁去打猎了，不在宫殿里。

皇帝非常疼爱自己的女儿，每天起来第一件事情就是看望女儿的宫殿。早上起来，他还是照样打开窗户，却发现宫殿不在了，只剩下一片空地。他惊奇地以为自己看错了，再仔细一看确实没有，不禁控制不住自己，泪水夺眶而出。

他没有办法，只好召见宰相进宫。

宰相见皇帝哭得那么可怜就问："陛下，老天会保佑您的，到底发生什么事情了？"

皇帝说："今天早上我看见宫殿没有了。"

宰相说："是不是没开门呢？"

"既然你不知道，那你站在窗户那边看一看，你能说是锁着门吗？"

宰相走近窗前一看，果然那里已经是一片空地了，他也很茫然。皇帝说："现在你知道什么事了吧。"

"那一定不是什么非人类能解决的，一定是施了魔法。"

皇上很是生气，立即命人去把阿拉丁逮捕回来。

听说阿拉丁上山打猎了，卫队就到山上去找，在猎区找到了阿拉丁说："我们奉皇上之命前来逮捕您，请您原谅，我们不敢不抗命不从。"

阿拉丁听了很是惊奇，他一点心理准备都没有，镇定后问："你们知道皇上为什么要逮捕我？"

侍卫们都摇摇头说不知道。

侍卫们很不情愿地给阿拉丁带上了镣铐，押解他回了城。路上人们看到这个谦虚善良的人被抓了，一下子都传开了，人们闻风而来，都想知道这是不是真的。大家看到这种情况都泪流满面，卫士们也打算为他求情。

皇上不问青红皂白，要立即斩首阿拉丁。

消息一传出来，人们都从四面八方赶过来，把他们围住，并说："谁要是伤害阿拉丁，我们就把这儿夷为平地。"

宰相清楚这些人是能做到的，于是奏道："陛下，您必须收回成命，要是不宽恕您女婿，就会大祸临头。"

阿拉丁获救了，他很感谢真主能赏他活命。

阿拉丁还是不明白皇上为什么要杀他，于是皇上大吼道："你向窗外看看！"宰相又说道："您带他过去看看，再叫他告诉我们，他的宫殿，我的女儿去哪儿了？"

阿拉丁朝外面一看，果然宫殿不见了，他这才明白皇上为什么要杀他。

于是，阿拉丁对皇上说："请您给我四十天的期限，要是过了四十天我还没有找到公主，随便您处置。"

皇上答应了他的要求，但是说："你要是想逃跑，即使跑到月球上，我也把你找回来！"

人们知道皇上宽恕阿拉丁了，都很高兴。可是，阿拉丁现在这样狼狈的情况已经无脸再见乡亲们了。他觉得这样到处游荡不是个事情，丝毫不能解决问题，就来到郊外。

一天，他来到一条河边，对自己现在的遭遇很失望，已经失去了生存的勇气，就想投河自尽。但是，他站在河上，想起自己被埋在地道中都没有丧失希望，现在更不能，于是，他蹲下来洗脸，准备让自己清醒一下。他刚捧起水来，双手一搓，便擦着手中的戒指，戒指神就出现了：

主人，您有什么事要我做吗？"

阿拉丁大喜道："你帮我把宫殿和妻子，以及宫中的所有东西都给我搬回来。"

因为戒指神的法力不如灯神，是不能帮助他做这些事情的。于是，阿拉丁就让戒指神把他带到房子所在的地方。

戒指神把阿拉丁带到宫殿面前，他落脚的地点正是公主的寝室，他确信是老天爷让他重新见到妻子的。

由于遭受到如此沉重的打击，再加上整整四天没有睡觉了，此时阿拉丁已经劳累不堪，在宫殿的一棵树下睡着了。一觉睡到第二天早上，他来到宫殿前，想着如何才能救出妻子。

公主因为受到魔法师的欺骗，失去了神灯，如今掉入陷阱，万分痛苦，她离别丈夫和父亲，每天都悲哀哭泣。婢女见他可怜，就想让她看看外面的风景，好缓解一下郁闷的心情。婢女打开窗户时，惊奇地看到阿拉丁正坐在墙边，便嚷道：

"公主，您看，那是谁坐在墙角下呢？"

公主跑到窗前向外看，一下子看见了阿拉丁，此时阿拉丁也抬头看见了她，用眼神问好。公主对阿拉丁说：

"你从侧门进来，那个坏蛋不在屋里。"

她立即让婢女给阿拉丁开门。

夫妻重逢之后非常开心。阿拉丁说：

"我现在急需知道那盏旧油灯在什么地方？"

于是，公主把事情的来龙去脉都跟阿拉丁说了一遍："第二天我来到这里，才知道是那个骗子用欺骗的手段把旧灯骗走了。"

"告诉我，那个该死的家伙，除了骗走神灯，搬走宫殿，还有什么企图吗？"

"他每天都来纠缠我，向我求婚，叫我忘掉你。他还说，父亲已经把你处死了，说你是什么穷苦人，是靠他发财的。还说了好多话来安慰我，我这些天沉浸在痛苦中，一直都没有答理他。"

"那盏灯在哪儿呢？"

"他每天都在怀中带着，还掏出来，让我看过。"

阿拉丁听后高兴地说："一会儿我去换件衣服过来，你叫女仆守住侧门，待会儿为我开门，我会想办法除掉这个该死的家伙。"

他走出宫殿看见一个老农便说：

"能把您的衣服和我的衣服换一下吗？"

老农不知道他要干什么，当然拒绝，但他不管三七二十一，硬是把老农的衣服脱下来。他打扮成一个庄稼人，来到集市上买了瓶烈性麻醉剂，就急急忙忙地跑回宫殿。

阿拉丁对公主说："待会儿那个人回来，你要改掉过去的那种态度，对他热情点儿。要陪他尽情吃喝，让他以为你钟情于他，从而让他信任你。待时机成熟了，你就把这瓶麻醉药给他滴几滴，只要他喝了就会睡得跟死猪似的。那时就放我进来，后面的事让我来处理。"

阿拉丁和妻子商量好了，就匆匆离去了。

魔法师回来了，见公主打扮得那么漂亮，一改往日的愁容，就满心欢喜，认为自己的愿望就要实现了，心情很好。

公主坐到魔法师身边，亲切地说：

"亲爱的，是否愿意陪我喝几杯？这样孤独的日子实在是受不了。我相信说的话，事到如今，除了你，我也没有什么可依靠的了。所以我想以后让你来照顾我。今晚咱们一起饮酒作乐。我希望尝尝这里的美酒，听说非洲的酒很好。"

公主的一番甜言蜜语把魔法师说得已经不知道东南西北了，他说："你说的我一定会办到。我家里有一坛埋在地下八年的酒，你稍等，我立即取回来。"

公主说："就让婢女们去吧，何必还自己跑呢？我不愿意你离开我。"

这些话说得魔法师心里美滋滋的，于是说："公主，那坛酒只有我知道，别人不知道。我快去快回。"

不一会儿，魔法师就回来了。

二人客气一番，便坐了下来。

公主端起女仆为他们倒好的酒，顺便递给魔法师，并祝他长命百岁，随即将自己那杯一饮而尽，魔法师也紧跟着一饮而尽。

公主陪着魔法师吃喝，见他有几分醉意便说："在我的家乡，有一种风俗习惯，不知道你们这儿有吗？"

"相爱的人为了表示爱意，要互换酒杯，喝了杯子里的酒，就算是订下终身了。"

说罢，公主拿起魔法师的酒杯，倒了一杯在自己面前，并把自己的递给女仆，按照计划给他倒上麻醉剂的药酒，递给魔法师。公主娇滴滴地说："这是你的酒杯，那是我的，现在我们交杯，各干一杯吧。"

说完一饮而尽。

魔法师也一饮而尽，不想酒刚到肚子里，他就倒在地上，昏迷过去。

女仆赶紧去给阿拉丁开门，让他进来。

阿拉丁进来后，忙对公主说："你和婢女都退回内室去，让我来处理这里的事情。"

阿拉丁迅速从魔法师身上取出神灯，然后拔出腰刀，毫不犹豫地将他一刀毙命。接着擦了一下神灯，灯神就出现了："主人，有什么事？请吩咐吧。"

"赶快把我的宫殿搬回中国，还是放在皇宫前面的那个地方。"

阿拉丁这才进入房间，与妻子一起倾心交谈，愉快地吃喝着，吃了很久，才相拥着进入梦乡。

皇帝自从放走阿拉丁后，便成天想着自己的女儿。他一直把女儿视为掌上明珠，好几天没有看见公主，皇上只得每天都是用泪洗面，什么事情也不管。

这天早晨，他还是像以前一样眺望那幢宫殿，没想到一下看到了那座宫殿。他以为自己看错了，使劲地揉眼睛，终于看到那的确是自己女婿的宫殿。于是，国王赶紧骑上大马赶往宫殿。

阿拉丁老远就看到皇帝骑着大马跑过来了，赶紧呼喊公主起来迎接。父女相拥在一起上了楼，皇上这才冷静下来，关切地询问她的情况和遭遇。

公主把自己的遭遇和如何上当受骗的，还有丈夫阿拉丁如何机智地把她救出来的过程跟皇上说了一遍。

阿拉丁等公主说完后，自己又补充了如何把醉倒的魔法师杀死，取出神灯，怎样明神灯把他们连宫殿一起带回来的经过。最后说："如果皇上不相信，可以看躺在那里的魔法师的尸体。"

皇帝果然随阿拉丁去看魔法师丧命的地方，并吩咐把尸体给烧掉，把骨灰撒向野外。

皇帝这才知道是自己错了，差点把自己亲爱的女婿给杀掉。于是痛哭流涕地祈求阿拉丁的原谅，阿拉丁居然没有一点责怪皇上的意思，而且说他完全理解皇上的心情。

皇上知道阿拉丁原谅自己了，就传圣旨庆祝公主和驸马平安归来的，全国上下举行庆典活动。

阿拉丁除掉了魔法师，夺回来妻子，以为从此以后就摆脱危险了，可是他没想到魔法师居然还有一个比他更坏的同胞哥哥。此人是一个本领高强，并且精通占卜的大魔法师。所谓"掰成两半的豆不会是两样"正是他们兄弟的写照。

他们分居两地，却都在利用魔法干伤天害理的事情。魔法师的死他哥哥根本不知道。一天，大魔法师想念弟弟，就想算一下弟弟的近况，一算居然得知弟弟已经死亡。大魔法师无比难过，想弄清楚弟弟是如何死亡的，就又占卜了一下，得知是一个叫阿拉丁的中国人弄死他的。

大魔法师知道此事后，发誓要替弟弟报仇。他准备了行李，不辞辛劳地踏上了去往中国的路。他来到阿拉丁居住的城市，找了一个旅店住下，先上街溜达，以便熟悉周围的环境。

一天，他来到一座考究的茶楼，见里面有很多人，干什么的都有，有的听说书，有的下棋，有的边喝茶边聊天，非常热闹。于是他进去看热闹，他听到人们都在说的一个话题就是一名叫菲图苏的道姑。这个人每天过着简朴的生活，一心修炼。她神通广大，道法很深，而且医术高明，每个月都会进城两次，为那些平民百姓免费看病。

大魔法师听了道姑菲图苏的德行，暗自高兴，心想："机会来了，我能从老太婆身上达到目的。"

他就问一位老伯："老伯，你们刚才说的这位道姑那么令人敬佩，她住在什么地方？"

老伯很奇怪地问："可怜的朋友，你不是这座城市的人吧？在这儿的人是不会不知道她的。"

"对，我不是这儿的人，我刚到这里。听你们说那位道姑的事情，我觉得很感人，我也想去拜访她一下。因为我是一个有罪的

人，想让她救我一下，替我祈祷。如果让我渡过患难的苦海，我会
感激不尽的。"

大魔法师的话使老伯很感动，便把道姑住的地方以及道姑的所
作所为都非常详细地说了一遍，并给他指了方向。

第二天一大早，大魔法师一上街，就看见人们围了一大帮，都
想往里挤，原来道姑菲图苏在人群中，被人们团团围住，这些人都
祈求能让她为自己祈祷治疗，忙得不可开交。

大魔法师一直等到道姑回到她的窑洞，才回到旅馆。他等到日
落后，喝了一碗酒，就急急忙忙地奔到道姑的窑洞前，进入窑洞，
只见她躺在一张席子上睡着了，他拔出匕首跳上去，骑在她身上呼
唤她。

道姑一下子被惊醒了，看见一个拿着匕首的大汉骑在自己的身
上，他脸露凶相，十分恐怖。大魔法师威胁说："听我的，要是敢
出声我就杀死你，按照我的吩咐去做！"

"把你的衣服脱给我，你换上我的衣服。"

道姑只好把自己的衣服、头巾、面纱和披肩都给他了。

大魔法师穿上道姑的衣服后说："把我的脸弄得跟你的脸一样
粉。"

道姑按照吩咐，走到修道室，拿出油膏给大魔法师脸上涂抹，
画得差不多了，才拿起一串念珠给他戴上，又把拐杖递给他，最后
拿起镜子照了一下说：

"差不多了。"

　　大魔法师看到自己跟道姑模样差不多了，非常满意。一切都准备好，他立刻翻脸了，一把捉住道姑，用绳子把她勒死了，并拖出去挖了一个坑埋掉了，然后进窑洞睡了一觉。

　　第二天早上，大魔法师离开道姑的居室，就直接来到阿拉丁宫殿附近，在那里徘徊。人们以为是道姑，都纷纷赶来，有的求祈祷，有的求治疗，他就模仿道姑的举止动作替别人看病。人越来越多，公主听到外面这么吵闹，不知道发生了什么事，对婢女说：

　　"出去看看，人们在干什么呢？"

　　婢女出去了，回来说："是道姑菲图苏给病人治病祈祷呢。由于人太多才如此吵闹，您愿意见她吗？我可以让她给您也祈祷一下。"

　　"好吧，你带她进来吧。"

　　婢女按照公主的吩咐，把"道姑菲图苏"请进了宫殿。他一来到公主面前，就开始为她祈祷。那道貌岸然的形象，竟然使在场的人完全没有看出他不是道姑本人。

　　公主亲切地说："老人家，我希望您跟我住在一起，这样我就可以学您的方式进行修炼，成为一个像您一样虔诚廉洁的人，以达到救济贫困的目的。"

　　大魔法师的阴谋得逞，但还得进一步伪装，还得不断行骗，他说："公主，我本是一个埋头修道的人，怎么能住在宫殿里享福呢？"

　　"老人家，您不必顾虑，我会帮您安排一间清净的小屋子，让您一个人在里面修炼，不会有人打扰。这样，您就不会不适应了。"

"既然公主这样说了，我也不能违抗命令，那就这样吧。但是，我一定要在自己的卧室吃饭、喝水和休息，不要任何人打扰，以保持我寂静的习惯。另外，每餐就送几块面包和少量凉水就够了。"他这样做，是怕自己的真面目暴露。

"老人家，您放心吧！一切都按照您的愿望去安排。现在我就带您去您的寝室吧。"

公主带着假道姑来到一间厢房中说："老人家，这是您的房间。以后您就住在这里，可以安心休养。这间屋子以您的名字命名。"

公主的善良博得了假道姑的赞赏，他装模作样地为她祈祷。

公主带着假道姑四处游荡，她非常得意地问："您看我这宫殿还不错吧？"

假道姑说："是不错，只是有点美中不足，还缺少一件东西，有了这件东西就完美了。"

"哦，那缺什么呢？你告诉我，我一定让它完美。"

"就是缺少一个稀罕名贵的神鹰蛋，如果有了它，放在宫殿屋顶的正中央，就是完美的人间乐园了。"

不知不觉，就到了午饭的时候，婢女们把饭菜摆出来，公主请假道姑同席，他拒绝了。公主不好强求，便打发宫女把饭菜送到他屋里。

阿拉丁到了黄昏才打猎回来，见到妻子亲吻了她。他看见妻子很不高兴便问道："发生什么事情了，为什么那么不开心？"

"什么事也没有发生，只是我们宫殿还不够完美，要是中央挂上一个神鹰蛋，那样就完美了。"

"哦，你就是为这件事烦恼啊！以后有什么事，你只要告诉我，我就会满足你的愿望。"

阿拉丁回到屋里擦了一下神灯，灯神来到他面前。

"我要一个神鹰蛋，把它挂在屋顶的中央，作为装饰。"

灯神听后却大怒："你这个不知道感恩的家伙，我们任劳任怨地为你服务，可你怎么那么不知足啊！还要拿我们天后的蛋来供你取乐。我把你们碎尸万段都不解气。不过念在你们无知，我就原谅你们了。告诉你，策划这个人的是那个该死的魔法师的哥哥，他把道姑勒死，混入你们家中，想要杀了你们，替他弟弟报仇。你的妻子受到他的挑唆，才来要那个神鹰蛋。"

阿拉丁听后一下头晕目眩，浑身发抖，过了一会儿才慢慢缓过来。他知道菲图苏以善治病而闻名，所以他装成头痛的模样去见妻子。

公主见丈夫捂着脑袋呻吟着，问他怎么了。阿拉丁说："我现在头疼得要命。"公主赶忙去叫道姑菲图苏来替他治病。

阿拉丁问：

"谁是菲图苏？"

公主把道姑在宫外给人治病的经过详细地告诉阿拉丁。假道姑随婢女来到公主卧室。阿拉丁装作毫不知情地向他求道：

"老人家，我的头好疼啊，快给我治治吧。我知道您的医术高明，一定会手到病除的。"

大魔法师不知道事情进展如此之快，于是，他摆出道姑的动作，用左手抚摩阿拉丁的脑袋，假惺惺地给他治病，同时右手暗中伸进长袍，准备拔出匕首，趁机杀掉阿拉丁。

阿拉丁早有准备，一直在注视着大魔法师的举止，就在他刚抽出匕首的时候，阿拉丁迅速地扭住大魔法师的手臂，夺过匕首，并一刀扎进魔法师的心窝，使他当场毙命。

公主看到阿拉丁的动作吓得说："你在干什么啊？怎么把她杀死了啊？菲图苏远近闻名，是受人爱戴的，你怎么能杀了她？你会遭报应！"

阿拉丁说："我没有杀死菲图苏，我杀死的是杀害菲图苏的凶手。此人就是那个魔法师的哥哥，他先杀害了菲图苏，并且伪装成她欺骗别人，并处心积虑地找机会替他弟弟报仇。所谓的神鹰蛋来装饰宫殿，是要置我们于死地的。你要是不相信，就仔细看看吧！"

阿拉丁扯下假道姑的面纱。

公主躺看到在地下的这个人居然是一个陌生的男人，脸上长满了胡须，终于明白了事情的真相，于是很内疚地说："这是我第二次把你推向死亡的边缘了。"

"亲爱的，别难过啊，我可以为你做任何事。"

公主听了阿拉丁的话，很感动，就用热吻来代替此刻的心情。她对阿拉丁说："亲爱的，我爱你！这种爱是无法用语言来形容的。从此我会加倍珍惜我们的爱情。"

这时皇帝前来看望公主，见他们满脸都是泪，不知道发生了什么事情，急忙追问，夫妻这才冷静下来，把刚才的事情从头到尾地

公主热吻阿拉丁

说了一遍，并指着摩尔人的尸体给他看。

皇帝知道这件事后很是害怕，赶快命人把尸体拿去烧毁，并把骨灰撒向空中。

阿拉丁凭着自己的机智和勇敢战胜了两个强敌，把两个人间的恶棍彻底送上了西天，摆脱了危险。从此，他们过着无忧无虑地生活。

几年后，皇帝逝世，阿拉丁继承了王位，公主也成为皇后。阿拉丁正直秉公办事，受到了百姓的拥护和爱戴。以后，阿拉丁和公主一直都相亲相爱。

航海家
辛巴达的故事

　　在君王哈里发赫鲁纳·拉德执政的时候，巴格达城有一个叫辛巴达的脚夫，他非常贫穷，每天靠给别人搬运东西过日子。一天天气非常地热，他扛在肩上的东西非常沉,以至于汗流浃背。他气喘吁吁地挑着担子经过一家富商的门前，实在走不动了，就放下担子在门前的石阶上休息片刻。

　　辛巴达刚坐下，就闻到里面散发出一种芳香的气味，听到一阵非常优美的丝竹管笛声和悠扬的歌声。他被美妙的音乐声吸引着，情不自禁地来到门前，向里面张望，映入眼帘的是一座豪华气派的庭院，像宫殿似的富丽堂皇。一阵微风吹来，里面那美味佳肴的味道更使他陶醉。他抬头仰望天空，叹道：

"真主啊！你创造了宇宙的万物，却给他们不同的待遇。你让谁富有谁就富有，你让谁高尚谁就高尚，求您宽恕我的罪过吧，接受我的忏悔吧！您是唯一的主宰，您的臣民你喜欢谁，谁就可以尽情地享受，就像这房子中的主人，穿的是绫罗绸缎，吃的是山珍海味，享尽人间的一切荣华富贵，可有的人一生都在奔波贫穷，有的常常享受却也会有好运，有的人就像我终日过着劳碌贫贱的生活。"

脚夫辛巴达唱起了自己心酸的歌曲，歌曲完毕，挑起担子正要走，突然屋里走出一个相貌清秀体态端庄的华丽仆人，对他说："我们主人有话跟你说，你进来吧。"

辛巴达犹豫了片刻，放下担子，随仆人进去了。

屋内充满了欢乐庄严和和谐的气氛，席上坐着都是一些达官显贵，席间摆满了各种奇珍异果，美酒佳肴，各种花香扑鼻而来，令人神往。坐在首席位置上是一位雍容华贵的老人家，一看就知道是享福的人。

辛巴达被眼前的这一幕给呆了，心想："这绝对不是一座乐园，也许是帝王的宫殿。"他按照规矩跪下，给他们祝福，然后低头站在一旁。

主人请他坐在自己的身边，亲切地与他交谈，盛情款待他，辛巴达吃饱后，站起来感谢主人。

主人说："你叫什么名字，你是干什么的？我们欢迎你，并愿你吉祥如意。"

脚夫辛巴达唱起了辛酸的歌曲

"我叫辛巴达，是个脚夫。"

主人听了微笑着说："我们同名啊！我是航海家辛巴达，刚才听到你的那首歌，能给我再唱一遍吗？"

脚夫辛巴达怀着不安地心情说："我刚才只是一时疲倦才唱的，还请您原谅。"

"我已将做当做我的兄弟了，不要谦虚，你就吟唱吧，我对你的歌很感兴趣。"

无奈，辛巴达再吟唱一遍，主人听后，很感动说：

"兄弟，你有所不知，我今天就告诉你我是怎么拥有今天的地位和荣耀的。我经历过七次生与死的较量，那就是我的七次航海旅行，是我一生的传奇。总之，生活中的一切都是天注定的，谁也逃不过命运的捉弄。"

第一次航海旅行

以前我父亲是个做生意的人，他有万贯家财，又非常乐善好施，在我们那一带是有名的富商和慈善家。悲伤的是，我很小的时候，父亲就去世了，不过在他给我留下了一大笔遗产。长大后我就开始自己管理这些家产，以为这些家产够我一辈子用，所以，一直就是游手好闲，过着饭来张口、衣来伸手的日子，每天不务正业，沉醉在享乐之中。就这样，我把家产都挥霍光了。当我发现的时候，已经是要什么没有什么了。

我很是苦。

我突然想起真主曾经告诫我的话，人生无论多困难都会过去的，都要振作，活出男儿本色。我就强打起精神来，把身边的家具、衣物及剩下的全部财产都变卖了，共卖了三千金币当路费。我决定到外面去闯闯，看看会不会有别的生意可以做。

这样决定好，我就出发了，一道还有几个商人，我和他们一起来到海上。我们先到巴士拉，再由巴士拉乘船出海。就这样，我们在海上航行了几天几夜，不知经过了多少个岛屿，每个岛屿上都有生意，不过海上的生活也很有乐趣。

一天，我们看到一个非常美丽的岛屿，船长就吩咐我们靠岸休息。于是，我们跳下船，准备登陆。岛上有的人架起锅烧火做饭，有的人欣赏岛上的风景，很是怡然自得。当他们正玩得高兴时，船长突然喊：

"快点上船吧，要想活命的赶快把东西扔掉！你们没有发现吗？它并不是什么岛屿，而是一条漂浮在水上的大鱼！因为时间长了，它身上长出水草、布满泥沙，看起来就像岛屿。你们生火它感到热，就动了起来，要是它一动，你们就都会沉入海底。"

大伙儿争先恐后地往船上跑，那条大鱼已经开始摇动了，接着沉下了水底，没来得及跑的人就被淹没在海里了，获救的也是很少的几个人。

当然，我也未能获救，我也被沉入海底。

就在垂死挣扎的时候，我发现旁边漂浮着一个大木托盘。我毫不犹豫地抓住它，用尽全身的力气与汹涌的波涛作斗争，心想我有救了。那个可恶的船长却不顾我们的死活，竟然扬长而去。我看着渐渐远去的船，又一次绝望了。

我在海上漂流了一夜，第二天被风浪冲到了一个荒岛上，我看见一根树枝，拼命地抓住才爬上岸，发现两脚已经被鱼咬得血肉模糊了，我一点力气也没有，非常难受，一下子昏死过去了。不知过了多久，太阳的光芒把我慢慢地刺激醒了，我两脚疼得不能动弹，只好慢慢爬行。

这是一个美丽的小岛，有流淌的清泉，满地的野果。我在这里只能靠野果充饥，泉水解渴。我准备休息几天，等身体复原了，再作打算，于是折了根树枝当拐棍，自己观赏一下岛上的美丽风光。

正当我欣赏美丽的风景时，突然看到远处有一个黑影子，一开始我还以为是野兽，或者是别的什么动物，就走过去看看。走近一看，原来是一匹大马，我慢慢靠近那匹马，它突然叫了一声，吓了我一跳。我刚想走，不料从地洞里出来一个人，大喊一声：

"你是干什么的？从哪里来？"

"我路过这里。因为搭船出海做生意，没想到中途不幸遇难，在海上漂流了一天一夜，就来到这里了。"

听完后，那个人就把我带到一个地窖里，进入一个大厅，给我拿出东西来吃。饿了好几天的我看见吃的，赶紧狼吞虎咽地饱餐一顿。吃完后，那个人打听我的身世、经历，我也毫不保留地告诉了他。

我对他说："我把一切都告诉你了，你该告诉我你是谁了吧？为什么在地洞里，还把马拴在海边？"

"我是专门替国王迈赫培养马种的人，我们都分散住在岛上。每当月圆的时候，我们会选择高大健壮的牝马，把它拴在海滨，海马闻到牝马的气味，就会跑出来引诱牝马，并把牝马带走。但是我们拴着，海马无法把它带走，只好无奈长嘶，踢打一阵，然后它们开始交配。我们听到后就会跑出去把海马吓跑，从此牝马受孕，生出杂交小马。这种杂交马健壮好看，当然价格也很高，一匹马能卖一库银子。现在正是海马登陆的时候，若你愿意，我带你去见国王，让参观一下我们国家。这里一直都没有人烟，幸亏你碰到了我们，否则你就是死在岛上，也没人知道。这也是你命不该绝，我会把你安全送回家乡的。"

我们正说着，一匹海马上岸了，跑到牝马面前，长嘶了一声，它们开始踢打惊叫起来。养马人赶紧拿上宝剑、铁盾，跑出地洞，大声呼喊伙伴：

"海马登陆了，大家快出来！"

不一会儿，那些养马人就每人牵一匹马来到我面前，询问我的来历，我又给他们讲了一遍我的遭遇，他们很同情我，就邀请我和他们一起吃饭，也给我一匹马跟在他们后面，从郊外来到城里，又来到王宫。

他们先向国王禀报了我，得到允许才带我进去。

我拜见了国王，并真诚地祝福国王。他对我很欢迎，彼此说了会儿话。他也问起我的情况，我又把自己的经历说了一遍。他听了很惊讶，说："孩子，你现在已经脱险了，你是一个有福之人。"

国王很器重我，并留我在宫中做了管理港口工作，负责登记过往船只。

我一直都在宫中勤勤恳恳地工作，得到国王的恩宠，让我也参加国事，替百姓谋福利。我在那里住了很长一段时间，不过我还是想向商人们和航海人打听巴格达的方位，总希望有人到巴格达，这样我就可以回家了，但始终都不能如愿，让我很是难过。

有一天，我去拜见国王在宫中遇见的一伙印度人，和他们很投缘地交谈起来，他们问起我的国籍。

他们来自不同的种族，每个种族都有自己的优良传统美德，像沙喀尔族，他们从来也不虐待别人；波罗门族，从不喝酒，生活富裕，每个人都很漂亮，还善于饲养家畜。他们说，印度有七十二个种族，令我很是惊奇。

在国王迈赫的管辖区，有个叫科彼鲁的岛，岛上非常热闹，成天锣鼓不断。当地人和旅行家告诉我，岛上的居民都很精明剽悍。那个岛上还有二十丈的大鱼，猫头鹰，这些我都见过，此外还有好多离奇的东西，——说来就很长了。

我还是拄着拐杖，在海上漫游。

一天，我发现一只大船从港口过来，船上有很多旅客，等船靠岸，船长叫水手搬运货物，然后我开始登记。我问船长：

"船上还有其他货物吗？"

"是的，只是那部分货物的主人已经在海上遇难了，我们准备替他保管，等把货物卖掉后，拿上钱回巴格达交给他的家属。"

"你知道货主叫什么吗？"

"他叫航海家辛巴达，不过已经淹死了。"

听了船长这番叙述，我立刻认出就是那个我们遇难时的船长了。大叫起来："船长！我就是你要找的那批货的主人，我就是那个航海家辛巴达。大鱼动起来的那天，有的人上船了，有的人全部沉入海底了。我也沉入海底了，只是我幸运地抓住一个大木盘，最后被风浪冲到了这个岛上才脱险的。后来就遇到国王的养马人，他们把我带到这个地方后，见到了国王，国王很同情我的遭遇，对我很好，给一个我港口的工作。你船里的那些货物是我全部的家当。"

"什么？你怎么那么不诚实啊！为了一点货物就编出这样的谎话，你真是不道义，我亲眼看见货主和其他旅客都落入海里，一个人也没有获救，你怎么可以冒充货主呢？"

"船长，我没有撒谎，我说完你就不会怀疑了。"

于是，我把从巴格达发生的所有经历，包括一些景点、遇难的地点，还有我们之间办过的一些手续和关系，都说了。船长和商人们这才明白我真的没有说谎，于是大家祝贺我安然无恙，说：

"真主给你第二次生命，我们做梦也不会想到你能脱险。"他们立刻把货物给了我，所有的东西都完好无损。

我把货箱打开，挑几件之前的东西，把它作为礼物送给国王，并告诉他，我找到以前乘过的商船了，现在他们也把货物都给我了，为了感谢他的救命之恩，特献上薄礼，望笑纳。国王很高兴我没有骗他，他更加尊重我，也回赠了我许多礼物。

我把所有的货物都卖掉了，赚了不少钱，又收购了当地的一些土特产，带上船。船快起航的时候，我特意去和国王告别，国王答应了。

于是，我们漂洋过海、日夜兼程，最后平安到达巴士拉，我在巴士拉逗留了几天就立刻回到了故乡——巴格达，许多亲戚见我满载而归都来看我。

我在这次旅行中赚了不少钱回来，比我父亲留给我的要多得多，又成为一个富人了。从那以后，我又过上了享福的日子，经常结交一些文人雅士，将海上的遇难经历早就忘在脑后。这就是我第一次航行的故事。你要是愿意听，我明天给你讲第二次航海的经历。

　　航海家辛巴达招待脚夫辛巴达，还有朋友们一起共进晚餐，送给脚夫一百金币，说："谢谢你给我带来的快乐。"

　　脚夫辛巴达带着送他的金币说了些感谢的话就回家去了，他一路上都在思索故事的情节和自己今天的遭遇。

　　第二天早上，脚夫辛巴达又如约来到航海家辛巴达的家中，等亲友们来了，他和大家一起吃着美食，气氛很是欢娱，航海家辛巴达这才开始他的第二次航海之旅的经过。

第二次航海旅行

第一次旅行回家后，一直过着悠闲地生活。可是，有一天我突然间又想去旅行了，很想到世界各地去看看名胜古迹，还有那里的风土人情，并且做一些生意，再赚点钱回来。

我收购了一些货物，准备带出去卖。

那天，晴空万里，我和一些商人又结伴出发了。我们走过了海湾又到港口，走过岛屿又到海国。所到之处，我们都和当地人做买卖，我们的生意很是红火。

我们有一天终于来到了非常漂亮、美丽的小岛。岛上的景色很迷人，有茂密的大森林，说不上名字的奇珍异果，五彩缤纷的花儿，到处是鸟语花香，还有清澈的小溪，却一个人也没有。我们就把船靠岸了，大家想到岛上呼吸一下新鲜空气。岛上凉风习习、天气清爽，周围非常地安静，我独自来到小溪边，在不知不觉中睡着了。

我好像睡了很久，等我醒来的时候，船已经开走了，他们把我一个人扔在这了。我看了好久，岛上一个人也没有，终于绝望了。岛上没有吃的，也没有喝的，我几乎失去了信心，不禁叹道：

"人不是每次都有那么好的运气，这次一是完蛋了，我害怕极了。"

我只好漫无目的地走啊走，后来来到一棵大树上，向远方看去，那里有一片深蓝的海水茂密的森林。我突然看见一个白色的影子，就向那个白色的影子走去，走近一看，那是一幢白色的建筑，我在这建筑周围找了一圈，怎么也找不到大门。这房子的墙也很光滑，我也无法爬上去。这时候天色马上就黑了，我想赶紧进去找个地方休息一下。突然间太阳没有了，四周一片漆黑。我还以为是空中有了乌云了才会这样的，可一抬头，我看见天空中出现了一只庞大的鸟，被称为神鹰的野鸟。听说这种鸟经常捕捉大象喂养雏鸟。我刚才看到的那幢建筑是神鹰蛋，根本不是什么房子。那只神鹰两脚后伸直，缩起翅膀，孵在蛋上。

我突然有一个想法，可以不可以让神鹰带我到有人的地方？于是，我把缠头解下，搓成一条绳子，拴在自己的腰上，另一头牢牢地绑在神鹰的腿上。

第二天早上，神鹰起来了，向天空狂吼了一声，就直接冲上了云霄。它飞得很高，我感觉都和天空相挨了。神鹰不知道这样飞了多久，最后在一处高原上着地，我立刻离开它。虽然离开了那个小岛，但我不知道自己现在在哪里，还是很害怕。

我看见神鹰从地上抓起一样东西，又飞到天空中，仔细一看，才知道那是一条又粗又长的蟒蛇。我向前走了几步，才发现自己站在一处极高的地方，脚下是峡谷，四面是悬崖！我是刚从虎口出来，又进狼窝，现在也只好听天由命了，愿真主保佑。

于是，我强打起精神走进山谷里，刚走进去，就看见许多名贵的钻石和枣树一样大的蟒蛇。蟒蛇那血盆大口，好像一下子能吞进一只大象，蟒蛇昼伏夜出，是为了躲避神鹰的扑杀。天上有神鹰，地上有蟒蛇，我想自己完了，非常后悔，只有祈求真主保佑了。

由于害怕，我都忘记了饥饿，现在我哆嗦地在山谷中徘徊，急

辛巴达被神鹰带走

于找个安身的地方。我突然发现附近有个山洞，洞口很小，赶紧钻进去，推开旁边的石头，一看里面躲着一只大蟒蛇正在孵蛋呢！我顿时吓了半死，当时一夜都没有合眼。

第二天天刚亮，我就赶快从洞中出来，准备逃走。由于睡眠不足，我感觉头重脚轻，像踩到棉花上。正当我无望的时候，突然从天空中掉下来一头被宰的牲畜。我环顾一周也没有发现有人影，顿时害怕起来。

我想起从前有人跟我讲过一个传说：钻石都是出现在很深的山谷中，没人能下去，聪明的人们就宰杀动物，剥掉皮扔下山谷中，这样动物的肉就会沾满钻石，肉会被秃鹰发现，它们就会把肉叼上去，然后商人就把肉上沾的钻石取走，再把肉扔给秃鹰，这就是得到钻石的唯一办法。

我赶紧跑过去一看，那只被宰的大羊果然上面沾有好多的钻石，我立即把口袋缠头、衣服和鞋子都装上钻石，躺了下去，把羊拖来盖在自己的身上，用缠头把自己绑在羊身上。

不一会儿，一只秃鹰飞下来，把我和羊一起叼起来，一直落到山顶。这时，人们突然从崖后跑出来呼喊着把秃鹰吓跑了，我赶紧解开缠头，浑身是血地从地上爬起来，那个商人见我站在那儿哆嗦得不知所措，他翻看羊身上什么都没有，气得说：

"什么魔鬼把我的珠宝夺走了？"

我看见他很伤心，就走过去，他问：

"你是谁？为什么来这儿？"

辛巴达遇到蟒蛇

"你不要害怕！我也是个商人，我是不幸才来到这荒山野岭，别难过，我这有很多的钻石，分你一部分。"

商人听后，非常感激地和我交谈。其他的商人见我和他们的同伴很友好，就都和我一起结伴而行。我把自己的遭遇和如何来到这座山谷的经历告诉了他们，我给了那个商人很多钻石，他非常满意。

我终于从蟒蛇堆里回到了人间，心情好极了。第二天我就同他们一起下了山，心中想那些蟒蛇还会后怕。

我们不停地走，最后来到一处原野中。地上长满了樟脑树，每棵枝叶都很茂盛，可供一百个人乘凉。这片原野中有一种动物叫犀牛，和我们普通的黄牛基本上一样，唯一不同的就是它长着独角，而且身体比普通的牛要大。传说，犀牛抵死大象，把大象顶在头上能漫山遍野地乱跑，后来大象身上的脂肪被太阳烤化了，流到犀牛眼里，犀牛就成了瞎子，看不见方向，只能躺着过河，神鹰就经常捉他们去喂雏鹰。这里还有其他野牛和各种野兽。

我到处流浪，沿途拿钻石去换回各种货物，再到别的地方去卖，也赚了不少。

就这样，我经过好多地方，最后终于回到了巴士拉，在那里又住了几天，满载着钻石金钱和货物回到了家乡巴格达。亲朋好友知道我第二次脱险，都前来祝贺我，我也把一些礼物送给他们。我又过上了从前的舒服日子，渐渐又把以前的事情忘记了。

航海家辛巴达又把自己第二次航海经历说完了，说道："我明天给你讲第三次航海旅行的经历。"

第三次航海旅行

第三次是最离奇的。我过了段安逸的日子，又想出去旅行了，于是我带了许多货物，又一次离开了家。

我乘上一只大船，经过了许多城市和岛屿，我们还是每经过一个地方，都要进行买卖和旅游。一天，我们在海上航行，船长突然狂喊起来，他感觉事情非常糟，我忙问：

"船长，发生什么事情了？"

"旅客们，我们现在被风浪控制了，到了最危险的地带！马上就靠近猿人山了，那里的人长得跟猴子似的，但对外人极其凶残，凡到这儿的人没有活着回去的。"

船长刚说完，猿人就出现了。他们的样子很难看，身材也比较小，浑身是毛，说什么我们一点也听不懂。顷刻间，我们全被包围了，他们跳到船上把我们的东西洗劫一空，又把缆索咬断，破坏风帆。船身开始往下陷，我们成了他们的俘虏，被赶上岸。船不知被弄哪儿去了，一会儿猿人也跑得不见踪影了。

我们被困在岛上，饥饿难耐，只好找些野果充饥。没过多久，发现岛上有一座房子，我们立刻过去，此建筑是一幢非常结实牢固的高楼，门是紫檀木的，门大开着。里面是一个宽敞的庭院，周围门窗林立。厅堂里摆在高大的凳子，炉灶上摆着各种烹调的器具，周围有无数的人骨，但没有一个人。

我们很惊奇，但大家都很累了，也顾不上那么多，倒头就睡。

也不知睡了多久，突然听到一声巨响，我们一下惊醒了，接着出现了一个庞然大物，两眼喷火，龇牙咧嘴，双唇垂在胸前，他张开血盆大口，耳朵像扇子一样耷拉在肩上，爪子又尖又长，我们一个个吓得魂飞魄散。

只见那个大怪物在大厅的凳子上坐下，然后走到我们面前看了一下，把我抓起来，放在手中仔细看。他看了一会儿也不知道为什么一下子把我扔回地上，然后又抓起另一个人，也是那样仔细地看了半天，同样把他扔回地上。他看了看我们好像都不满意，最后目光停在了船长身上。船长是我们中最壮实的一个，肩宽腰圆，四肢粗大，力气也很大，好像很合他口味。他突然把船长高高举起，然后把他摔在地上，抓住船长的脖子一扭，只听"咔嚓"一声，脖子断了。那怪物取下一把长铁叉，把船长的尸体叉在叉子上，放在火上烤熟，就跟吃鸡鸭一样，吃到只剩下骨头就扔到一边，倒头大睡去了。一直睡到第二天清晨，又像没有事人似的，扬长而去。

我们都屏住呼吸，等他走远了才敢说话，昨天的那一幕把我们都吓呆了。

我们都互相鼓励，强打精神，赶快找个地方躲起来。走了一天，走遍了所有的岛，也没有躲藏的地方。天黑了，我们没有别的办法只好在那幢房子栖身了。我们刚坐好，又听见脚下震动起来，那个怪物又出现了，他又在我们中间找了一个满意的，吃完睡了一觉到第二天天亮又走了。

我们打算合起伙来对付这个该死的怪物，就一起动手，把木

巨人吃掉辛巴达的伙伴

板、木头搬到屋外，做成一张筏子，放在海边，准备逃生用。但一会儿地面又开始震动了，那个怪物又出现了，像恶狼似的，又选了一个目标准备吃掉，我们一起从四周把早就准备好的铁叉一齐对准他的眼睛，一下子就把他眼睛戳瞎了，他痛得乱叫，不断地乱抓，因为眼睛已经瞎了根本看不到什么了，他只好跑出门外。

我们刚松了口气，眼前却出现了两个更大的怪物，我们吓得浑身哆嗦。于是，大家赶快奔向海边，冲上筏子，想离开海岸。可是，怪物紧追不放，他们用石头把我们的筏子砸沉，同伴被淹死很多，最后只有我和两个同伴获救。

我们三个幸运儿在海上不知漂浮了多久，被风浪冲到了一个岛上。

我们都很激动，以为有救了。走了一会儿，我们实在是走不动了，就躺在地上睡着了。刚一睡着，就听见一声大叫，一条蟒蛇把我们一个同伴给吞食了。我们赶紧逃跑，东躲西藏。天黑时我们来到一棵树下，我们一直爬到树顶，心想可能安全点了，便在树枝中睡着了。但在夜里，我那唯一的同伴也被蟒蛇吃掉了。这一切让我更害怕。

第二天天刚亮，我赶紧下树，这时，我觉得活着怎么那么难啊！我都想到了自杀。可是，来到河边我就没有勇气了，于是，找来了几块宽木头，分别绑在四肢上，好像钻进了一个木桶里，躺在里面休息。

晚上，那条蟒蛇来到我的面前，看见我这个木头盔甲，都不知道该如何下口，就那样在我身边转来转去，折腾了一夜，最终也没

辛巴达他们驾木筏子逃命

有得逞，只好垂头丧气地走了。

我见蟒蛇走远了，赶紧向海边走去，看有没有船过来。突然看见远处有一个小黑点在动，渐渐地我看见了，那是一条船！我赶紧挥舞着臂膀向他们呼喊。船上的人看见了，就把船向我划来，我终于上了船。上船后，我把自己的经历告诉他们，他们感到很惊奇，我在船上吃了点东西，就休息去了。

我跟随这只船来到一个叫塞辽赫的岛上。商人们开始把自己携带的东西拿到岸上去卖，只有我什么也没有。

船长见我可怜，就接济了我点儿，让我拿他的东西去卖，赚点钱。

船长说："你不知道，本来有个人搭我们的船去旅行，结果在途中不幸遇难了，他走时留下了许多的货物，现在我把这些货物让你去卖吧，卖得钱你留一部分，剩下的到了巴格达，留给他的家属。"

船长让水手把货物交给我，记账的说："船长，这批货，记在谁账上？"

"记在那个航海家辛巴达的账上，我让这个外乡人给他卖。"

我听到船长喊我的名字不禁大喊："船长，我就是航海家辛巴达！我还活着，没有死。"

于是，我把那天没上船的事情告诉了船长一遍。

人们都很怀疑，正好那个钻石山的人也在，他一下走到我面前说："大家听我说，我跟大家说过去钻石山采钻石，从那只羊上回到山顶的人的事吧，你们都不相信，现在他就是我说的那个人。他还给了我很多名贵的宝石，到了巴士拉我们才分手，各自回家。他是航海家辛巴达，我可以证明他没有说谎。"

船长说：

"你的货物有什么记号吗？"

我把货物的种类特征以及上船后的手续等，都跟他们说了一遍，他们才相信我是航海家辛巴达，于是，他们高兴地祝贺我。

我又赚到了钱，就这样又回到家乡和亲人们团聚了。从此我以慈悲为怀，大量救助穷人，自己也过着舒服的生活，又把过去的事情忘记得一十二净。

航海家辛巴达讲了第三次航海的经历，接着说："明天讲第四次航海的经历，这一次更惊险。"

第四次航海旅行

第三次航海后，我回到家乡过着挥金如土的日子。但是，我还想出去冒险，就又和一大帮人乘船出海了。

船在海上航行了好多天。一天，海上突然狂风暴雨，我们只好停船靠岸。但是风越来越大，尽然把船帆吹破了，桅杆也折断了，最后人货物和钱财都沉入海中了。就在我几乎绝望的时候，突然抓住了一块破船板，这是救命板啊！我同几个人一起爬到木板上，在海上随波逐流，整整漂了一天一夜。

就这样我们被风浪吹到了一片沙滩上，大伙已经没有力气了。幸亏岛上有野果，我们就采集野果充饥，吃了东西，感觉好多了。我们沿着海边向前走，不远处有建筑物的影子，我们就狂奔过去，一看是幢房子。我们才站稳，就跑出来一群一丝不挂的大汉，把我们拖到国王面前。

国王盛情招待了我们。同伴们都饿极了，大吃特吃，只有我没有什么胃口，一点也没有吃。

同伴们吃了后，一个个就跟傻瓜似的，他们越吃越多，都变了样子。大汉们又拿椰子油灌他们，并往他们身上涂抹，他们喝了椰子油后一个个都呆如木鸡，而且食欲更旺盛。我非常害怕那些人也把我弄成疯子。

他们的国王叫乌鲁，是一个非常崇拜火神的人，凡是进入这个地区的人一旦被发现，就会被逮到国王面前，用这样的方法对待他，让他吃得又粗又胖，然后杀死供国王享用，这里人一般都吃生肉。

看到同伴们已经变成让人宰割的畜生，我骨瘦如柴地站在那里，居然没引起他们的注意，渐渐地他们把我淡忘了，于是我趁机溜走。

我刚跑了不远，看见一个裸体大汉正在山坡上看守我那群被俘虏的同伴们，见我还神志清楚，于是对我说：

"你向右后转，就可以找到出去的道路了。"

我听后，拼命地跑，生怕他反悔追上来。我就按照他说的那条道一直走，向后右转，果然看见了一条大路，我还是拼命地跑，直到他看不见的地方才停下来。

我一直跑到天黑才躺在地上休息一会儿，但由于过度恐惧、饥饿和疲劳，我无法入眠，只好继续走，一直走到天亮。我看见路边有野果就摘了些充饥。就这样漫无目的地走着，前面有人影。我一直走到日落，由于上两次事件，我只远远地打量，看见是正在采胡椒的人。

我这才慢慢走过去，他们看见我，立刻围上来说：

"你是哪儿的，你是谁？"

"我是个不幸的人。"随即，我把我的事情告诉他们。

这些人很热情地招待我，休息了会儿，就一起来到岛上。他们带我见了国王，我向国王说了那些裸体大汉们怎样喂胖我那些同伴们、又是怎么吃他们的经历。国王感到很震惊，就让我坐下，给我拿来了东西，招待我。我吃饱喝足后，他们就带我到处去参观游览。

这座城市很繁华，各种商品都有，我非常庆幸自己有机会来到这里。街上的官员们都骑着高头大马，但奇怪的是，他们都不用马鞍。我就问国王说：

"陛下，你们骑马为什么不用马鞍？那种东西不但舒服而且很好看。"

"马鞍是什么？我们没有见过。"

"让我给您制造一具吧，您亲自骑骑看。"

果然国王听了我的建议，立刻让工匠按照我说的制造了一副马鞍，待做好后，我立即去见国王，国王见了很高兴，亲自骑着去试了一下，果然比以前舒服多了，他很感激我，因此我也受到了赏赐。

国王骑着那匹配鞍的马，威风了好一阵。消息传到了全国上下，大家纷纷开始制造这种马鞍。我就把技艺传给了木匠和铁匠，让他们制造了大批马鞍，卖给大小官员和百姓们。我一下子成为一个受到尊敬和欢迎的人，地位提高了。

一天，国王说："现在你已经和我们融为一体，我也不愿意让你走了，你就留在这里吧，希望你不要让我失望。"

"陛下对我的关怀，我牢记心中，一切都听您的旨意。"

"我想把一个漂亮的姑娘许配给你，让你们成家，希望你能答应。"

"这事就按国王说的办。"

于是，国王让侍从立刻请来法官，写下了婚书，为我订下了婚事。从此，我就过着富裕的生活，和妻子很相爱，彼此相敬如宾。

　　一天，邻居家传来了哭声，原来是他的妻子死了，我就过去安慰他说：

　　"不要那么难过了，人死不能复生，真主会给你补偿的。"

　　"兄弟，我也只能活一天了，你将永远也看不见我了。"

　　"你冷静点，不要说这么不吉利的话。"

　　"今天我的妻子不在了，明天就要我去送葬。这里的习俗是，不管夫妻谁死了，另一个都要跟着一起死。"

　　"这是什么习俗，太不人道了！"

　　正当我和邻居说话的时候，来了许多人，准备送葬。

　　他们拿来一个木头匣子，把死人装进去，然后带着他的丈夫一块儿来到一座靠海边的高山上，掀开一块石头，把死者扔进那个洞里，再把我邻居放进去，还放下了一罐水和七个饼子。我的邻居进入那个洞中，把绳子放开，他们就把绳子收回，然后用大石头盖上洞，才各自回家去。

　　我觉得太残忍了，就去见国王：

　　"为什么要让活人陪葬呢？"

　　"这是我们这里的习俗，是我祖先留下来的，让他们永远都在一起，永远不分开。"

　　"像我这样的外乡人，也要这样吗？"

　　"是的。"

　　我听后很是恐慌，生怕妻子死在自己的前面，就每天拼命地工作，把这件事情给淡忘了。

辛巴达被放到洞穴里

可是，突然间妻子一病不起了，没几天的工夫就归天了。所有的人都来安慰我，像上次一样也拿来一个黑匣子，把黑匣子抬到山上，扔进洞里，紧接着他们就围上来，也要把我扔进去，于是我呼喊："我是外乡人，不要这样对我。"

不管我怎么说，他们同样把我绑好，给我一些水和面饼，把我放进洞里。

然后他们把盖子盖好，扬长而去。我在这满是尸骸的地方，忍受着难闻的气味，每天节俭自己的吃喝，生怕吃完自己就死定了。

我在漆黑的坟墓中不知待了几天，正当快要死去的时候，突然听到洞口发出剧烈的响动，紧接着放下一具男尸和一个哭着的女人，同时放下了点儿吃的。那个女人看不见我，我却看她一清二楚。

送葬的人走后，我拿起一根骨头，悄悄地走到那个女人的身后，把她打死了，把她的食物夺过来。就这样，我也不知道自己山洞中待了多长时间，每进来一个人，我就把他们杀死，抢夺他们的吃的过活。

一天，我突然被一阵响动惊醒，是一只野兽，我就前去查看。那只野兽听到我的脚步声，就逃跑了，我一直追赶它，突然眼前出现了一丝亮光，我想这一定是通往外界的出口。

发现了这个山洞，我一下子安静下来，相信自己有救了。我挣扎着爬出山洞，站在一座高山上，这座山被海洋隔在城市与岛屿间。我又钻进洞去，寻找一些食物和陪葬品，换一身干净的衣服，然后等待过往的船只。

航海家
辛巴达的故事
305

　　一天，我突然看见海上出现了一条船，我就拼命地摇摆衣服，向船上的人大喊。船上的人听到了喊声，就放下一只小艇划到我的面前问：

　　"你是谁？怎么一个人在这里？"

　　"我是生意人，不幸在海上沉了船，才漂流到这里。"

　　水手帮我把东西搬上船，船长问："你怎么来到这里？这座山后面是个大城市，我经常到这里航行，却从没见有人过来。"

　　我把自己的经历告诉了船长，我怕有人是那个城市的，就没有告诉他们那里的风俗。

　　我准备送给船长一些礼物，感谢他的救命之恩，他不但不接受，还打算送我一些呢。

　　于是，我安全抵达了巴士拉，又在那里待了几天回到巴格达，和家人见面了。从此，我又过上了享福的日子，这是我第四次航海的经历。

　　航海家辛巴达讲述了第四次航海的经历，接着对脚夫辛巴达说："你在我这儿吃晚饭吧，我明天给你讲我的第五次航海经历，更加惊险。"

　　第二天，脚夫辛巴达又来到了航海家辛巴达家中，和他那些朋友一起听他讲他第五次的航海经历。

第五次航海旅行

我第四次回来，在家待了一段时间后，又想去旅行了，于是决定第五次航海旅行。

我拿了些便于携带的名贵货物，带到巴士拉。老远就看见一只设备齐全的新大船，我抑制不住内心的激动，就买下了这只船，雇了一个船长和一批水手，起航了。

我们每到一个城市，就会在那里观光、做一些生意。一天，我们来到一个荒无人烟的大岛上，看见一座白色圆顶建筑。船上的人都想去看看。其实这座庞大的建筑是一个神鹰蛋，他们不知道，居然把那个蛋砸破了，一下从里面流出好多汁来，还看见一只未成形的雏鹰。他们扯出来，把鹰肉割下来吃了。我看见他们的举动立刻说：

"你们不可以这样做，神鹰会报复的，会把我们的船破坏掉。"

我的话音刚落，天空一下布满乌云，果然是神鹰来了。神鹰看见自己的蛋被砸破了，狂叫了一声，一会儿雌鹰也赶到了，两只鹰在空中盘旋。我吩咐船长、水手：

"赶快开船，我们赶快逃命！"

于是，商人们纷纷奔上船，我们立即起航，离开了那个荒岛。

我们的船没有行进多远，就看见那两只鹰追赶上来，每只鹰抓着一块大石头，在我们的上空盘旋。雄鹰扔下一块大石头，幸好船长操纵灵活，没有被砸中，但石头激起的大浪差点没把船打翻。

神鹰抓起大石头砸沉了船

接着雌鹰也扔下了一块大石头，这回正好打中船尾，船沉了，所有的东西也沉入海中。

我挣扎着抓住一块船板，漂浮在海上，被风浪冲到一个荒岛上。

我躺了一会儿，精神逐渐恢复，才慢慢走动。我发现这是个荒岛，岛上有茂密的树林，清澈的河水，唧唧喳喳的小鸟，树上有丰盛的果实。我在荒岛上流浪，终日不见人影。第二天醒来，我看见一个老人家坐在那里，于是走上前去问他："老人家，您为什么坐在这里啊？"

他摇摇头，很难过的样了，用手比画着，让我背他到对面去。我想："就行个好，答应他了。"

到了目的地，我说："老人家，您可以下来了。"

他不但没有下来，两腿反而夹更紧了，我一看到他那两只水牛般的脚，想把他摔下来，可他夹得我都喘不过气来，我昏倒在地。

不久他放松了两腿，却在我的背和肩膀上拼命捶打，直到把我打醒为止。他还要骑我，让我给他摘果子吃，我动作一慢他就拳打脚踢，比鞭子还抽得厉害呢。他把我当成他的俘虏，终日骑在我的脖子上，大小便也拉我身上。他睡觉的时候两腿还夹紧我的脖子。我当初那么可怜他，怎么会落到这个地步呢？

一天，我背他来到一片南瓜地里，那儿有许多干了的南瓜。我就选了最大的南瓜，在上面挖了个洞，把葡萄装进去，再把洞口封起来，放在太阳下面进行暴晒几天，就酿成自制葡萄酒了。每当我痛苦的时候，我就喝点酒，每喝一次我就醉一次，醒来后总是精神很好。

有一天，我照例饮了酒，他指着问："这是什么？"

"这是一种强心提神的好饮料。"

我在树林里背着他边走边唱。

他见我很高兴，做个手势，他也要，我就把南瓜酒给他了。他一口气喝完了所有的葡萄酒，把南瓜扔得粉碎。我见他酒劲发作，走路就来回摇晃，不久我身上的腿松了下来。我知道他已经醉了，就掰开两腿，把他摔倒在地上。

我终于获得了自由。我怕他醒来再伤害我，就找来一块石头砸向他的头部，一下使他毙命。

从那以后，我就自由地生活在那个荒岛上，等候船只经过，希望自己能够得救。

过了很久，终于看见一只船出现在海上。他们把船停在这个岛屿上，纷纷上岸询问我的来历，并问我在岛上的遭遇，我把经过告诉他们，他们觉得很不可思议，说：

"那个老头是海老人，被他骑过的人都活不成。你能活着简直是个奇迹。"

于是，他们把食物拿给我吃。经过几夜的海上航行，我们来到一座名叫猴子城的地方，每幢房子都是面向大海。据说人们一到晚上就会离开自己的家到海上过夜，怕猴子下山侵略他们。我觉得很奇怪，很想进城看一下。等我回来的时候，船已经开走了。我很后悔玩得耽误了时间，想到前次遇到的猿人，不由得害怕得哭了起来。

这时，一个本地人走过来说："你好像是外地人。"

"是的，我是个外乡人。我本来是乘船路过这里，看见城里的美景就想游览一下，没想到迟了一步，船已经开走了。"

"哦，那你和我一起过夜吧。夜里待在这里，猴子会伤害你的。"

我们划着船来到海上过夜，第二天早上，又划船回来，各自回家。他们已经习惯了这样的生活。猴子城的猴子很多，它们白天偷吃果园中的果实，晚上出来伤害人。那天同我一起过夜的那个人对我说：

"你在城里有工作吗？"

"没有啊！我也不会做什么，只会做生意，有点钱。我雇了一只大船，本来是想开出来做些买卖的，但中途遇难沉船了，我自己幸好抓住一块破船板，才得以活命。"

那个本地人听了我的话说："给你这个口袋，你到城外去捡点石头。我把你介绍给他们，你跟着他们学着挣点钱，可以帮助你回家。"

于是，我到城外捡了石头。

不一会儿，有人从城里出来。那个带我来的人说："这是个外乡人，你们带他做点事情，好让他维持生活。"

这些人很友好地带上了我。我们身上都带着一袋子石头，来到一个山谷里，高不可攀的大树上住着好多的猴子，它们一见我便爬上树躲起来了。同伴们掏出石头不断地向树上扔，猴子也模仿人的动作，不断地拿果实还击。我一看，猴子扔下来的都是椰子。

我也学着他们的方法往上扔，不一会儿就掉了满地的椰子，我

辛巴达不幸遇到海老人

的石头还没有扔完，椰子就装不下了，我就和大家高高兴兴地回家去了。我找到那个伙伴谢谢他帮助我，送给他椰子，他不要："你把这些椰子都卖了换些钱来，好早点回家。"他还给了一把钥匙说，"把卖剩下的椰子放在小屋里，以后你就可以跟他们每天出去收椰子。多攒点钱早回家。"

我按照他说的每天跟伙伴出去收椰子。就这样每天工作着，我储存了大量的椰子，也卖出不少，攒了笔钱，日子过得很开心。

一天，我到海滨散步，看见一只商船停在那里，我跑过去告诉那个人，我要搭船回家了。

于是，我谢了他，找到船长说明情况，然后把椰子装上船，就离开了猴子城，又开始航海的生活。

一天，我们路过一个小岛，那里盛产丁香和胡椒，我就用椰子和他们换了许多丁香和胡椒。我们又经过了一个盛产檀香的古玛尔小岛和五百里檀香的大岛，还经过一个盛产珍珠的地区。我同样用椰子和他们换了很多的珍珠。

我带着椰子换回来的珍贵物品随船回到了巴士拉，然后回到巴格达，和家人团聚。

航海家辛巴达讲了第五次航海旅行的经历后，说："第五次既惊险又有趣，大家用餐吧。"

饭后，他又让侍从送给脚夫辛巴达一百金币。

脚夫辛巴达非常激动地回到家中。第二天，他又来到航海家辛巴达家中，听他讲第六次航海旅行的经历。

第六次航海旅行

我第五次回来，心情无比高兴，每天吃喝玩乐。直到一天，家里来了一伙客商，风尘仆仆，我望着他们就想起自己曾经旅行和家人团聚的情景，又起了旅行的念头，于是我又要出去。我带上货物，来到巴士拉，正好有一只船要起程，我就搭了船。

我们走啊走，到了许多城镇和岛屿，一路上享受着旅行的快乐。

大船正在行进着，突然看见船长不停地打自己耳光，还扯着自己的胡须，伤心地大哭，大家很吃惊，都围过去问：

"船长，怎么了？"

"我们的船迷路了，现在不知道到了什么地方。如果没有真主挽救我们，我们就死定了，我们将要大祸临头了。"人们听了也很失望，都大哭起来，彼此作了告别。接着，大船就触礁了，这些东西和旅客们顷刻间就被淹没了。

我和剩余的一些人爬上了一座山，这座山上是一个令人恐怖的荒岛，到处是破船和人的尸骨。这就说明，这里经常沉船。

看到眼前这横尸遍野，我吓得都有点神志不清了，疯疯癫癫地在荒岛上走着。我们走到最高处，发现岛中有许多珠宝玉石和各种名贵的矿石。岛上还有一种最为名贵的沉香木和龙涎香。龙涎香是一种像蜡一样、遇热就会融化的宝物，一下子就被识货的商人发现并捡回来。

我们在海边找了些粮食储备起来，每隔一天吃一次。时间就这样过去，但是，难友们死亡的人数也越来越多，后来只剩下我自己在这个荒岛上，粮食也吃完了。我几乎绝望了，就自己动手挖了个坑，说："反正快死了，不如先在坑里睡一觉，让风沙来掩埋我，免得无人埋葬。"

当时，我很后悔，后悔自己经过五次历险还要背井离乡地来这里送死。我在家那么富有，生活也不用那么操劳，何必出来自讨苦吃呢？想着就难过。

于是，我想了个主意，我要是做一条小船，也许会有奇迹出现呢？如果不行，那就死在河里，总比这样等死强。

我马上行动起来，收集了大量的沉香木，开始制造我的小船。小船弄好后，我收集了许多珠宝、玉石、钱财和龙涎香，装上船，起航了。

我把小船推入河中，小船滑行了一会儿进入山洞，只见里面漆黑一片。小船划到了一处很窄的地方，此时被河岸和岩石挡住了，我陷入了进退两难，心想："我不会被困死在这山洞中吧？"但我实在是没有力气了，就不知不觉进入了梦乡。

醒来一看，眼前站满了印度人和埃塞俄比亚人。他们见我醒了，都过来跟我搭话，可我一句都听不懂，还以为自己在做梦呢。后来过来一个人问我："你好！你是做什么的？怎么跑到我们这的？山那边是什么地方？"

我说："你们是做什么的，这是什么地方？"

"我们是庄稼人，见你睡在小船上，就把你拉上岸了。"

"你们能给我点吃的吗？然后我慢慢说。"

他们立刻给我拿来了吃的。我饱餐了一顿，终于好点了。我把自己的遭遇跟他们说了一遍，他们说："必须带你去见国王，你把故事讲给国王听吧。"

见到了国王，我把自己的事情跟他讲述了一遍。国王很惊奇，并且祝福我。我把自己带来的珠宝拿出一部分献给国王，他很高兴，把我当做贵客，从此我就住在皇宫里，跟达官贵人似的。

我在王宫里很受爱戴，过了很长一段时间的舒适日子。有一天，听说有个生意人要前往巴士拉做生意，我想："我要跟商人一起回家。"

于是，我拜见国王，把自己的想法告诉他。国王答应了我的要求。他知道留不住我，就把我托付给那个商人，还替我准备了盘缠和行李，并让我把一份名贵的礼物送给我的国王哈里发赫鲁纳·拉德。于是，我告别了国王，就回到了巴士拉，停留了几天，满载而归地回到巴格达。

我回到家乡，先去皇宫把礼物献给国王，最后回到家中。

过了几天，哈里发召我进宫，询问了关于那个国家的情况。于是，我把旅途中的遭遇，如何得救的一些情况，如何在那座城市生活，以及受托送礼的经过说了一遍。哈里发很是佩服我，并且把我的故事都记录在史书中，等留给后人阅读。从此，我在巴格达过上了快乐、幸福的生活。

航海家辛巴达讲了第六次航海旅行的经过，接着说：

　　"这是我第六次航海旅行的经过。明天我给你们讲第七次航海旅行的经过，会更刺激、更惊险。"

　　于是，航海家辛巴达又送了脚夫辛巴达一百金币。

　　第二，脚夫辛巴达又如约来到航海家辛巴达家中，和他们一起吃饭。饭后，航海家辛巴达开始谈第七次航海旅行。

第七次航海旅行

第六次航海回来，我赚了一大笔钱，又过起了奢侈的生活。我挥金如土、生活安逸，但内心很躁动，又想出去旅行。于是，我再次打定主意，准备好货物，收拾好东西带到巴士拉，搭上正要起航的那只大船开始航海旅行。

船很顺利地进入中国境地。

我们在船上谈生意，突然下起了倾盆大雨，我们边抢救货物，边祈祷。船长立即爬到桅杆上，眺望了一下四周，大喊道："不好了，我们的船被风吹到海洋边上了！"

他说着，从箱子里拿出一本书，说："圣人苏里曼就是葬在这里的。这里有一只庞大的鲸鱼，它能吞掉所有的船只。"

听了船长的话，我们都感到很害怕。

船长刚说完，耳边就响起了轰鸣声，突然，海中出现了一条大鲸鱼，吓得我们目瞪口呆的，大家知道死亡就要降临了。

这时，海上又出现了两条更大的鲸鱼，我们的船就要被三条凶猛的大鲸鱼吞食了，我们感觉危在旦夕，全都吓呆了。这时暴风雨更猛了，一个大浪过来，船触礁了，砸得粉身碎骨，人、货全部落入海里。

我因为久经风浪，一到海中就赶快把衣服脱了，轻装上阵，与海水进行搏斗。我游了一会儿，抓住一块船板，伏在海面上。在这饥寒交迫的环境中，我叹道："航海家辛巴达，你屡遭灾难却不吸取教训，不肯打消航海的念头！因为你的贪得无厌，只好让你受尽苦难。"

等清醒过来，我告诉自己："以后再也不出来航海旅行了。"

我随风漂流，来到一个大岛上。

我在荒岛上四处寻找，终于发现了一条大河，不禁想起了前几次的乘船遭遇。心想："要是这次能像前几次那样脱险，我以后一定不再出来了。假若我失败了，我就干脆死掉，摆脱人世间的痛苦。"

于是，我又动起手来，自己做了一只小船。小船不停地游啊游，游了有两三天，还在不断地往前行走。

我在船上三天没吃东西，只能喝点河水。由于饥饿，我浑身无力，狼狈极了。后来，不知过了多久，来到一座高山前，我怕危险就不打算进山洞。可是，水流太急了，根本来不及停船，我就被冲进了山洞，只好求真主保佑了。

很庆幸，没过多久，我就来到了一处宽阔地带。映入眼帘的是一望无际的洼地，小船在急流中东倒西歪地前进着，我提心吊胆地抓住木头不敢动弹。还好，最后把我冲到一座美丽的人烟稠密的城市附近。岸上的人很好心，看见我被急流冲了下来，赶紧搭救我。由于过于饥饿，我刚到岸上就昏倒了，幸亏他们进行急救，我才苏醒过来。

这时有位好心的老人把他的衣服给我穿上，并带我去洗了个澡，还做了丰盛的饭菜款待我。我吃饱喝足后，老人家给我收拾了一间屋子，让我住下。

辛巴达在一座陌生城市里醒来

三天后我好多了。第四天的时候，老人家突然来看我，对我说："你基本上脱险了，现在我带你到市场上转转，把你的货物卖掉，你可以买点别的东西。"

我被问得很奇怪，心想："我哪有什么货物啊！"

我考虑了一下，就跟着他来到市场上。原来是我乘坐的那只小船都是用檀木做的，人们已经把我的小船拆开了，正在商量着买下这些檀木。

老人家对我说："孩子，现在的价格你愿意卖吗？"

"老人家，您决定吧。"

"孩子，那我出一百金币买下来，你愿意吗？"

"好的，就这样吧。"

老人家立刻让人把檀木抬回了家，收藏起来。他把金币给了我，还给我一个箱子，让我把钱锁好。

老人家说："孩子，我有事想跟你说，你能答应我吗？"

"什么事，您说吧。"

"我膝下无儿，只有一个女儿，我打算将她许配给你做妻子，让你们一起生活，以后我的财产和地位就由你继承。"

我不知道该怎么回答，就没有说话。

老人家说："我这是为你好，你若办了，我会把你当亲生儿子一样看待。我手中的财产都是你的，往后你要干什么，都由你自己决定。"

"好吧，那就按您的办吧。"

老人家请来了法官和证人，写下婚书，给我们举行了婚礼。我的新娘简直是倾国倾城的美人，我们彼此很相爱，从此过着幸福、快乐的生活。

后来岳父去世了，我就成为正式的当家。商人们还选我继承了他的职位，所有来往的买卖必须由我批准才可以交易，因此我经常和城里的人见面。时间长了，我便发现一个秘密。每个月的月初，他们身上就会长出两只翅膀，飞上天空遨游，城里只剩下妇女儿童。我觉得非常奇怪，心想："下月初，我得找个人问问，也许他们能带我一起飞呢。"

我等啊等，终于到了月初。我找来一个人问："你们也带我飞上天，再把我带回来吧。"

"这不可能。"

经过我的哀求，他终于答应了我，我瞒着家人。骑在他背上，飞上了天空，我陶醉在快乐当中。

正当我高兴的时候，天空中出现万道火焰，差点烧到同伴。他们立即逃避，一下子落到一座高山上。他们都埋怨我，说不该带我来，于是留下我一个人飞走了。

我走投无路，只能在山中徘徊。眼前突然出现了两个可爱美丽的孩子，每人拄着一根金拐杖。我走过去问：

"你们是谁？做什么的？"

"我们是真主的信徒。"他们给了我一根拐杖，就消失了。

我拄着拐杖，边走边想那两个奇怪的小孩，突然眼前出现了一条大蟒蛇，嘴里还衔着一个男人，那男人已经被吞下去半个身子，马上就会死掉，我喊道："谁来救我，真主来解救他的灾难！"

我举起手中的金拐杖，一下打中了蟒蛇，那男人得救了。他非常感激地对我说：

"你是我的恩人，从此我就跟随你，伺候你一生。

"很好，我欢迎你。"

不一会儿跑过来一群人，我仔细打量了一下，他们中有那个背我遨游天空的人。我忙走过去跟他们道歉，恳请他们带自己回城。

他们提出一个要求，就是不能赞颂真主，不许乱开口。我答应了，他们才背起我回家。我回到家，妻子赶紧跑出来迎接我，祝我安全归来，并说："你要记住，这些人都是魔鬼邪神的臣民，他们没有信仰，当然不会让你赞美主了。以后不要和他们来往了。"

"但父亲跟他们有来往啊！"

"父亲和他们不同。现在父亲去世了，我没有什么牵挂了，我们就把家产卖了，带我一起走吧。"

我听了妻子的话，将全部财产卖掉好起身回家。等了一段时间也没有船出海，我只好自己买些木材，制造了一艘大船，带着家眷和财产，离开了那个城市。

我们的船在海上很顺利地到达巴士拉，

我们在巴士拉没有停留，就继续航行，一直回到家乡，和亲友们重逢。算算第七次的航行，离家整整二十七年了。在那漫长的岁月中，我下落不明。生死未卜，他们都很担心我，见我现在突然回

来，很是高兴，问了我途中的一些情况，既欢喜又担心，幸好平安
回来了。

　　我将我的财物收好，决定以后再也不去旅行，也不做生意了。
我现在回忆起来我航海生涯中那些冒险的情景，还是很害怕。我
能平安回到家乡，那是真主给我的福分，所以，我要在家中颐养
天年。

　　航海家辛巴达讲完了第七次航海旅行的故事，接着对脚夫辛巴
达说："你，陆地上的辛巴达，对于我这七次航海的经历和奇遇，
现在明白了吧？"

　　"真主在上，我要向您说对不起，我曾经误会您了，请原
谅我。"

　　航海家辛巴达一直都是以慈悲为怀，以救助穷人为乐，始终平易
近人，经常会和朋友们在一起吃喝、谈笑，过着逍遥自在的生活。

一千零一夜

The Arabian Nights

《爱的教育》
湖南文艺出版社
ISBN: 9787540446840
开本: 32开/定价: 25.00元
意大利政府官方授权名家
权威版本 意大利原版完整
插图
荣获意大利驻华使馆颁发
的"意大利政府文化奖"

《飞鸟集·新月集》
湖南文艺出版社
ISBN: 9787540447243
开本: 32开/定价: 22.00元
每天读一句泰戈尔，忘却
世上一切苦痛
首位荣获诺贝尔文学奖的
东方诗哲、"亚洲第一诗
人"泰戈尔传世佳作

《假如给我三天光明》
湖南文艺出版社
ISBN: 9787540447984
开本: 32开/定价: 22.00元
人类意志力最伟大的典范
作品
一本向光明、智慧、希
望、仁爱引航的人生手册
世界文学史上无与伦比的
杰作

《再别康桥·人间四月天》
湖南文艺出版社
ISBN: 9787540447922
开本: 32开/定价: 25.00元
新月派代表诗人&民国第
一才女 诗歌精选 首度合
集出版
穿越半个多世纪的心灵交
会，值得一生珍藏的绝美
诗篇

《朝花夕拾》
湖南文艺出版社
ISBN: 9787540448103
开本: 32开/定价: 20.00元
一位文化巨人的回忆记事
一幅清末民初的生活画卷
描绘鲁迅先生世界的唯一
作品

《落花生》
湖南文艺出版社
ISBN: 9787540448097
开本: 32开/定价: 22.00元
被忽视的文学大师许地山
的传世散文名作
全新彩绘插图，让蒙尘的
珍珠重现光华

《背影》
湖南文艺出版社
ISBN: 9787540448080
开本: 32开/定价: 25.00元
白话美文典范，"天地间
第一等至情文学"
散文杰作&诗歌名篇 收藏
一个最完整的朱自清

《伊索寓言》
湖南文艺出版社
ISBN: 9787540448561
开本: 32开/定价: 25.00元
影响人类文化的100本书之一
世界上拥有最多读者的寓
言始祖
特别奉送19世纪大师杜雷
百幅原版精美插图

《呼兰河传》
湖南文艺出版社
ISBN: 9787540448448
开本: 32开/定价: 22.00元
一个天才作家奉献给人间
的礼物
穿越时光的艺术珍品
一代才女萧红代表作

《雾都孤儿》
湖南文艺出版社
ISBN: 9787540448493
开本: 32开/定价: 26.00元
英国现实主义文学的杰出
代表作
中国译协"资深翻译家"
权威全译
原版经典插图，拂去岁月
尘埃，让爱与希望历久弥新

《春风沉醉的晚上》
湖南文艺出版社
ISBN：9787540448509
开本：32开/定价：25.00元
郁达夫中短篇小说精选集
感伤的浪漫，率真的反叛
成就现代文坛永不沉沦的
经典之作

《春醪集》
湖南文艺出版社
ISBN：9787540448554
开本：32开/定价：23.00元
偷饮香美春醪的年轻人，
醉中做出的几许好梦
现代中国散文的奇异之作，
"中国的兰姆"昙花般的
青春絮语

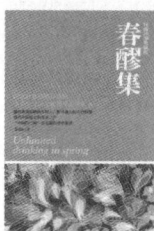

《城南旧事》
中国画报出版社
ISBN：9787802208056
开本：32开/定价：24.80元
名家林海音独步文坛三十
多年的经典作品
入选二十世纪中文小说
一百强
上海是张爱玲的，北京是
林海音的。

《美国悲剧》（上、下册）
湖南文艺出版社
ISBN：9787540448813
开本：32开/定价：58.00元
美国小说黄金时代的经典
力作
美国现代文学三巨头之一
代表作
"美国发财梦牺牲者"的
一代悲剧

《珍妮姑娘》
湖南文艺出版社
ISBN：9787540448820
开本：32开/定价：28.00元
一曲悲天悯人的恸歌
美国小说黄金时代的经典
力作
美国现代文学三巨头之一
成名作

《嘉莉妹妹》
湖南文艺出版社
ISBN：9787540448813
开本：32开/定价：32.00元
掀开美国小说黄金时代序
幕的经典力作
美国现代文学三巨头之一
成名作
美国小说中一座具有历史
意义的里程碑

《猎人笔记》
湖南文艺出版社
ISBN：9787540448912
开本：32开/定价：28.00元
俄国现实主义艺术大师的
成名之作
俄国文学史上"一部点燃
火种的书"

《格列佛游记》
湖南文艺出版社
ISBN：9787540448530
开本：32开/定价：23.00元
世界文学史上极具童话色彩
的讽刺小说
离奇荒诞的航海游记，犀利
幽默的政治寓言

《鲁滨孙漂流记》
湖南文艺出版社
ISBN：9787540448752
开本：32开/定价：25.00元
倾注勇气的冒险之旅，锐
意进取的孤岛求生记
震撼欧洲文学史的惊世作品

《哈姆雷特》
湖南文艺出版社
ISBN：9787540448578
开本：32开/定价：20.00元
在他身上，我们看到作为一
个人的全部复杂
莎翁经典名作，世界戏剧史
上的钻石篇章

《十四行诗》
湖南文艺出版社
开本：32开/定价：25.00元
你从未见过的"甜蜜的莎士
比亚"
时光流转中爱的不朽箴言
莎翁在世时唯一诗集
"中国拜伦"梁宗岱经典译本

《最后一课》
湖南文艺出版社
ISBN：9787540449209
开本：32开/定价：22.00元
感受都德带给你心灵的震
撼和美轮美奂的诗意
脍炙人口的名篇
入选多国中小学语文教材

《缀网劳蛛：许地山小说菁
华集》
湖南文艺出版社
ISBN：9787540449322
开本：32开/定价：23.00元
被忽视的文学大师许地山的
传世小说名作
抒写人性之美的一枝奇葩

《子夜》
湖南文艺出版社
ISBN：9787540449285
开本：32开/定价：28.00元
"中国第一部写实主义的
成功的长篇小说"
被评为"可以与《追忆似
水年华》《百年孤独》媲
美的杰作"

《汤姆·索亚历险记》
湖南文艺出版社
ISBN：9787540449117
开本：32开/定价：22.00元
"美国文学史上的林肯"
献给所有孩子和大人的礼物
一段五彩斑斓的少年成长史
一部险象环生的冒险传奇

《格兰特船长的儿女》
湖南文艺出版社
ISBN：9787540449230
开本：32开/定价：28.00元
"现代科学幻想小说之
父"令人惊异的科学预言
"海洋三部曲"首作
百科全书式对大自然的奇
思妙想

《海底两万里》
湖南文艺出版社
ISBN：9787540449315
开本：32开/定价：28.00元
最具魔力的科幻小说经典
充满自由与孤独的深海之旅

《神秘岛》
湖南文艺出版社
ISBN：9787540449223
开本：32开/定价：28.00元
"现代科学幻想小说之父"
令人惊异的科学预言
"海洋三部曲"第三部
多姿多彩想象力的伟大尝试

《羊脂球》
湖南文艺出版社
ISBN：9787540449292
开本：32开/定价：25.00元
在他笔下，世人可叹可笑，
寒冷入木三分
爱情至死不渝，欲望活色
生香
法国"短篇小说之王"莫
泊桑代表作全记录

《小王子》
湖南文艺出版社
ISBN：9787540449643
开本：32开/定价：22.00元
纪念永不尘封的爱与责任
一部关于生命与生活的美好
童话
20世纪最佳法语图书

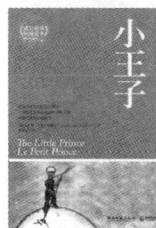

《古希腊罗马神话》
湖南文艺出版社
ISBN：9787540449971
开本：32开/定价：26.00元
真正读懂西方的入门课和
必修课
人类对最完美自我的期待

《一千零一夜》
湖南文艺出版社
ISBN：9787540449964
开本：32开/定价：25.00元
芝麻开门独放异彩
东方文化不朽杰作

《瓦尔登湖》
湖南文艺出版社
开本：32开/定价：25.00元
倾听感受寂静之美
隐居的自然哲人絮语
让心灵自由呼吸

《钢铁是怎样炼成的》
湖南文艺出版社
ISBN 9787540449995
开本：32开/定价：28.00元
永不过时的红色经典，闪烁
理想主义光彩的励志杰作
一部"超越国界的伟大文
学作品"，永远的保尔·
柯察金！

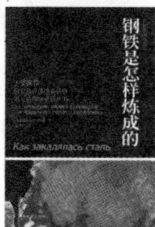

《巴黎圣母院》
湖南文艺出版社
ISBN：9787540449933
开本：32开/定价：28.00元
"法兰西的莎士比亚"第
一部浪漫主义鸿篇巨制
一部雄浑悲壮的命运交响
乐，一曲思辨美与丑的悲歌

《红与黑》
湖南文艺出版社
ISBN：9787540450076
开本：32开/定价：28.00元
19世纪欧洲文学史中第一
部批判现实主义杰作
一首"灵魂的哲学诗"，
美国作家海名威开列的必
读书

《八十天环游地球》
湖南文艺出版社
ISBN：9787540449957
开本：32开/定价：28.00元
凡尔纳最著名的作品
同名电影荣获第29届奥斯
卡金像奖最佳影片

《呐喊》
湖南文艺出版社
ISBN：9787540449926
开本：32开/定价：22.00元
"以巨大的爱，为被侮辱和被
损害者哀衷，叫喊和战斗"
他的文字无论拿到哪一个时
代，都是激励这个时代的人
们勇敢前行的经典。

《野草》
湖南文艺出版社
ISBN 9787540449988
开本：32开/定价：22.00元
要读懂20世纪中国的深度，
必看鲁迅
要读懂鲁迅的深度，必看
《野草》
鲁迅最美的作品，一部幽深
奇幻的哲学之书